大漠鵬城

6 冷月孤星

蕭瑟——著

目錄

第一章　淬厲寒心　……… 5

第二章　兩代情孽　……… 27

第三章　落星追魂　……… 40

第四章　明駝千里　……… 56

第五章　夜落寒星　……… 73

第六章　死域求生　……… 88

第七章　鐵掌金婆　……… 105

第八章　紫府神功　……… 121

第九章　玉面笛聖　……… 148

章節	標題	頁碼
第十章	心有靈犀	169
第十一章	情傷智昏	184
第十二章	神火怪劍	201
第十三章	大理段氏	217
第十四章	神手天尊	232
第十五章	滅絕靈智	250
第十六章	四面楚歌	267
第十七章	香消玉殞	284
第十八章	雪嶺七雄	301

第一章 淬厲寒心

她緊緊握住他的手,輕輕地道:「砥中,我以為我們永遠再也見不到面了!」

石砥中覺得心中一甜,輕嘆道:「不會的,我愛你的心永遠不變,當我在鵬城裡連闖九關的時候,你知道我憑藉的是什麼力量走出來?」

東方萍茫然流著淚,道:「我不知道。」

石砥中長吁口氣,腦中立時回想起自己深陷大漠鵬城裡那種艱厄的情景,若非冥冥中神靈佑助,自己豈能連闖九關,冒九死一生的危險度過連環攻擊,穿過那千變萬化的大陣?

那每一刻都有失去生命的危險,種種搏命奮鬥的影像重新閃過他的腦海。

他長嘆一口氣,道:「當我瀕臨絕境,面臨死亡考驗的時候,在我心底沒有一絲恐懼,我深信你的精神與我同在,這股掙扎求活的力量是你賜給我的,

許多次命運之神要把我從這個塵世帶到另一個陌生之境時，我的心底便呼喚著你的名字，我深信你就在我身邊，無形之中，你鼓舞我、激勵我，才使我能重新回到這個人世間……。」

他臉上流露出湛然神光，欣喜若狂地道：「萍萍，這生命的殘軀得以倖存，全是你的賜與。」

東方萍聽到石砥中傾訴他在鵬城裡艱苦奮鬥的情形，她臉上時憂時愁，幻化出無數個不同的表情，聽得心裡一陣激動，竟伏在他肩頭輕輕哭泣起來。

他摟著東方萍的身子，嘆道：「萍萍，你不要哭呀！我們該為這次重逢高興才對，在愛情的領域裡，狂風暴雨眼見就要過去了，以前憧憬過的良辰美景，已經離我們不遠了。」

東方萍驀地昂起頭來，道：「砥中，你相信會有那麼一天嗎？」

石砥中心裡的那股愛火愈來愈熾烈，在命運之神的手掌裡，他倆所受的波折愈大，他們間的愛也愈堅定，他是敢向命運挑戰的勇士。

石砥中堅決地道：「會有那麼一天，只要我們兩心相愛，沒有人能夠把我們分開，萍萍，你應當相信我！」

東方萍含著盈眶的淚水，頜首道：「我相信，你說的每一句話我都相信。」

七絕神君和金羽君兩人頜首一笑，盤膝坐於地上，運起內功療治身上的傷

勢，石砥中和東方萍絮絮低語，竟然忘記身旁的兩個高手，毫不迴避傾訴著離別後的種種相思……。

「嘿！」的一聲冷笑，自空中傳來。

曲蜷著身軀躺在那塊長滿青苔的大石上的弱水飛龍，突然低喝一聲，身軀平空向石砥中身前電射而至。

他經過這陣調息，全身功力已恢復大半，他低喝道：「石砥中，現在我們可以動手了！」

石砥中微微一笑，輕輕在東方萍耳際說道：「萍萍，你不要擔心，五招之內，他必敗於我手……。」

他冷煞地回轉身來，目光如冰凝注在弱水飛龍身上，那冰冷的目光裡，浮現一股冷肅神光，弱水飛龍看得暗中驚顫，不覺倒退數步。

石砥中冷冷地道：「閣下自認為是我的敵手嗎？」

弱水飛龍嘿嘿笑道：「不錯，若論真本領，我相信與你可一爭高低……。」

石砥中哈哈大笑道：「我回天劍客倒還沒有見過像閣下這樣自負的人，就憑你痴心妄想，還無法唬得住在下。」

「嘿！」弱水飛龍大喝道：「你比我還狂，先吃我一掌！」

他身子向下一蹲，左掌斜立電疾劈了過來，這一掌甫出，掌風已瀰然而

起,激盪的掌勁直撞而來。

石砥中神色凝重地低哼一聲,道:「這一掌我接下了!」

他上前大跨一步,左臂輕輕一抖,一道掌勁如錘般的推出,旋激迸發的掌勁,迎向對方的掌緣劈去。

「砰!」兩隻手掌擊出的勁風才碰擊在一起,立時發出一聲震天巨響,震得各人耳際嗡嗡直鳴。

「呃!」弱水飛龍驟然被對方震激過來的氣勁一推,只覺胸前一痛,他低吟一聲,身形跟蹌倒退三步。

他沒有料到對方的功力竟渾厚得超過他的想像,這種摧金裂石的掌勁,發時有若山崩地裂的強勁力道,弱水飛龍還是初次見到,他驚愕得呆立不動,連一句話也說不出來。

石砥中雖然以本身渾厚的掌勁震得弱水飛龍幾乎要吐出血來,但是自己胸前也被對方反彈之力震得氣血沸騰,幾乎要當場噴出一口鮮血。

他暗中大驚,腦海中在電光石火間急快忖道:「這弱水飛龍果然不是簡單的人物,僅憑適才這一掌,就足以列為當世有數高手之列,海外絕學果真不容忽視,自己要鬥六隱三仙人物,看來困難重重!」

他深吸口氣,發覺自己並沒有受傷,冷冷地道:「閣下還有意動手嗎?」

第一章　淬厲寒心

弱水飛龍自驚愕中清醒過來，他臉色微變，方待張口，哇地一口鮮血噴灑出來，一縷血漬自嘴角汨汨淌出。

他豪氣干雲地高聲大笑，一抹嘴角上的血漬，道：「石砥中，這一掌我還承受得住，剛才我給你一掌，現在閣下也可以還給我一掌，弱水飛龍自信還能……。」

石砥中雙目寒光湧現，冷冷地道：「你不要再逞英雄了，那一掌雖未必會要了你的命，但你至少也要休養一個月，我們兩個月後再見吧！」

他冷冷一笑，轉身扶著東方萍離去，而七絕神君和金羽君不知何時早已在山坡下等著他倆了。

弱水飛龍望著兩人逝去的身影，憤怒地甩出一掌，他厲聲大笑道：「好，我將會扳回這一掌之仇！」

話聲鏗鏘有力傳遍四野，他隨著逝去的話聲，也踏著沉重的步子行去。

×　　×　　×

响午已過，樹影漸移，陽光從綠色的山頂射下來。

高聳層疊的峰巒，挺拔濃密的樹蔭，阻隔陽光無法照射進那深邃的幽林

裡，一股清沁幽香的氣息從花叢裡絲絲縷縷飄進人們的鼻息中，一道高聳的峭壁陡直而立，山崖間垂下一條長長的瀑布，翻滾著浪花往山谷裡流去，湍急翻捲直瀉而下，好像一條銀龍急竄流落在深澗裡。瀝瀝的水聲，悅耳動聽。

薄薄的水霧蒸蒸飄上，有如一片薄紗緩緩覆蓋在青山綠水上面⋯⋯。

東方萍斜倚在瀑布對面的那塊大岩石上，望著流瀉而下的水幕，幽幽嘆了口氣，她輕輕拂著被風吹亂的銀髮，在那悒鬱的眸子裡閃過一絲欣喜的柔輝⋯⋯。

她輕輕咬了咬下唇，回頭凝視身旁的石砥中，道：「砥中，我真希望我們能在這神秘的山谷裡，快樂地度過我們的餘生，無憂無慮忘情於山水之間，和鳥獸為伍，以大自然為家。」

石砥中輕輕托著她的香腮，道：「萍萍，快樂不會永遠伴隨在我們身邊，當我們沉醉在快樂裡的時候，我們不會自覺到這是快樂，因為人總有無窮的欲求，正如一個俗人有了利以後總又想到名，當名利兼收以後，又會有另一種欲望佔據他的心靈。」

東方萍搖頭道：「我不會，我只要你，砥中，答應我，不要離開我！」

石砥中從神秘的鵬城出來之後，他整個人都改變了，往昔那股豪情壯志已

不復存在，他終日生活在憂患中，對人世間的一切都有極深刻的體認⋯⋯。

他深吸一口氣，喃喃道：「人都是不滿現實的！萍萍，我常常捫心自問：人活在這個世界上到底是為了什麼？我始終找不出答案，也許有人會說，是為了追尋人生的真愛⋯⋯。」

東方萍驚訝地抬起頭來，她目中閃過一絲迷惘的神色，縷縷的相思愁怨，在這一刹那間都融化了。

她像個孩子似的，依偎在石砥中的胸前，她清晰地聽見他的心臟跳動的聲音，一股男子特有的氣息鑽進她的鼻息中，使她略顯蒼白的臉頰上立時透出片片紅暈。

她輕輕闔上雙眼，低聲道：「我不要聽人生道理，我不要談現實得失，我只要你在我身邊⋯⋯。」

石砥中目中湧現悲涼的神色，嘆道：「在我沒有見到你的時候，我是多麼渴望想見著你，幾乎可以說是為你而活著；但當我見到你以後，我又不知該如何去愛你，因為愛之越深也就越不知該如何去表示⋯⋯。」

東方萍突然激動不已，她腦海中如電閃似的回想起那些往事，她永遠記得那些別離前的日子，他和她最後一次相聚在湖畔。

那時黃昏向晚，暮靄布滿在湖的四周，水光流灩，映著殘餘的陽光顯得特

別淒涼。他凝望著她，倆人坐在茸茸的草地上，她避開他的目光，眼眶裡含著晶瑩的淚珠，他與她就在那無言中默默分手了！

東方萍想起往事，一股辛酸湧上心頭，不覺自眼裡滴落了晶瑩的淚珠，她淒涼地笑道：「砥中，這次在峨嵋山上，我幾乎做了傻事，若不是爹爹及時趕到，我真會把峨嵋派殺得一個都不剩……。」

石砥中緊緊摟抱著她，感嘆道：「你也太傻了，這樣做太不值得了！」

東方萍哀傷地搖搖頭道：「你不知道，當我看見你跌落江底時，我恨不得殺盡天下人，方能洩我心頭之恨。我曾想在替你報仇之後，我便結蘆江畔，永遠陪伴著沉沒江底的你，了卻我這一生……。」

「萍萍，你太過痴情了！」

「砥中，有多少女子曾追求過你，西門婕、施韻珠、羅盈……而你只對我好，我這點犧牲又算什麼？」

倆人正在絮絮低語，訴說相思之時，空中忽然傳來一聲冷喝，只見一個白髮䰄鬑的老嫗，提著一根黑漆光亮的枴杖，領著七絕神君和金羽君電撲而來。

東方萍驚悸地抬起頭，啊的一聲驚道：「湖主！」

趙韶琴一雙銳利的目光往東方萍臉上略略一掃，鼻子裡突地發出一聲怒哼，只聽她冷冷地道：「萍萍，你還記得湖主嗎？」

第一章 淬厲寒心

東方萍全身抖顫，眼裡閃過一絲畏懼的神色。

多年來，趙韶琴那嚴厲的目光早在她心底留下深深的烙痕，她不知道自己為何會如此畏懼這個老嫗，只覺得她的嚴厲目光經常監視著自己一舉一動，東方萍惶悚地頷道：「湖主，萍萍沒有一刻敢忘了你。」

趙韶琴冷漠地道：「你知道你現在是什麼身分嗎？」

東方萍幽幽地嘆道：「我知道，我將是白龍派的掌門。」

趙韶琴雙目寒光湧現，道：「我這次出來找你，是要你回到白龍湖去修習白龍派『淬厲寒心』雙璧合修劍法，這種劍法是白龍派傳人必修的劍法。」

東方萍聽得心頭一冷，這晴天霹靂的消息，存在心裡的那股希望頓時化成顆顆淚水，自眸中滴了下來，這驚得她茫然望著趙韶琴，連一句話也說不出來。

良久，她才低泣道：「雙璧合修……湖主，你……。」

趙韶琴心堅如鐵，並沒有因東方萍那種哀怨的樣子而心軟。

她冷峻的目光凝望著東方萍，冷冷地道：「我已替你找了一個師弟，他正在白龍湖等你，你即將成為一派之主，必須放棄七情六欲，否則……。」

東方萍搖搖頭，咬牙泣道：「湖主，請你不要逼我，我寧願捨棄世間的一切也不願再和石砥中分開，湖主你……。」

趙韶琴目光冷肅地瞪了石砥中一眼，怒哼道：「不行，愛不能享受一輩子，天下也沒有真正的愛，我當初只准許你去找他，並沒有同意你和他廝混一輩子。」

東方萍見趙韶琴絕情地要把她和石砥中拆散，不禁傷心得倒在石砥中身上大哭起來。

她傷心，傷心和石砥中才重聚沒有多久又要分開，難道她的命運當真是這樣悲慘嗎？

「砥中，告訴我這是不是命運？」

哽咽顫抖的語聲，好像一支巨錘敲進石砥中的心裡，他驟覺心中絞痛，離別的悵惘又襲進他的心頭，他強自忍受心靈悲傷的煎熬，輕撫東方萍滿頭的銀絲，在他眼中也泛現淚光。

他低聲喟嘆道：「只要兩心相愛，又豈貪戀朝朝暮暮，我們只是暫時分離，絕不是永無相會之日。萍萍，對一切事情都得看開些！這是你的前途，我不能勉強留下你。」

東方萍悽迷地一聲輕嘆，滿眶晶瑩的淚珠，顆顆自腮頰上滴落下來，溼濡了身上的長衫，又滾落到腳下⋯⋯

她惶悚地道：「砥中，我害怕！」

第一章　淬厲寒心

石砥中此時難過無比，他覺得自己方邁進幸福的大門裡，突然又被裡面的人推了出來，但他不敢將痛苦表露在臉上，那樣東方萍會更難過。

他暗自嘆了口氣，忖道：「讓痛苦通通集中在我的身上吧！以往日子中，我都在痛苦裡度過，現在就是再加重些，我也能忍受得了。」

他勉強露出一絲笑容，道：「這個塵世間沒有任何事情值得害怕，你只要拿出勇氣，任何外來的打擊都會不攻自毀，萍萍，拿出你的勇氣來！」

東方萍沉湎在他有力的臂彎裡，她覺得有種被保護的安全感，但也有一種無助的疏離感，她泣道：「砥中，在我尋找你的時候，全憑一股精神力量支持我的身軀，你若離開我，這股精神就會崩潰……。」

石砥中這時心情紊亂異常，一時竟不知該拿什麼話去安慰他的愛人，僅能沉痛地注視著她那蒼白的罩滿濃愁的臉龐，而她也昂首望著他。

兩人心中同時一震，有如觸電似的，在兩人心底同時蕩起一股難以言喻的心酸，在雙方眼裡，泛射出互相依賴的神色，也含蘊著無限悲傷。

「哼！」嚴峻的趙韶琴突然冷哼一聲，道：「你們兩個到底說完了沒有！」

這冰冷的語聲傳進東方萍的耳中，立時在她臉上浮現出驚惶的神色，畏懼地偷瞧了趙韶琴一眼，這一眼含著太多的企求，希望趙韶琴不要逼她過甚。

石砥中想不到趙韶琴會如此嚴厲對待東方萍，他深愛她超越他自己的生

命,他寧願自己沉淪在痛苦的深淵裡,也不願東方萍受到任何委屈,頓時一股怒火湧上心頭,使他暢聲一陣大笑。

笑聲未歇,他冷哼道:「你這個老太婆說話可得客氣點……。」

趙韶琴活了這麼大把年紀,還沒有被人這樣叱責過,尤其像石砥中這樣年紀的人,從沒有人敢在她面前說個「不」字,她沒有想到石砥中竟敢在她面前如此無禮,頓時一股殺意自她眉宇間瀰漫而起……。

她怒叱道:「好小子,你真不要命了……。」

東方萍唯恐石砥中和趙韶琴會發生衝突,她身形電疾地撲在兩人中間,身軀向前一傾,阻在趙韶琴的身前,趙韶琴把東方萍往外一推,叱道:「走開,我不教訓這小子一頓,他就不知天高地厚……。」

七絕神君身形向前一掠,道:「湖主,石砥中是本君的好友,請你……。」

趙韶琴斜睨石砥中一眼,見他冷漠地望向自己,在他嘴角上還掛著一絲淡淡輕笑,這種高傲無人的神貌,看得她心裡一怔,在電光石火間湧出一個意念,她疾快地忖道:「當年東方剛向若萍求親的時候,所表現的不正也是這般狂傲的樣子嗎?這青年表現出來的態度,與當年東方剛有許多地方太相像了,那時只因我一時不答應,若萍便和東方剛偷偷跑了……。」

第一章 淬厲寒心

她想起自己的女兒跟著天龍大帝偷偷離開自己,心裡就悲憤莫名,一股辛酸泛上心頭,霎時在她眼中閃出怨毒的寒光,冷冷地望著石砥中。

她淒厲地大笑道:「石砥中,你因為得罪我而將遺憾一輩子,只要有我趙韶琴在的一天,萍萍永遠不會和你在一起……。」

石砥中驟聞這冷酷的話聲,不知怎地竟猛烈地顫抖起來,立時一道無形的陰影重重壓在他的心頭,使他幾乎喘不過氣來。他不知道自己為何會因這一句話而感到如此恐懼,只覺趙韶琴的話裡有不祥的預感……。

他長吸一口氣,抒發心中的沉悶之氣,冷冷地道:「我不相信你有那麼大的力量。」

東方萍滿臉淚痕,顫道:「砥中,你就少說兩句吧!」

石砥中看到東方萍那種悽然欲絕的樣子,心裡也是一陣難過,幾乎不忍再看見她這樣悲傷的神情,急忙把目光瞥向那倒瀉而下的銀色大瀑布,從那瀑布的水幕霧氣中,他恍如又看見自己孤獨地承受感情的煎熬,徘徊在茫茫大漠裡……。

他發出一聲低沉的嘆息,嘴唇翕動卻沒有說出一句話來,僅僅在嘴角上掛著一絲淒涼的笑意,顯得寂寞而悲愴……。

東方萍幽幽地嘆了口氣,走至七絕神君的身邊,輕聲道:「神君,請你勸

「勸湖主！」

七絕神君苦澀地道：「本君作不了主，湖主的脾氣你是知道的⋯⋯。」

趙韶琴此時雙目赤紅，幾欲噴出火來，她把手中那根烏鐵巨杖在地上重重一頓，一縷火光激射濺起，震得附近地面都搖晃顫動，恍如要碎裂開來。

她提著大鐵杖向前急躍，斜跨過來，只見她滿頭白髮根根豎起，在那冰冷的面容上湧現一片殺機，恨恨地又向前走了幾步。

東方萍和趙韶琴相處多年的時間裡，還是初次看見她生這麼大的氣，她看得心裡一寒，急忙掠身撲了過來，抓著趙韶琴的手臂，泣求道：「湖主，你要生氣，就處罰萍萍好了。」

趙韶琴一怔，倒沒有料到東方萍會說出這種話，她曾經歷大變，心裡絲毫不覺動心，只聽她冷哼一聲，叱道：「我看你被這小子迷昏頭了！」

「萍萍！」石砥中冷煞地道：「你不要管我，我今天倒要看看這個死老太婆到底能把我怎麼樣，對這種人不需要多費唇舌，你若是苦苦哀求她，她還以為我們真怕她呢！」

趙韶琴氣得臉色鐵青，她怒笑一聲，道：「你聽見沒有，他簡直沒有把我放在眼裡。」

說罷，她陡然把大鐵杖在空中一晃，杖影如山迭出，綻出數個冷寒的杖

花，在空中劃過一條大弧。

「嘿！」她身形一蹲，巨杖疾點戳出，喝道：「小子，這一杖非要你的命不可！」

她自恃臂力天生，力能拔山劈石，大鐵杖甫遞出一半，倏地化為千條杖影，沉重如山的朝石砥中當頭罩下。

石砥中冷哼一聲，身形電快躍了起來，穿過那急劈而落的一片杖影，一掌輕輕向趙韶琴揮了過去。

趙韶琴自認武功天下無雙，在這一生中還是初次和這樣一個後輩動手，她見石砥中一掌揮來，清叱一聲，杖尖斜點，在電光石火間，向石砥中面門撞了過去。

石砥中在這間不容髮、一杖斜撞面門之際，大喝一聲，迎向戳來的長杖五指如鉤地抓了過去。

「啪！」趙韶琴只感到手臂劇震，大鐵杖的另一頭已被石砥中握住，頓時一股無形的勁氣沿著鐵杖自對方掌心透了過來，渾厚的勁道如巨錘般的直撞而至，趙韶琴陡覺胸前一震，蕩激的暗力絲絲縷縷扣住了她的心弦。

她暗驚石砥中這渾厚的勁道，急忙深吸口氣，把自己全身功力逼集於鐵杖上，抗拒對方湧來的那股力道。

雙方俱以畢生的內力修為貫注在那根大鐵杖上，勁道互推，那根堅鐵製就的鐵杖立時彎了起來，兩人身形俱是向前推動，四足深深陷落在泥土之中，深及足深。

石砥中臉上的笑容突然一斂，凝重地低喝一聲，抓住杖頭向前一拉，趙韶琴腳下一陣浮動，不自覺地被帶動向前走了兩步，而那根鐵杖也隨之拉長了一截。

東方萍驟見趙韶琴和石砥中以性命修為的真力互拚，心裡頓時緊張起來，她一時不知該如何是好，竟愣愣地立在那兒，嚇得臉色蒼白，頹喪的低泣著⋯⋯。

她輕拭著眼眶裡滾落出來的淚珠，哀怨地道：「湖主，砥中，你們這樣拚命到底是為了什麼？」

語聲字字句句飄進互較內力的兩人耳中，但誰都不敢有絲毫鬆懈，現在只要有一方放鬆，對方那浩瀚無儔的內家真力便會撞擊得他當場重傷或致死。要知這種以生命潛修的內家真力相拚鬥時，一絲也取巧不得，稍有不慎便會血濺當場，是故兩人俱都慎重地望向對方，兩人的臉龐上逐漸泛現出顆顆汗珠⋯⋯。

石砥中驀覺心裡一痛，好似正淌下鮮血，他偷偷斜睨了東方萍一眼，只見

第一章 淬厲寒心

在她悽迷的臉龐上，滿布惶悚不安的驚悸顏色，彷彿在乞求雙方罷手，石砥中全身陡地一緊，一股傷感湧上心頭。

他黯然暗自嘆息，在那冷漠的臉上頓時現出一絲痛苦的笑意，露於嘴角上的高傲倔強與冷漠，在這一剎那通通被東方萍那種悽楚的哀容融化得無影無蹤。

他淒涼地搖搖頭，心中有股落寞的悔意，在電光石火間，一個意念飛快地湧進他的腦海，忖思道：「萍萍是愛我的，看她那種焦急痛苦楚楚可憐的樣子，我就不應該和這個老太婆動手，真摯的愛情是不怕考驗的，我又何必和一個老太婆計較呢！」

他驀然一聲大喝，全身勁氣陡地湧出，趙韶琴低哦一聲，大鐵杖立時脫手落在石砥中手上。

步履連退了五大步，她滿面驚望著這個神秘的年輕人，難以置信石砥中竟會把她震退，而奪去了那根大鐵杖。

她臉色驟然一陣蒼白，那飄拂的銀髮絲絲縷縷向肩後流瀉而去，一道血漬自她嘴角上溢出，她的身形隨著一陣劇烈的晃動，淒厲的一聲大笑，道：「石砥中，我老婆子和你拚了！」

「湖主！」

東方萍身形向前一閃，雙手緊緊抓住趙韶琴顫抖的手臂，她嗚咽地跪了下去，在她那飽含淚水的眸子裡閃過痛苦的神色，她的心恍如片片碎紙，蓬亂的髮絲如銀線似的纏捲著，她全身都劇烈的顫抖……

她悲涼地顫道：「湖主，請你不要再動手了！石砥中的錯全由我來承擔，我願立時死去，也不願你們動手！」

滾落的淚水流滿了她的臉頰，媲媲的字音從她嘴裡輕吐低訴出來，深深感動每一個人，語聲深深襲進在場每一個人的心裡，如泣如怨，迴盪的趙韶琴臉上一陣劇烈的抽搐，在那蒼老的面龐上有種悲憤難忍的樣子，她深深暗吸口氣，冷漠地道：「我趙韶琴活到現在，還是頭一次給人欺侮，若不是看你這樣苦苦哀求，我非毀了他不可……。」

「哼！」石砥中突然有一種莫名的悲憤湧上心頭，筆直劃過一線烏光，顫動的怒氣上湧，他上前斜跨一步，冷哼道：「憑你這個死老太婆子，我回天劍客還不在乎！」

他把奪過來的那根大鐵杖在空中輕輕一抖，弧光裡，只聽到一陣叮咚叮咚的聲音過後，那根大鐵杖立時斷為六截，掉落在地上。

趙韶琴驚詫地呼道：「這是『斷銀手』！」

第一章 淬厲寒心

悲憤的石砥中在怒火中燒之下，無意中施出金鵬秘笈裡的「斷銀手」絕技，倒沒有想到趙韶琴能一眼便認出來。

他冷漠地笑道：「你能接下我『斷銀手』的一擊嗎？」

趙韶琴默然無語，「斷銀手」的威力她雖沒有真正見識過，但在她追隨前代白龍湖主之時，卻曾聽說過它的厲害。她深知自己沒有辦法抗拒這亙古神技的一擊，不覺臉上有一絲難堪的顏色浮現出來。

她恨恨地道：「我雖然無法接下你『斷銀手』的一擊，可是我會把萍萍訓練成一個天下無敵的高手，這筆帳我要她向你討回來，往後你們不是冤家就是仇家！」

說罷輕輕扶起東方萍，冷漠地道：「萍萍，跟我回白龍湖去！」

東方萍駭懼地全身驚顫，淒涼地道：「湖主，讓我和砥中說幾句話再走。」

趙韶琴心中一橫，冷漠地道：「不行！」

「呃！」

東方萍低吟一聲，顆顆淚水恍如串串珍珠似的流瀉下來，她沒有料到趙韶琴當真會如此絕情，硬要把他們方始重逢的一對戀人拆散。

在這數日短暫的相聚裡，她那凍結的心坎才融化在愛情的烈火裡，誰又想到另一塊寒冰又撞進了她心湖中，使得她全身冰冷，好像置身在萬載寒冰

她絕望地抬起頭來，茫然自語道：「我的生命才覺得恢復了活力，哪知我和他頃刻間又要分離。我的希望幻滅了，在往後的日子裡，除了那無盡的相思困擾著我，只有那雲和樹與我為伴！人生譬如朝露，聚也匆匆，又何曾料到在愛情路上，會有這麼多崎嶇呢？唉！早知會招致如此痛苦的結果，我又何必要來尋找他呢！」

她茫然僵立，任憑那滾滾的淚珠翻落下來，在她眼前盡是一片茫茫雲霧，她好像站在無人的山頭上，終日忍受著沒有友誼滋潤的孤苦。又好像是一隻迷途羔羊，在暗夜的山谷裡奔馳，尋找母親的呵護。

恐懼、寒悚、孤獨、悲愴的種種痛苦齊都泛上心頭，有若一柄銳利的長劍深深刺進她的心坎……。

一陣冷風吹在她的臉上，才使得她自沉思中清醒過來，她幽怨地低聲嘆了口氣，道：「湖主，我並不求你憐憫我倆，只希望你能讓我和他有一個短暫的相處，讓我們說幾句話好嗎？」

趙韶琴鐵面冷冰，沒有一絲表情，道：「不行就是不行！」

「湖主！」

東方萍不知哪來的勇氣，身形向旁一閃，掙脫趙韶琴抓住她的手臂，她大

聲喝道：「我不管將來你如何對付我，但現在我必須和石砥中單獨談談，哪怕立刻死去，我都願意……。」

他的懷裡輕聲低泣著，滿面淚水的她，披著蓬亂的頭髮，如瘋如痴地向石砥中撲去，倒在

趙韶琴面如死灰，冷煞地笑道：「在我走出這個山谷之前，你必須要趕上我，否則你永遠都不要再見我……。」

她發出一聲憤恨的冷笑，拂袖向山下走去，七絕神君和金羽君臉上同時露出一絲苦笑，黯然跟著趙韶琴走了，三人身形如電，轉瞬間悄失了蹤跡。

石砥中痛苦地笑道：「萍萍，不要哭！短暫的分離並不能影響我們的感情，只要我們的感情常在，縱使東西相隔，天涯也若比鄰，這也許是命中註定的事。」

東方萍淒涼地泣道：「砥中，我雖然深信你我相愛堅愈磐石，可是，有時愛情不得不屈服在環境壓力下，我們這一分離，也許永無會期，我真怕我倆數年的感情毀於一旦……。」

石砥中感傷地喟嘆道：「花開花謝天無情，聚也匆匆，離也匆匆，煙濛濛，雨濛濛……經過這短暫的相聚，我的生命突然又變得年輕了許多。在人生的旅途中，我以為自己掌握住了生命美好的未來，誰知好景不常，我們又要分

一縷離別的哀愁濃濃地罩滿了他的心頭,他覺得彷徨無助,沉浸在那無言的淚水裡,他絕望地望著蒼穹,他的心恍如隨著浪濤捲去⋯⋯。

東方萍心頭一酸,說道:「讓我們死吧!死在這冷漠的深谷裡。」

「你要振作起來!」石砥中正色地道。

「在有限的生命裡,我們不能只因為一點挫敗就頹唐下去,要知人活著的價值遠比死去有意義。萍萍,我們雖然馬上就要離別,但有太多的回憶支撐我們,回憶是甜蜜的⋯⋯。」

東方萍低泣了一會,抬起無神的眼睛,深深聚落在他的臉上,她僅看了他這最後的一眼,就帶著哽咽的泣語如飛地奔去。

別了,兩人的心都很沉重⋯⋯。

無情的風雨將兩人遠遠分隔在濛濛霧中,石砥中僅能看見那落寞而去的背影⋯⋯。

孤獨、落寞、淒涼,種種複雜的心緒充滿他的心頭,他發出深長的嘆息,雙目隱隱浮現出模糊的淚影。

第二章 兩代情孽

斜斜的陽光懶洋洋地照射下來，掠過樹梢流灑映射在那碧波蕩漾漾的大湖上，粼粼波光漾起陣陣漣漪，幾片枯黃的葉子墜落在水面上，盪旋流去。

廣闊的白龍湖，一片深藍的湖水，湖裡盪著一隻小舟，舟上獨坐著一個滿頭銀白髮絲的女子，沒有搖櫓，也沒有划槳，任那扁舟在湖面上飄盪。

清涼的晚風徐徐掠過那個女子，飄起幾綹髮絲在她肩後飛舞，她的眸子裡，閃爍著一片茫茫雲霧，有著失意、幽傷、孤愴、悲愁，種種悽迷的色彩。

她幽幽一聲長嘆，望著天空浮盪的白雲，怔怔出了一會神，立時淚水從她面頰上滾落下來，滴落在她放在雙膝間的手背上。

她驚悸地抬起頭，凝視手背上晶瑩的淚水，低頭自語道：「啊！我又哭了，我為什麼時常會無由的哭呢？」

感情的負擔壓得她喘不過氣來，眼前一片迷濛，在那波光流瀲的湖面上，映現出天上的白雲，悠悠地從湖面上飄了過去，舊的一堆去了，新的一堆又接踵拂過，青天白雲，在她心底掀起一股辛澀的寒意。

這是春天的時候，湖畔上飄淌著絲縷的幽馥花香，她的心底何時會再盪漾起這種生之渴望呢！

然而，在這湖中舟上的女子，春之神並沒有撫平她心靈上的創痕，在她凍結的心底，永遠拂不去的空虛和惆悵。

她迷惘地抬起頭來，悽迷的眸子又投聚在空中浮盪的白雲間，大自然的景象深深吸引住這個滿腹辛酸的女子。

她淒涼一笑，幽幽嘆了口氣，連湖裡的魚兒都差點跳了起來，偷偷瞧舟上這傷心的女子一眼。

她臉上掛滿淚痕，在憂鬱的玉面上隱隱泛現出一絲淡淡的笑意，只聽她喃喃地道：「美麗的夢想有如那絲絲的白霧，褪逝後沒有一絲痕跡可尋，我寧願變成天空的一片浮雲，掙脫出感情的囚籠，隨著清風飄浮在空中，沒有煩惱地度過這一生，不知人間痛苦⋯⋯。」

人總有太多的幻想，不論何時何地總會去幻想一些虛無飄渺的事情，憧憬現實上永遠得不到的美麗情景，尤其是一個失戀的女子⋯⋯。

第二章　兩代情孽

舟上的女子緩緩收回目光，忽然瞥見一個青年自湖前那片幽深的樹林裡繞行過來，她厭惡地低下頭去，恍如沒有看見似的。

在她腦海中卻極快忖思道：「連唐山客這個傢伙也敢來欺侮我，我真不知道湖主為何會欣賞這樣的一個人，為什麼一定要唐山客和我在一起呢？」

這個情性冷僻的青年有一雙深邃的眼睛，他身穿灰色長袍，看來相當瀟灑，可惜這麼年紀輕輕就白了頭髮。

他緩緩行至湖畔，目光中浮現出一絲奇異之色，他痴痴望著坐在舟上的那個女子，望著她那纖細的背影，一縷愛慕的思念霎時湧進他的腦海。

他目中閃起憐愛的柔光，腦中疾快忖道：「我一定要得到她，雖然有人先我而佔據了她的心，我卻深信能將她心中的影子擊碎，讓我的愛感化她的心而得到她。」

他默默望著湖裡的那個美麗的女子，呆呆想著心事，當腦海中湧現的意念逐漸消逝時，另一個念頭又如電飛來，忖道：「湖主說過要把她嫁給我，並要我倆合璧修練『淬厲寒心』劍法，我有湖主撐腰，再加上我自己的努力，只要練成白龍派武功後，她必然會投進我唐山客的懷抱。」

他嘴角上浮現一絲得意的笑容，輕喚那個女子的名字道：

「萍萍！」

這柔和的聲音如慕如訴傳進了東方萍的耳中，她身軀顫抖了一下，但沒有移動身子，她依舊坐在舟上，陷入那痛苦的深淵裡。

唐山客見她沒理會自己，一股懊惱湧上心頭，施即他又諒解地一笑，忖道：「她也許還沒有抹掉石砥中的影子，可能還無法接受我的愛，我愛她是出於真心，她就是一輩子不理我，我也不會怨恨她，誰叫我一見面就愛上她呢！」

他深吸口氣，哈哈笑道：「萍萍，你真的不理我嗎？」

東方萍冷望他一眼，伸出一隻手掌放進了冰涼的湖水裡，剎那間自她指掌間翻起盪漾的水花，濺起了顆顆銀白色的水珠，而輕盈的小舟緩緩地劃向了湖邊。

她甩了甩手上的水漬，輕輕拂理飄亂的髮絲，在她那雙清澈如水的眸子裡，尚閃現隱隱的淚光。

她冷冰地道：「唐山客，你喚我做什麼？」

唐山客一呆，吶吶道：「你哭了！」

東方萍在他面前絕不願顯示出自己的軟弱，她勉強展露一絲淒涼的笑容，不悅地道：「不要你管！」

說完，她急忙避開對方那灼熱的目光，淚水如泉似的湧了出來，她掩起羅

第二章 兩代情孽

袖拭乾淚水，忖道：「這段日子我雖然表面上過得非常平靜，可是我的心卻始終有如沸水翻騰，時時都會軟弱的流淚⋯⋯。」

「誰說不要他管，是誰說不要他管？」

趙韶琴手持一根新製成的大鐵杖，白髮蹣跚自深林裡走了出來，她雙目寒光如電，冷漠地望著東方萍，嚇得東方萍急忙低下頭去。

趙韶琴冷笑道：「萍萍，你是未來白龍派的掌門，在修練『淬厲寒心』劍法之前，我決定把你許配給唐山客。」

東方萍聞言，全身陡地一顫，驚悸地抬起頭來，她作夢也沒想到趙韶琴會要她嫁給一個自己厭惡的人，頓時她愕立在地上。

「湖主！」

她一時驚愕住了，竟連淚水淌下來都不知道，呼喚了一聲「湖主」之後，身軀搖搖一顫，砰地暈倒在地上。

唐山客驚顫地道：「湖主，她⋯⋯。」

趙韶琴冷冷地笑道：「放心，她死不了！」

語聲一頓，又冷哼道：「哼！誰要是得罪我趙韶琴，沒有一個能逃得過我的手段。石砥中，我雖然打不過你，但我卻能讓你悔恨一輩子，在這一生中，你將永遠得不到萍萍⋯⋯。」

餘音嫋嫋傳出了老遠，使唐山客都驚悸地抬起頭望著這個滿懷恨意的老婦人，她說完話轉身離去。

× × ×

在模模糊糊中，東方萍從失神中清醒過來，當她雙目緩緩張開時，首先映入眼簾的，竟是唐山客那個令人憎惡的面容。

她發覺自己正倒在唐山客的懷裡，但她卻沒有掙扎，因為深知自己掙扎也是徒勞。

當一個人知道自己的命運已被決定了以後，反而能平心靜氣去接受事實，東方萍此時心湖平靜無波，她不需要再流淚，因為她眸子裡所盛裝的淚水早已經流乾了，再多的血淚都已經乾涸。

她只覺得有種茫然的感覺，她心底空虛得連一點心事都不能容納，而她的腦海中也是空虛的一無所有……

唐山客的臉上浮現出惶恐的神色，他焦急地道：「萍萍，你好了！」

東方萍露出一絲苦澀的笑容，道：「你該滿足了！」

唐山客目中閃過一絲貪戀的樣子，一縷少女的幽香如蘭似麝地吸入他的鼻

第二章　兩代情孽

中，使他腦海中掠過一絲遐思，他激動地緊緊摟住東方萍，喘氣道：「萍萍，原諒我冒瀆你，我是愛你的……。」

東方萍冷漠地道：「你得到的將是一個沒有靈魂的軀殼，我的心已經給了別人，你永遠也除去不了石砥中在我心中的影子。」

唐山客抖顫地道：「萍萍，你這樣對我是多麼殘酷啊！」

「住嘴！」東方萍忽然怒吼一聲跳了起來，她冷然地叱道：「你們這樣做，難道不是件殘酷的事情嗎？唐山客，你知道失去所愛的人那種痛苦？你把自己的快樂建築在別人的痛苦上，我問你，難道這就不是件殘酷的事情？」

她把心中鬱結的那股怒氣通通發洩出來，心頭立時暢快不少，但另一種愧疚的心情使她失去了活下去的勇氣，一個可怕的念頭似的浮現在她的心中，忖道：「讓我死了吧！死是一切煩惱的解脫，惟有死，才能解除我心靈上的痛苦……。」

「死」的意念在她腦海中一閃即逝，她茫然望著碧波盪漾的湖水，在碧綠色的湖水裡，她恍如看見自己的屍體浮出水面時的淒涼情景。

唐山客驟見她那種失魂落魄的樣子，心裡暗吃一驚，他向前急急走了兩步，扶著東方萍的手臂道：「萍萍，你怎麼啦！」

東方萍這時非常惱恨趙韶琴和唐山客兩人，她冰冷地哼了一聲，怒道：

「你走開，我不要見你!」

唐山客吶吶道:「萍萍，我愛你，不要這樣對待我!」

他想起自己蓋世雄風，在這個未來妻子的面前，竟是如此軟弱，心裡就有說不出的淒涼的感覺，他想到在往後悠長的歲月裡，真不知如何和東方萍共同生活!

東方萍心中恍如被數柄銳利的長劍絞戳著一般的疼痛，眸子裡滲出了泛紅的血淚。

她厭惡地冷笑一聲，唐山客，你不要纏著我!」

唐山客急得上前扯住東方萍的手臂，道:「即使名義上我是你的妻子，可是我的心也不會屬於你。唐山客，你不要纏著我!」

東方萍的手臂被他用力一捏，頓時感到一陣痛疼，她立時面色慘白，顫聲道:「你……。」

「放了她!」

七絕神君從林中斜穿而至，大喝一聲，伸掌推了唐山客一把。他臉色鐵青，冷冷地道:「唐山客，你敢欺侮她!」

東方萍在這冷清的白龍湖畔，除了孤獨的在湖上泛舟之外，很少有人和她交談，她一見七絕神君，有如碰見可以依賴的親人似的，她撲上前泣道:「神

第二章　兩代情孽

君，我該怎麼辦？」

惶恐的思緒在她腦海中飛快轉動著，她好像被埋進凍結的冰窖裡，正遭受到極度痛苦的折磨……。

七絕神君黯然嘆道：「萍萍，你不要難過，本君絕不會讓你嫁給唐山客，我立刻想辦法通知石砥中。」

唐山客被七絕神君推了一掌後，立刻一股怒火湧上心頭，他一聽七絕神君要找石砥中，那股怒火在腦中瀰然升起。

他上前大喝道：「神君，她即將是我的妻子，你憑什麼干涉？」

「嘿！」七絕神君低喝一聲，如冰的臉上立時顯出一股寒意，他冰冷地道：「湖主雖然決定了這件事，但是還沒有求得東方剛的同意，你給我滾到一邊去。」

唐山客怒道：「你是什麼東西，敢對我說這種話！」

七絕神君面罩寒霜，冷喝一聲，身形向前電快地掠了過來，他斜舉手掌，怒叱道：「本君很想現在就殺了你這個小子。」

他手掌正待拍下，陡然瞥見趙韶琴滿臉不悅站在他的身後，七絕神君暗暗一嘆，急忙放下手掌默然離開了。

趙韶琴冷冷地道：「山客，這是怎麼回事？」

唐山客在趙韶琴面前可不敢太放肆，他方待說出這事情發生的經過，忽然瞥見東方萍滿臉驚悸之色，有如一個做錯事情的孩子似的⋯⋯

他暗暗輕嘆，忖道：「感情有時發生在一瞬間，我第一眼看見萍萍就深深愛上她了，湖主若知道這事的起因必會苛責萍萍，我既然愛她，就不該讓她受到一點委屈。」

他深深吸了口氣，輕輕嘆道：「湖主，是我惹萍萍生氣⋯⋯。」

趙韶琴冷喝一聲，那雙冷峭的目光緩緩斜睨在東方萍的臉上，這兩道銳利的目光有如利劍似的刺進東方萍的心中，她嚇得全身顫抖，急忙低下頭去。

趙韶琴冷冷地道：「萍萍，你說到底是怎麼一回事？」

東方萍目中含淚，一縷縷血絲和晶瑩的淚水交織在一起，她顫聲泣道：「我不要嫁給唐山客！」

趙韶琴冷哼道：「為什麼？」

「因為⋯⋯」東方萍大聲道：「我不想嫁給一個自己不愛的人。湖主，我這一生中只愛石砥中，任何人都不能奪去我的心。」

旁立的唐山客聽到這句話，那熾烈的愛火陡地被冷水澆滅了，他傷心地長嘆了口氣，步履沉重地走了過去。

他的自尊和驕傲在這一剎那通通被這一句話粉碎了，在那深邃目光裡，竟

第二章 兩代情孽

隱隱浮出淚影。

他蹣跚的移動步子，一陣難過泛上心頭，在他腦海中有如電光石火似的浮出一個念頭，暗忖道：「我必須殺死石砥中，才能取代他在萍萍心中的地位，我不相信我會不如石砥中……我一定要殺死他……。」

他被涼風一吹，立時清醒過來，目光一瞥，看見一個冷峻的老人，滿臉怒色瞪著他，他驚詫地退後兩步，問道：「你是誰？」

那白鬚飄拂的老人冷冷道：「你就是要娶我女兒的唐山客嗎？」

唐山客啊了一聲道：「我……。」

那老人冷哼道：「我是東方剛。」

趙韶琴斜身躍了過來，喝道：「你來幹什麼？」

東方剛臉上一陣抽搐，道：「我來看我的女兒……。」

趙韶琴厲色道：「萍萍已不是你的女兒，她即將是白龍派的一派之主，當年的事我不想去提它，現在你給我滾下山去……。」

東方剛滿臉痛苦之色，在他眼前恍如又浮現出當年自己和若萍苦苦哀求趙韶琴的情景。

他暗自嘆了口氣，儘量抑制心中的激動，道：「你要報復我……。」

趙韶琴激動地道：「你搶了我的女兒，我也要你失去女兒，這本是極公平

的事情。東方剛，你知道我恨你一輩子……。」

她雙目赤紅，閃過猙獰的煞意，把手中的大鐵杖在地上重重一頓，蒼髮如雲飄散開來。

東方萍沒有料想到爹爹與趙韶琴之間竟有這樣一段曲折的隱情，她痛苦地低吟了一聲，流下苦澀的淚水，向東方剛身前躍了過去。

她悲泣道：「爹爹，這到底是怎麼一回事？」

東方剛見自己唯一深愛的女兒，如今竟是如此的痛苦，心頭頓時一酸，他輕輕拍著東方萍的肩頭，嘆道：「萍萍，這些事你最好不要知道。」

趙韶琴恨極東方剛偷偷帶走她的女兒若萍，使她孤苦無依承受這失去愛女的痛苦，她曾發誓要把東方剛和若萍抓回來，活生生劈死這對私奔的戀人，甚至有幾次，她偷偷跑到天龍谷去，那時若萍已先後生下了東方玉和東方萍，她看見這對外孫女是如此的可愛，即使她是鐵石心腸都不禁軟化下來，等到東方剛的妻子死後，趙韶琴雖然原諒了她的女兒，可是對東方剛那股憤恨之心卻絲毫未減，她要報復東方剛奪去她的若萍……。

趙韶琴淒厲狂笑道：「東方剛，你做的不要臉的事情怕給你女兒知道嗎？哈……在萍萍面前，你為何不敢說出誘拐我女兒的事……。」

東方剛被她說得臉上無光，神情尷尬，他淒涼地嘆了口氣，道：「岳母，

一切都隨著時間過去了，我和若萍雖然沒有事前徵得你老人家的同意而結合，可是，在那種情形下，事實上已經不容許我們等下去了。」

東方萍從雙方片斷的談話裡，已知道趙韶琴就是自己的外婆，她茫然嘆了口氣，忖道：「真想不到娘和爹也是在這種情形下結婚的，爹爹既然知道得不到愛情的痛苦，當初他又何苦極力反對我和砥中相愛呢？這是不公平的事……。」

趙韶琴心神劇震，在那雙冷寒的目光裡，不禁也泛現出溼濡的淚影，她深深嘆了口氣，道：「萍萍！」

當她想起東方剛曾經做出令她心碎的事情時，她立刻又變得冷漠無情，她那陰寒的目光中陡地湧上一片殺意，看得東方剛心頭大駭，不覺倒退一步。

而唐山客卻在這時閃身躍到東方萍的身旁，滿臉都是憐愛之色。

東方萍冷冷一嘆，朝趙韶琴泣道：「婆婆，你原諒爹爹吧！」

第三章 落星追魂

暮靄深濃籠罩著白龍湖,漾起陣陣漣漪的湖面,倒映出白雲青山,好像是夢境裡的畫面。

綠波萬頃,碧草如茵,枯黃的葉片,風捲在空中旋轉不停,徐徐落向湖心擊碎湖面上的倒影,跟著盪漾的清波逐流而去。

東方萍哽咽道:「婆婆,請你原諒我爹爹!」

在那烏黑的眸瞳裡浮現乞求的神色,等待她的回答。

晶瑩的淚珠奪眶而出,那蒼白的面容輕微抽搖著,她驚悚地望著趙韶琴,趙韶琴冷哼道:「你給我回房去,這事我和你爹爹解決。」

語聲一轉,她對唐山客道:「山客,你陪萍萍進去吧!」

唐山客一陣驚喜,絕望的臉上隱隱露出欣喜的笑意。他如獲聖旨般的,輕

輕對東方萍道:「萍萍,你也累了,我們回房去吧!」

東方萍厭惡地垂下頭去,一瞬間她覺得有一股熱浪襲向自己,那是唐山客如火的目光,正熾熱地凝視著她。

好久好久,她才穩定住激動的情緒,當她斜睨了唐山客一眼時,這個深愛她的人,在她的眼中竟是那麼的陌生。

她在這天地一線間,但覺心中空空蕩蕩,未來和過去固然是那麼模糊飄渺,便是現在也有點不大真實。

她很快沉浸在自己的回憶中,雖然在她的記憶中,不過只有一段極短促的溫馨時光,並且伴隨著無限的痛苦與煩惱,可是她仍然無法自拔沉溺其中。

東方萍暗嘆了口氣,腦中極快忖道:「命啊!我的命運,天上的星星,為什麼這樣殘酷地作弄我?」

在她心底時而泛起不平的怒吼,每當她站在月光底下,她會數著天上的星辰,發洩心中鬱藏的悲哀,於是她學會了孤獨,也學會了適應黑夜的冷寂⋯⋯。

她冷冷地哼道:「你要走你走吧!我可不離開。」

東方剛見唐山客糾纏東方萍,登時一股怒火自心底瀰湧而起,他一曳袍角斜躍而來,大喝道:「小子,你是什麼東西,也敢糾纏我女兒!」

唐山客一蹙眉，吶吶地道：「她……是我的妻子。」

「呸！」東方剛不屑地冷笑道：「憑你這個白毛小子也配做天龍大帝的女婿，也不拿鏡子照照你這副樣子，縱然沒有人要她，也輪不到你。」

唐山客被東方剛罵得滿臉通紅，自心底頓時升起一絲恨意，他神情驟然大變，目中漸漸泛射出一股凶光。

他冷冷地道：「你雖然是我未來的岳父，但也不該對我說這種話。」

「嘿！」東方剛嘿嘿笑道：「你給我滾到一邊去，老夫看見你就有氣。」

唐山客此時雖然怨到了極點，可是也不敢發作，他恨恨地冷笑一聲，大步往外行去。

「哼！」趙韶琴斜身躍了過來，冷哼道：「山客，你不要走！萍萍將成為你的妻子，她那老子若敢說個不字，老孃準要他命。」

唐山客果然煞住身形，滿臉詭異陰沉的樣子，他緩緩走到東方萍身邊，痴痴地望著這個自己深愛的少女。

東方剛沒有料到趙韶琴會如此自作主張，他深愛東方萍，更甚於他的生命，他絕不能容許東方萍嫁給一個他不喜歡的人，何況這個人也不為東方萍所喜愛。

他氣得全身顫抖，道：「你到底與我有什麼深仇大恨，要把一個無辜孩子

的幸福葬送在你的手掌裡。我是她的父親，絕不能看著自己女兒跳進火坑。」

這個老人固然氣憤到了極點，可是他心底的那點靈智始終阻止他的衝動，趙韶琴這種固然報復不擇手段固然不對，但是她終究是若萍的母親，他無法和她爭鬥，那樣地下的若萍會更加不安⋯⋯。

趙韶琴並沒有因為東方剛的爭辯有所退讓，她雙目緊緊一瞪，在那如冰的臉上閃現出一絲陰沉的笑意。

她把手中大鐵杖輕輕一點地面，冷冷地道：「這不結了嗎！你不要把女兒送入火坑，我又何嘗願意把若萍送入火坑，當年若不是你花言巧語騙了她的身子，若萍怎會看上你這渾小子⋯⋯。」

東方剛一愣，想不到趙韶琴會如此惡毒，因對方這句話觸動他埋藏的心事，在那雙隱含淚水的目光裡，他好像又看見若萍她那柔蜜的情意和熱情如火的雙眸，東方剛只覺一陣心旌搖晃，他連忙閉上眼睛，努力地克制壓抑情緒。

但是就在這時，他彷彿又聞到她那清幽的髮香，一股烈焰自他胸中瀰漫燃起，他突然發覺自己喉嚨發不出一點聲音來。

他痛苦地道：「那是愛，我和若萍是因愛而結合！」

趙韶琴憤怒吼道：「愛⋯⋯哈！你可知道你們的愛情毀了一個幸福的家庭嗎？東方剛，你知道我是怎麼活下去的？」

東方剛通體泛起劇烈的顫抖，冷汗涔涔而落，面色鐵青，閃現出層層過去往事的痛苦，趙韶琴尖銳的辭句有如利劍穿心。

東方萍從沒見過父親像今天這樣痛苦過，她雖然不知父親和母親如何為愛奮鬥過，但從雙方的話裡，她曉得母親確實是在愛情下犧牲了，她有些同情父親和母親那時的處境，可是更為外婆晚年失女那種沉痛而傷心。

她傷心地嘆了口氣，眸子裡湧起一股莫名的異采，她撩起羅袖輕輕拭去眼角的淚水，道：「你們不要吵了，我決心嫁給唐山客，這些事情關鍵在我，你們從此不必再為此爭吵⋯⋯。」

當她哽咽著說出這些話的時候，她的心裡是何等的難受，那顆哭泣的心有如片片被撕碎開來，眼前一片黑暗，她不知自己何以會說出這樣的話，只覺得自己一生的幸福全葬送在剛才的承諾裡。

她彷彿看見石砥中那雙深邃如海的目光正含情脈脈望著她，好像在責備她的變心，也好似在傾訴他的情意⋯⋯

在這剎那間，她驟然覺得石砥中和她隔得那麼遙遠，兩人幾乎有些陌生，那過去霧一般的甜蜜夢境隨著她臉上滾落的淚珠而褪逝，石砥中的影子在她眼前逐漸模糊，淡淡地逝去，僅僅留下夢也似的甜蜜溫馨，尚盪漾在她的心底。

唐山客臉上陡然露出驚喜的神色，他恍如有些不相信東方萍會親口許諾跟

自己的親事,愣立了半响,道:「萍萍,我會使你快樂的!」

東方萍沒有說話,僅是低嘆了口氣,那滿覆冰霜的臉上毫無一絲歡愉之情,她冷漠地斜睨了唐山客一眼,只見他高興得手舞足蹈,她心頭一陣劇痛⋯⋯。

激動悲憤的東方剛,驚訝地望著東方萍,自那雙含藏憂鬱的眼睛裡,清晰的噙著淚珠,他寒悚的一顫,緊緊握住東方萍的雙手,顫聲道:「孩子,這事情與你無關,你沒有義務來承受⋯⋯。」

「哼!」趙韶琴冷哼一聲,冷笑道:「不是你的錯,難道是我的錯!」

東方剛沒有理會這個不通情理的老嫗,他慈祥地輕拂著東方萍那飄亂的髮絲,一種無言的痛苦有若毒蛇似的深深啃噬他的心,所以連手掌都泛起輕微和顫抖,並自掌心湧出了汗水。

東方剛眼前此時一片空白,她已不知什麼是痛苦了,只覺得自己的心湖已經乾涸,再也盪漾不起漣漪,她茫然望著穹空散布飄逸的白雲,輕聲道:「爹,只要婆婆不再怨恨你,我這點犧牲又算得了什麼⋯⋯。」

她像是失去靈魂似的輕輕地說了出來,臉上沒有一絲表情,東方剛看得心神劇痛,一股涼意驟然自心底湧出來。

他悽然嘆口氣,道:「萍萍,你沒有必要這樣做,爹爹絕不會把你美麗的

青春葬送在這樣的婚姻裡，我會給你找一個理想的伴侶，萍萍……。」

「理想伴侶！」東方萍眼前發黑，身形搖搖一晃，她輕拭眼角的淚水，顫道：「爹，你是嘗過愛情滋味的人，自然曉得失去愛情的痛苦，我曾有過夢想，那只是生命中的一種慰藉，現在我的幻夢已如朝霧似的褪逝了，在我這一生已沒有夢想了，更談不上愛情，理想伴侶對我毫無意義。」

「萍萍！」

東方剛柔和地呼喚愛女的名字，他曉得東方萍這時所受的刺激甚深，使得她將所有的感情都凍結起來。

他激動地道：「爹爹僅有你這麼一個女兒，我寧願失去世上一切也不能失去你，當初你娘死的時候曾叮嚀過我，將來你的對象必須是個英俊瀟灑的有為青年。」

「爹爹，你說這些做什麼呢？」她淒涼地嘆道：「我的幸福早已破碎，夢想也已幻滅了，這一生我已不抱希望。」

趙韶琴上前跨步過來，拉住東方萍的手，道：「東方剛，你滾吧！萍萍是我的外孫女，我將給予她世間一切的快樂，會把她當作女兒一樣的照顧。」

東方剛臉色大變，道：「她是我的女兒，我要帶她走！」

「走？」

第三章　落星追魂

趙韶琴臉上閃現出一絲冷漠的笑意，她恨恨地望了東方剛一眼，冷冷地道：「你可不要忘了她是若萍的骨肉，我這個外婆也有看顧她的權力，你這個沒有責任心的東西，若真愛你的女兒，為何會直到現在才找她回去！」

東方剛處處忍讓，始終不願和趙韶琴真正反臉，這時見她不留絲毫餘地的指責自己，立時一股怒火自心底燃起。

他冷漠地怒哼一聲道：「我並不是怕你，雖然你是我的長輩，但是你這樣的態度，我可不會尊敬你。」

「嘿！」趙韶琴低喝一聲，叱道：「你想找死！」

她這時憤恨已極，輕叱一聲，手中的大鐵杖呼地一聲向東方剛的天靈蓋猛砸過去。

東方剛身形急挫，身子掠空躍了起來，他這時已排除心中一切顧忌，單掌輕輕一翻，立時掌風澎湃擊了出來。

趙韶琴真沒料到對方竟敢和自己動手，她怒喝一聲，沒等東方剛掌風擊過來，手臂一振，身形連跨三步，掄起手中大鐵杖，攻向東方剛的胸前。

烏黑的大鐵杖，漾起一道黯淡的烏光，光芒閃動，一聲尖銳的風嘯像是要撕裂人體似的急響而起。

東方剛碩大的身形一晃，像一片墜落的枯葉，隨著那擊來的大鐵杖飄身掠

起，黏在那一縷光束上。

東方萍見兩人動手激鬥，心裡一陣悲傷，她緊張地望向場中，急得身軀寒慄的驚顫，大聲道：「爹，你不能跟婆婆動手！」

東方剛閃過劈來的一杖，道：「萍萍，跟我回去！」

東方萍搖搖頭，淒涼地道：「我不能，爹，原諒我！」

她在一瞥間，忽然看見東方剛神情慘變，身形連連一晃，攻勢倏地一緩，在那蒼老的面上掠過一陣黯然的神色。她曉得爹爹在傷心之下，已沒有心情和趙韶琴拚鬥了。

她實在不忍心再看倆人動手，更不願看見兩人中有任何一人受傷，她深深凝望了東方剛一眼，喃喃道：「爹，別了！我沒有辦法跟你回去天龍谷了，在我進入白龍湖之前，我已發誓永遠不得背叛白龍派的派規，但願爹能瞭解我此時的悲傷！」

她拂理飄落在髮絲，輕輕嘆了口氣，才移動著沉重的步子，悄悄離開了湖畔，她覺得心中空虛，一無所有。

這個塵世間已經沒有任何值得她關心的事情，她雖然尚活在這個春濃的時日，可是她的心卻似那枯腐的朽木。只覺眼前一片黑暗，那生命之光已拖著逐漸消逝的尾芒隱入夜空，她永遠都將活在沒有生機的嚴冬裡。

第三章　落星追魂

×　×　×

穹空不知何時已布滿無數的星星，她踏著蹣跚的腳步，走向濃密的深林裡，她淒涼地笑道：「春之神，你帶給我的希望已經幻滅了……。」

於是，那濃密的綠葉搖顫了，當清涼的夜風拂面而至，她才自失神中清醒過來。

突然，她的視線裡出現一個幽靈似的黑影，悄無聲息凝立在她的身前，從葉之聲，東方萍全身驟覺一震，恍如置身在虛幻夢境中。

對方那雙炯炯有神的眼睛裡，閃現出一片朦朧的淚影……。此刻她已不知是驚是喜，在這靜謐的深夜裡，

她嘴唇艱難地動了兩下，顫聲道：「砥中！」

石砥中沒有說話，只是深深凝望著她，他那泛現淚光的雙目，有如兩盞燦亮的燈照進她的心坎。

東方萍詫異地望著沒有一絲表情的石砥中，一股慚愧在電光石火間湧進她的心頭，她辜負了他對她深厚的愛戀，背叛了他們所擁有的愛情。

她悲愴地幽幽一嘆，道：「你還來幹什麼？」

石砥中嘴唇翕動，喃喃道：「是的，我還來做什麼？」

他的身軀忽然輕微地顫抖，在他的心底驟然又多了一層悲哀，他那熾熱的心自踏進白龍湖便開始僵冷了，雖然他的血液還在流動，可是瀰漫的寒氣，使他覺得全身彷彿置身在冰雪之中。

滾燙的淚珠從臉上滾落下來，這個從來不曾流淚的堅強男子，在這一刹那，他的感情突然變得脆弱起來，掉下了最真摯的淚水。他的傷心是有理由的，因為他的愛人將永遠不再屬於他了。

這時兩人雖然僅隔數步之遠，可是在兩人的心中卻有如隔著汪洋大海，使得兩人突然陌生得說不出一句話來。

過了半晌，石砥中才嘆了口氣，道：「萍萍，我來看你最後一眼，這可能是我們最後一次見面了，明天，我就要動身回大漠去了。」

他苦澀地說出這些話後，心裡突然莫名激動起來，雖然他已試圖接受這個沉重的打擊，可是那隱藏於心中的愛戀終於使他壓制不住情緒的衝動，淚水奪眶急湧而出。

東方萍聞見他那低沉的話語，她突然心痛得幾乎站不住身子，那烏亮的眸子早已失去原有的神采，清瑩的淚珠也顆顆落了下來。

她勉強露出一絲笑容，顫抖地道：「你都知道了！」

第三章 落星追魂

石砥中偷偷走進白龍湖時，剛好遇上天龍大帝和趙韶琴發生爭執，這次他來白龍湖只是想看看東方萍，沒有想到趙韶琴竟會逼東方萍嫁給唐山客！

他苦笑道：「我都聽見了，你答應嫁給唐山客了。」

石砥中責備的口吻，東方萍覺得非常刺耳，她惶悚地避開對方嚴厲的目光，蒼白的臉上掠過後悔的神色。

她輕輕低泣著，傷心的淚珠串落下來，那心底的悲痛通通在這陣哭泣裡流洩出來。

她彷彿在說：「我這樣的犧牲算什麼？是為了爹，還是為了湖主？上一代的恩怨情仇為什麼要留給下一代來承受……砥中，砥中，我深愛的人，讓我們的愛永遠埋藏在心底，我們雖然身體不能結合在一起，但我倆的精神卻永遠不分離。」

東方萍雙肩抽搖，顫道：「砥中，原諒我！那不是我的本意，惟有你才是我所愛的人，請你相信我，我的心永遠是屬於你的。」

石砥中冷靜地思索著，他沒有理由去憎恨東方萍的變心，她是在壓力逼使下而向現實屈服，他的思緒飛快轉動，腦海裡又浮現出東方萍的情影……那是他們第一次見面時，她清純美麗有如天上的仙女，他永遠忘不了那一幕。

他輕輕嘆口氣，命中註定將失落這份感情，無限的失望與傷感瀰漫在他的

心湖裡，使他在一瞬間變得頹喪傷心，滿腔希望化成泡影。

他黯然拭去眼角的淚水，道：「萍萍，我並不恨你，我因為能夠認識你而感到幸福，在我心中已留下足夠的回憶⋯⋯。」

東方萍沒有說話，只是流著淚⋯⋯。

密枝盤虯的深林裡，閃起一盞搖曳的燈影，唐山客自林裡走來，他遠遠地看見東方萍正和一個男子娓娓低語著，頓時一股怒火自胸間燃燒開來。

他急忙放下風燈，悄悄躍了起來，隱於樹叢後面，他看見東方萍正對一個他不認識的男子哭泣，他心底立時蕩起一種難言的痛苦，自他眉宇間濃聚一片殺意。

東方萍道：「萍萍，你在這裡做什麼？」

東方萍全身一顫，冷冷地道：「我現在又不是唐家的人，你還沒資格管我。」

唐山客一愕，吶吶不知該如何接話，他急忙側過頭去，怨毒如火的目光立時聚落在石砥中的身上。

「哼！」他鼻子裡重重透出一聲冷哼，身形陡然躍出，他目光如冰，指著石砥中冷冷地道：「你是誰？和萍萍有什麼關係？」

他嘿嘿冷笑數聲，怒視石砥中道：「你問得倒詳細，只是我不想告訴你。」

唐山客冷笑道：「白龍湖不是你來的地方，閣下識趣點趕快自動說出來，

第三章　落星追魂

免得在下得罪了。」

東方萍笑道：「他就是石砥中，你敢怎麼樣？」

唐山客暗中驚懼，倒沒想到對方竟會是自己未曾謀面的情敵。他聞聲哈哈一陣狂笑，道：「原來你就是萍萍以前的情人！」

石砥中深深凝望了東方萍一眼，他深覺唐山客配不上東方萍，他心裡非常難受，厭惡地瞪了唐山客一眼，冷冷地道：「閣下說話最好保持一點風度，像你這樣的人實在配不上萍萍，在下深為閣下這種態度感到遺憾。」

「呸！」唐山客被對方說得滿臉通紅，積鬱於心中的怒火洶湧傾瀉出來，只見他雙目赤紅，臉上布滿濃厚的殺意，他大喝一聲，道：「石砥中，我要殺了你！」

他伸手拔出斜插於肩上的長劍，鏗的一聲，空中閃起一道悽迷的光弧，劍芒流灩伸縮展吐，他斜立長劍於胸前，雙目如電似的投落在石砥中身上。

石砥中冷冷地望了唐山客一眼，薄薄的嘴角弧線上浮現出一絲落寞的笑意，他暗自嘆了口氣，腦海裡立時掠過數個不同的念頭。

他傲然凝立，腦中極快地忖思道：「我不能和他動手，他雖然態度十分惡劣，但我看得出那是因為他也愛著萍萍的關係……唉，僅僅數日之隔，變化如此之大，這實在是難以預料的事情，但願唐山客能像我一樣深愛著萍萍，那我

縱使日日飽受失戀之苦，我也願意忍受……。」

這個意念在他腦海中一閃即逝，他方待說話之際，唐山客已大喝一聲，身形向前斜欺而來。

唐山客手腕一抖，自劍刃上閃出數個爍亮的劍花，在半空中幻化成數條流激的劍影，朝著回天劍客石砥中的身前刺了過來。

劍勢甫動，周遭空氣立時蕩起層層的劍浪，在那閃動的劍光裡，唐山客厲叱道：「石砥中，讓你嚐嚐『淬厲寒心』劍法的第五式『落星追魂』的厲害！」

石砥中驟見一片劍光罩空而來，暗中不由心驚對方這手劍法的厲害，他身形急急一晃，閃過對方劈落的一劍，右掌五指箕張，閃電般抓了過去。

這一手非常冒險，不但手法要快，還要拿捏準確，時間上更要配合適當，只見在雙方指劍快要接觸的刹那裡，石砥中的食、中二指一夾，已巧妙地箝在對方那冷寒的劍刃上。

唐山客只覺手腕一震，長劍已被對方拿住，他低喝一聲，奮起全身的功力，竟然不能夠移動對方那伸出的兩個指頭分毫，頓時羞愧之色閃現在他的臉上。

石砥中指雙指一鬆，冷冷地道：「唐山客，你要與我相比還差得太遠，我今天不願意讓你太難堪，希望你以後收斂起那種狂態。」

第三章 落星追魂

唐山客自知不是石砥中的敵手，他氣得臉色鐵青憤怒盯視石砥中，過了半响，他才恨恨地道：「你不要神氣，一年之後我必洗雪今日之仇！」

東方萍輕嘆了口氣，那雙烏溜溜的眸瞳裡湧出一片傷心的淚水，她傷心地道：「砥中，你真不嫉妒我和他結合？」

「我恨不得殺了他！」石砥中淒涼地道：「但是為了你，我不敢傷害他，因為他將成為你的丈夫。」

他含著失望的淚水，急忙轉過身子往外縱去。

他不敢回頭，更不敢接觸東方萍那悲痛的目光，但此時他耳際卻響起東方萍呼喚他的聲音⋯⋯。

黑夜傳來東方萍淒厲的呼喚，也飄來她喃喃泣語：

「花落水流，春去無蹤，只剩下滿腹辛酸無限的痛苦，我到哪兒去尋找往日的舊夢，海角天涯無影無蹤！」

第四章 明駝千里

殘陽,落照!

黃沙,孤騎!

無止無盡的大漠在茫茫黃沙裡伸延開去,那是一片金黃色的世界,展露在落日餘暉裡,恰似一望無際的大海。

在落日殘照下,石砥中孤獨地騎著汗血寶馬踏在軟陷的沙丘上,緩緩在大漠輕馳著,他茫然凝視著前方,連自己能落腳的地方都不知道在哪裡?

孤獨與感情的負荷重重地壓在他的心頭,使得他沒有多餘的心思去為自己的將來打算。因而他終日都沉溺在悲哀憂愁的情緒裡⋯⋯。

在那雙孤獨的眼睛裡,溼濡的閃現淚影。他的心好像被無情的劍刃片片剜割著,痛苦得使他幾乎連活下去的勇氣都沒有。

他失神的收回了目光，淒涼地嘆了口氣，喃喃道：「愛情就像美麗的雨後長虹，會在這一刹那突然出現，也會在下一刹那消失無蹤，匆匆來也匆匆去……而世間的愛情機緣難求，愛情來得太快或者太慢都難獲得幸福……。」

他悲痛的放聲狂笑，在那浮現於嘴角上的笑意，飽含落寞的傷感。

石砥中毫無目的地任由胯下坐騎載著他向前輕馳著，連自己到底要走向何方都不知道。

而他的思緒像電光石火般不停地飛快轉動，那含淚目眶裡，恍似又看見東方萍的影子浮現在自己的眼前，那美麗的倩影緊緊扣住他的心弦。

「呃！」他痛苦低吟一聲，道：「萍萍，難道我們真就這樣分開了！」

那空虛的心靈似乎還在震顫著，在這刹那間，他忽然覺得自己光著身子來到這個世界，又光著身子走向另一個世界，在那晦澀的生命裡，幾乎沒有任何東西值得留戀，也沒有任何一件事值得他去記憶。

「嘿！」

在他耳際恍如聽見有人低喝一聲，但這時他已沒有多餘的精神去理會這些事情了，因為痛苦充滿了他的胸臆，在那悲愴的心境裡，他的靈智早已被痛苦淹沒了。

他茫然望著穹空的殘霞，低聲自語道：「我已陷進愛情的泥沼裡，在往後

殘餘的歲月，我將孤獨地活著，而終老大漠……。」

當他想到那些煩惱的事情時，一縷空虛濃濃的湧進他的心頭，空虛得連他是否仍活在這個世間上，他都不敢如此確定。

汗血寶馬清晰的鳴聲在靜謐的漠野響了起來，石砥中神智一清，他深吸口氣，胸中的濁悶立時舒散不少，他輕輕嘆了口氣，那消逝的笑意又自嘴角上隱隱浮現出來。

「聿！聿！聿！」

這兩聲冷喝恍如幽靈似的自漠野傳盪過來，石砥中這次聽得十分真切，他暗中驚詫，縱目遠望，只見漠野除了遍地黃沙外，根本沒有一絲人跡。

他正在出神沉思之際，那捉摸不定的冷喝之聲又復自耳際傳來，石砥中哼一聲，喝道：「你是人是鬼？儘在冷笑什麼？」

說也奇怪，石砥中話聲甫逝，那低喝之聲突然戛止，竟連一點聲息都聽不到，但是，那汗血寶馬卻在這時狂嘶一聲，四蹄如風地往前馳去。

石砥中自己也不知這是怎麼回事，自從聽見那低喝之聲後，心緒漸漸開始不能寧靜，他深吸口氣，道：「大紅，你到底想幹什麼？」

霎時，數個不同的意念在他腦海中閃電似的湧現出來，他怨嘆著自己命

第四章 明駝千里

運的苦澀，在那薄薄的嘴唇弧線下，有著抗拒命運的倔強笑意，含隱著無比的毅力……。

那淒厲的冷喝聲，又自正北方恍若鬼魅似的傳了過來。

石砥中急忙循聲望去，只見這時天色已晚，汗血寶馬馱負他奔馳至大漠邊緣，在一個孤立的山丘上，蹄聲戛然而止，寶馬再也不肯向前行去。

光禿禿的山丘之前，沒有任何青綠的草樹，僅有一座拱形的巨墓，孤零零地立在山丘上。荒涼的情景落進石砥中的眼裡，不禁使他看得一愣！

「嘿！」

「小子，別發愣了，趕快拔出墓頂上的那柄寶劍，否則你這小子就死定了！」

突然，自那個荒頹的巨墳裡傳出冷寒如冰的話聲，句句襲進石砥中的心裡。

石砥中聽得心寒，身形自寶馬上疾撲而去，只見他身軀斜斜一擰，便已躍在那座巨墓之前，他凝重的深吸口氣，立時將目光投落在墓頂之上。

果然，在那破碎的墓頂上，有一柄精芒耀目的長劍深深插進巨墳頂端上。

石砥中看得心頭一震，如電光石火般一個意念閃進他的腦海之中，忖道：「這不是大漠鵬城裡記載的古龍劍嗎？看那劍柄上盤旋著那條大龍，正

「是世上唯一能夠和金鵬墨劍並駕齊驅的千古神兵,不知這支神劍為何會被插在這裡?」

意念方逝,他的心底便有一股莫名的激動催促著他,石砥中急兩二步,儘量抑止自己激動的心緒,道:「你是誰?」

墓裡的人嘿嘿冷笑道:「你不要問我是誰,閣下只要敢動那柄長劍的念頭,你準死無疑,否則這一柄劍也不會留在此地等你了!」

這人狂傲的口吻,氣得石砥中幾乎要嘔出血來,但這也是實情,像如此樣的神兵利器敢公然放在這裡,若沒有極大的凶險,恐怕早就流落在他人之手,何需等著他來呢!

石砥中冷冷地道:「閣下少客氣了,在下肩上這柄三尺劍刃雖非舉世無匹之神器,但也不輸這柄古龍劍。」

墓中的人似乎吃了一驚,他激動地道:「什麼?小子,你不要吹牛了,只要你敢拔出這柄劍,你就知道自己認為名貴無比的寶劍在這柄神劍之前,根本不值得一顧。」

石砥中心思靈敏,一聽墓中人話裡隱含玄機,立時警覺起來。

他仔細打量那柄冷寒的長劍一眼,突然哈哈大笑道:「閣下想激怒我去動那柄長劍,到底是何居心?」

墓裡的人嘿嘿笑道：「小子，你果然是個聰明傢伙！這樣吧，柄劍，我便把它送給你，但你必須要先接我三掌。」

石砥中見墓裡的人中氣十足，聲音宏亮，雖無法看到他的面貌，但可想像這個人必是一方英雄。

他有心想一睹墓中人的真面目，冷冷地道：「我對這柄劍沒有多大興趣，可是對接你三掌之事倒很有意思，不過，你可得先告訴我你是誰？」

墓裡聲音又起，這次卻是憤怒的叱罵道：「王八羔子，你這龜兒子！老子若不看在你還是個毛孩子，這就要你的命！」

石砥中被這個不相識的人罵得心頭火起，怒道：「看來我非拔下這柄劍不可了！」

「嘿！」他深吸口氣，右掌陡然發出一股無形大力，勁道威猛無儔，墓頂上長劍不禁被推得一陣顫搖。

「嗖！」的一聲，長劍化作一縷寒光彈躍而去！

「砰！」

石砥中只覺天搖地動，眼前碎石飛濺，那座龐大的石墓忽然碎裂開，在沙霧瀰漫之際，一個龐大的人影從墓中斜飄撲起，空中接連響起一串淒厲的狂笑。

這個蓬首垢面、衣衫襤褸的怪人身形甫落,他嘴角上立時浮現出一絲冷酷的獰笑,道:「小子,你救錯人了!」

石砥中驟見這個神情怪異的漢子出現,心中陡地湧起寒意,他忙把全身功力蓄於雙掌之中。

那漢子一聽大怒,道:「你找死!」

他身形如電,隨著怒喝聲伸出枯黑的五指,朝石砥中胸前斜抓而來,指掌未至,迎面一股熱灼如火的強勁重重壓了過來,逼得石砥中連退二步。

石砥中身形一晃,道:「你想做什麼?」

那蓬髮襤褸的漢子冷冷地道:「我想殺死你,凡是遇見我的,沒有一個人能逃得一死,當然你也不例外。」

說完,便要把背上那柄名傾千古的神劍拔了出來,只見金光流瀲,一蓬劍芒在空中泛顫起無數劍花。

那蓬髮漢子一見神劍全身突然驚顫,道:「這是金鵬墨劍,你是百里狐的

石砥中倒沒有想到這個漢子心腸這樣狠毒,自己與他無怨無仇,在初次見面之下便要置自己於死地,他深深吸了口氣,在那豐朗的面容上,立時浮現出一層殺意。

他冷冷地道:「閣下不要太狠了!」

第四章 明駝千里

「什麼人？」

他似是十分畏懼這柄千古神劍，在那雙寒光湧現的目眶裡，隱隱透出畏懼之色，他輕輕移動身軀，向後連退了幾步。

石砥中聽得一愣，倒沒料到這個神秘莫測的漢子竟會一語道出死於大漠鵬城的那個老人，他神情因此顯得有些激動，腦海中立時閃過百里狐臨死前於石壁上留下的那個人名。

他神色凝重地向前跨了一步，道：「你是宇文海？」

「嘿！你果然是百里狐那小子的傳人！」

這個漢子似乎自以為證實了一件事情，他身形向後暴閃，目光突然瞥向石砥中震飛的那柄利劍，他陰狠地一笑，急忙去搶奪那柄橫斜在地上的長劍！

自空中突地響起一陣駝鈴之聲，殘碎的鈴聲在漠野聽來清脆悅耳，恍如銀珠從天而降，灑落在盤子上的那種聲音，美妙得有如仙樂。

宇文海正要俯身拾起那柄古龍神劍，驟然聽見這陣銀鈴似的聲響，面色陡然大變，他急忙抬起頭來，朝駝鈴的來處遙遙望去。

「叮！叮！叮！」

只見茫茫大漠，一道黑影急快地向這裡移動，那黑影來得極快，晃眼之間，便出現一匹黑色的大駱駝，在那駱駝背上端坐著一個蒙著黑巾的少年。

宇文海目光才投落在那隻駱駝的身上，在那寒冷的目光裡立時湧出一層恐懼的神色，他身形急射而起，竟顧不得拿起那柄寶劍便自離去。

石砥中斜撲而上，喝道：「閣下想跑嗎？」

宇文海回身一聲厲笑，道：「小子，你替我去擋那小子一陣，回頭我再找你好好拚上一場。」

說罷身形連晃，踏著細碎的沙泥奔去。

石砥中大愕，沒有料及宇文海竟會臨陣脫逃，看樣子宇文海對那黑駱駝上的人十分駭懼，那個人一定是一個非常不簡單的人物。

他腦海中縈繞著許多問題，一時倒被宇文海弄得如墜五里霧中，好像永遠也追尋不出真正的原因。

石砥中愕然望著黑駱駝上的那個用黑巾掩住嘴鼻的少年，不知怎的竟十分小心起來。他急快地忖道：「百里狐說得明白，這宇文海功夫極高，怎會一見到這個少年便拔腿飛逃，難道這少年比宇文海還要厲害？」

他心念電快地轉動，連那少年已閃身自黑駱駝背上飄落在他的身旁都不覺得，等那少年拿下遮面黑巾時，石砥中才自沉思中清醒過來。

那少年臉上洋溢著笑意，恍如笑容永遠浮現在他的臉上，可是在那雙黑圓的眸瞳裡，卻泛射出一股冷寒的神光，直似要看穿石砥中心中所想的事情。

第四章 明駝千里

這小子冷哼道：「宇文海是你釋放出來的嗎？」

石砥中可從未聽過如此冰冷的聲音，他詫異地望向這個神情冷漠的少年，覺得對方話語間流露出來的狂傲，猶超過他的冷漠。

石砥中警覺地收回了目光，道：「不錯，是我在無意中放了他⋯⋯。」

少年斜睨了那座坍塌的古墓一眼，冷冷地道：「你可知做錯了一件令人不能原諒的事情嗎？」

石砥中見這少年完全不把自己放在眼裡，立時自心底漾起一股怒氣，他冷冷一笑，道：「我做的事情何須要你容忍，閣下也未免太瞧不起人了吧！」

這少年訝異地瞪視石砥中一眼，他恍如在石砥中身上發現了些什麼，似乎這個不服氣的念頭在他腦海中一閃而逝，一股莫名的勇氣從他心底蕩湧而出。

他愣了愣，暗忖道：「這個人是誰？我怎麼從沒聽說過大漠裡有這樣一號人物，在這漠野裡，我自認豪氣十足，蓋過當今所有大漠英雄，怎麼我在他的面前忽然感到自己變得渺小了⋯⋯。」

這少年瞪視石砥中一眼，他恍如在石砥中身上發現了些什麼，那是一種令人折服的威儀。

他臉色一寒，傲慢地道：「你放人我還沒有問你的罪，想不到你倒敢和我頂起嘴來，很好！宇文海跑了，我就拿你當他一樣看待。」

石砥中怒氣衝衝地道：「放了宇文海又不是什麼大不了的事情，值得閣下這樣生氣嗎？」

「你懂什麼？」這少年向前斜跨一步，冷煞地道：「宇文海是我們白駝派的大仇人，好不容易讓我們掌門人利用誓約將他困在這座古墓裡，而你既然看見古龍劍竟還敢拔劍放人，顯然是沒有把我們白駝派放在眼裡……只要宇文海一日不除，白駝派將永遠視你為仇人。」

石砥中頗感意外，他沒想到自己在無意中樹下白駝派這個大敵，他深知白駝派在大漠的勢力絕不亞於西門熊，派中個個武功奇詭，無疑是江湖上一個極強的門派，誰都不顧招惹他們。

他黯然一嘆，快捷地忖道：「我不想再多惹是非，哪知糾纏不清的江湖恩怨時時都會落在我的身上，這次我所以回到大漠，原是為了躲避江湖上的紛爭，以及那份令人痛苦而不願重提的愛情，這接二連三的打擊，任何人恐怕都難以承受，而我雖然遠離感情的風暴，可是又踏進江湖的紛爭裡……」

他落寞地嘆了口氣，在那略顯憔悴的臉上霎時掠過一道陰影，使得他腦海中不禁又回想起過去的事情……

往事如雲煙，在那無涯的回憶裡，他所嚐到的只有苦澀，而沒有任何快樂的往事，但在苦多於甜的愛情波折下，在他心中只剩下無窮的惆悵與孤獨……

這少年見石砥中茫然凝視空中閃過的白雲，恍如沉醉在消逝的黃昏裡，竟連正眼都不瞧他一眼，這種狂傲的態度激起這少年無限的殺意。

他雙眉緊皺，冷喝道：「宇文海跑了，我要把你抓回白駝派，看你怎麼交代！」

說著，他身形前移，伸出一隻手掌，如電地往石砥中左腕抓了過去。

這一手快捷異常，石砥中又在沉思之中，等他警覺到的時候，指掌已到了他的身前。

石砥中身子急忙往外斜移，那少年的一隻手掌堪堪擦過他的手腕而告落空，可是那強勁的指風依然襲掃得石砥中腕口生疼，有種火辣辣的感覺。

他雙目神光一逼，威風凜凜地道：「閣下好厲害的爪子！」

這少年臉上微紅，道：「我是負責看管宇文海的人，他跑了，我無法回去交代，目下只有擒住你，方能免除在下看管失職之罪⋯⋯」

他見石砥中身法輕靈怪異，自知遇見了真正的高手，急忙一晃身形，拾起石砥中冷冷地道：「只要閣下有本領，我隨時都可以落在你手裡。」

「嘿！」這少年倒也是個倔強的高手，他一聽石砥中有輕視他的意思，心裡登時大怒，低喝一聲，一片寒光挾著懾人劍嘯當空而來。

石砥中驟見一片冷寒的劍光罩滿自己身上，心裡也是一驚，他大喝一聲，身形如電射起，手中的神劍急顫而起，迎向對方劈來的劍路擊去！

一縷火花迸激射出，在「噹！」的一聲裡，兩人只覺得手臂一震，自對方劍刃上傳來的勁道竟遠超過自己想像中的那麼大。

「噹！」

這兩大高手正互相對峙、而準備覓機發動劍勢之際，忽然傳來汗血馬悲吼的聲音，急促的馬嘶之後，那隻黑駱駝也響起一聲大叫，震得地上沙泥都飛濺起來。

「聿！聿！聿！」

石砥中斜睨了汗血寶馬一眼，忽然心頭一震，對那少年道：「等一等，我先把牠們弄開！」

這少年一愣，不覺回頭望了那匹來時所見到的紅馬一眼，他才一回頭，不禁驚嚇得啊了一聲，只見汗血寶馬和黑駱駝居然拚鬥起來。

兩頭畜性恍如拚命一樣，那匹大宛國的寶馬，好像受過訓練似的，在沙影裡穿梭奔馳，圍著黑駱駝不時踢出一腳，直把那個黑駱駝踢得狂囂大叫，暴跳如雷。

黑駱駝暫時雖居於下風，但也不甘示弱，牠昂起頭來咧開巨盆樣的大嘴，

等待機會反噬對方一口。

可是汗血寶馬身形靈巧，每次在黑駱駝發動攻擊時，牠就靈巧的退避開去，每當對方不及防備之時，便回身勾起一腿，氣得黑駱駝只能拚命狂罵，想把對方嚇退。

石砥中急忙喝道：「大紅，你還不趕快過來，當心傷了人家……。」

那少年冷冷地道：「你那個靈巧，我那個持久，牠們真要硬拚起來，還真不知道哪個是敵手呢？正如你我，誰也不敢說能穩操勝券。」

石砥中急忙喝道：「巴力，和牠比比腳力，看看牠行還是你行！」

黑駱駝聽見主人呼喚。立時豎起耳朵聆聽了一會，牠悲亢的長鳴一聲，翻開四蹄如飛似的向沙漠盡頭奔了過去。

大紅最瞭解人意，牠急勝之心不低於石砥中，此時一見黑駱駝如一道輕煙般的向前奔馳，牠長鳴一聲，也邁開鐵蹄隨後追趕過去，眨眼之間，這兩個性口便消逝在靜謐的大漠裡。

那少年緩緩回過身來，冷笑道：「你那坐騎非常不錯，我要殺死你而奪下這匹罕見的驃騎，然後，我再去把宇文海抓回來。」

石砥中冷冷地道：「恐怕不能達到閣下所願！」

這少年清叱一聲，在那如冰的臉上霎時湧起一片濃濃的煞氣，而浮現在嘴角上的那層笑意突然一斂，手中利刃向前一推，對著石砥中的前胸刺了過來。

石砥中驟見對方長劍一閃便急刺而來，不禁對這少年詭異的劍術有所警覺，他輕輕一移身形，翻腕抖出一片劍浪便把對方擊來的劍刃擋了回去。

「嘿！」

這少年低喝一聲，道：「你接我這招『明駝千里』試試！」

石砥中只覺對方在劍刃一顫之間，接連灑出七劍之多。這七劍來勢詭譎難測，所擊出的部位都是令人想像不到的地方。

他從未見過如此凌厲的劍式，不覺被對方發出的劍式所吸引，一時在他腦海中接連浮現出八、九個不同的劍招，但沒有任何一招式能擋得過這威勢絕大的一招。

劍芒閃爍四射，冷寒的劍氣泛體生寒。

正在這間不容髮的時候，他腦海如電光石火般，漾起一式從未施過的劍招，只見他長劍斜削，手腕下沉五寸，那劍尖如閃電般的射向那少年的咽喉之處。

這一式驟然發出，使那少年在促不及防的情形下，只得放棄攻敵的機會，那少年急忙收回劍刃，擰身退後數步。

第四章 明駝千里

他駭然變色道：「你這是哪一招？」

石砥中見這招果然收到預期的效果，頓時自那落寞的臉上重新漾起豪邁蓋世的笑容，他輕輕笑道：「這也是『明駝千里』那一招。」

「呃！」那少年氣得低呃一聲，怒道：「呸！這簡直是狗屁！」

他急忙收斂心神，目光凝重地聚落在石砥中的臉上，當他看清楚石砥中臉上流露出來的輕蔑時，直如銳劍穿心，刺傷了他的自尊心。

石砥中緩緩把墨劍歸回劍鞘之中，道：「你感覺如何？」

那少年此刻正在火頭上，一見石砥中返劍歸鞘，登時一愣，他寒著臉將手中長劍一抖，化出一條清光，在空中顫出數個繽紛的劍花。

他冷哼道：「我非得殺了你不可，在大漠裡，我還是頭一次遇見像你這樣的人物，現在請你再拔出劍來，我倆的決鬥還沒有完呢！」

石砥中冷冷地道：「已經完了！」

這少年一怔，道：「勝敗未分，何以完了？況且我們這是生命之爭……。」

石砥中從鼻子裡重重透出一聲冷哼，他見這少年糾纏不休，心裡立時有一股怒氣流散開來，只見那濃濃的眉宇間罩滿殺氣。

他目光大寒，嘴角上笑意陡地一斂，道：「你已經輸了，難道還要我指明嗎？」

這少年聽得臉色大變,急忙低下頭去,當他視線落在自己身上的長衫上時,一種羞愧的難過,眼觀自己胸前,使他驚訝得很久說不出一句話來。

那飄拂的長衫上,不知何時被對方劍刃劃開數條口子,被風輕輕一吹,冷風襲人,使他感到有股涼意。

這少年怨恨地道:「我雖敗了,可是我卻有把握巴力一定會贏過你那匹紅馬,那樣我倆便算扯平了!」

石砥中微微笑道:「但願牠能如你所想的那樣⋯⋯。」

他深知汗血寶馬是大宛國的名駒,一日之間來去千里,是江湖上唯一的神騎,這巴力雖也是有名的黑駝,但絕不是汗血寶馬的對手。

這少年突然問道:「我們打了半天,我還不知道你是誰呢?」

石砥中冷冷地道:「我是石砥中!」

「回天劍客!」

那少年震顫了!在那如冰的臉上忽然浮現出得意的笑容,恍如他因為能拚鬥石砥中而覺得光彩。

第五章　夜落寒星

穹空飄過微風，輕輕拂過靜謐的漠野，深濃的夜色黑紗似的覆滿大地，整個世界在黑暗中靜默無聲。

在靜謐空曠的大漠裡，燃起一堆熊熊烈火，燃燒駝糞的氣味隨著黑煙逸散於空中，濃密的煙像一條黑帶似的筆直地升向蒼天⋯⋯。

夜涼如冰，在這冰寒刺骨的夜裡，那一堆駝糞燃燒出來的熱量，使得坐在這熊熊烈火旁邊的兩個人都感到十分溫暖。

石砥中茫然望著火焰的跳動，道：「喂，你還沒有告訴我你的名字呢？」

那少年臉上閃過一絲詭異的神色，他自認在大漠裡沒有人能蓋過他的名聲，但在石砥中面前他就顯得不算什麼了。

他訕訕笑道：「在你回天劍客面前，我只能算是個末流腳色，區區姓哈，

這次倒換石砥中驚訝了，他沒想到眼前這個頗為英俊的青年，就是縱橫大漠，被草原塞外好漢所推崇的英雄哈蘭青，他對哈蘭青的事蹟知道頗多，今日一見倒有英雄惜英雄的感覺。

他心情此時雖然沉悶，但在哈蘭青面前卻顯得極為爽朗，那如冰的面容頓時和緩不少，他哈哈笑道：「哈兄！小弟這次初進大漠便認識了你這樣一位英雄，倒是一件光榮的遇合……。」

哈蘭青並沒有因為石砥中的讚許而歡喜，他茫然凝視著浮現在穹空的星星，在他的心裡突然有種自慚形穢的感傷，忽然自他的視野裡出現一顆流星，正曳著尾芒向黑夜中疾射落下！

他嘴唇輕輕翕動，道：「大星隨雲瀉落，這是不祥的預兆，不管拉駱駝的或是旅客，只要見著流星，便像遇上凶神似的害怕……。」

石砥中並不知哈蘭青到底在說些什麼，他腦中縈繫的永遠是那麼多的惆悵，而他時時被東方萍的影子攪得思緒不寧，偶而還會傷心地流下淚水。

哈蘭青望著夜空的星海，輕輕嘆了口氣，忖道：「巴力是大漠最出名的神駝，該不會輸給那匹紅馬吧！但願牠能替我爭一口氣……。」

忖念方逝，黑夜裡出現兩個黑影，隱隱傳來混濁的喘息聲，突然一聲大

第五章　夜落寒星

吼，是從那隻黑駱駝嘴裡發出來的。

哈蘭青看見自己心愛的黑駱駝遙遙領先，雙眉一揚，嘴角上立時湧現出驕傲的笑容，他哈哈笑道：「石兄，這一場僥倖是小弟贏了！」

石砥中見汗血寶馬隨後緊追不捨，但仍然差了一大段，他心裡一陣難過，深長吸了口氣，道：「你不要太高興，事情可能有意想不到的變化！」

黑駱駝渾身滲出大片汗珠，牠低哼數聲，身形疾衝過來，哈蘭青向前一躍，輕輕拂拭黑駱駝身上的汗水。

當他目光斜睨到汗血寶馬時，他忽然發現在馬背上還有即將深化的白雪，而黑駱駝身上只不過有幾絲青草屑而已，這麼說，那匹寶馬豈不是奔去千里之外，到達那終年落雪的神谷，那這一場競逐自己又是輸了。

石砥中目光大寒，道：「那是什麼？」

哈蘭青一愕，隨著石砥中手指處望去，只見寂曠的漠野中，不知什麼時候，在他倆前方出現了四盞八角形的小紅燈，這四盞紅燈冉冉向他們移動，不多時已清晰可見持著紅燈的是四個黑衣少女。

哈蘭青驟見這四盞紅燈，臉上微微色變，道：「石兄，在下要先走一步了！」

說完，他也不管石砥中同不同意，身形向前一晃，便跨上黑駱駝的背上如

飛似的往黑暗裡馳去。

石砥中一愣，也搞不清這是怎麼一回事？

×　　×　　×

「哼！」夜空突然飄來一個女子的聲音，冷哼道：「哈蘭青，你還不給我回來！」

哈蘭青恍如遇見鬼魅似的，神駝馳行還沒有多遠，一語不發瞪著那四盞小紅燈發愣，身形向前一弓，就落在石砥中的身旁，他已鐵青著臉又走了回來，持燈的那四個黑衣少女距離他倆身前不及五尺之處，她們同時煞住身形嚴肅地凝立在地上，紅色的燈光照射在她們的臉上，映現出明媚的臉龐，可是這四個少女臉上罩滿寒霜，冰冷的沒有一絲表情。

她們好像正在等待什麼，肅靜地恭立在那兒。

曠野中，突然響起一聲脆若銀鈴般的清笑，只見從遠方緩緩走來一個身著紫色羅衫的少女，哈蘭青急忙避開對方那如電的目光，冷淡地望著滿天星斗。

那少女冷冷地問道：「姓哈的，我爹呢？」

哈蘭青全身一震，雙目在那少女的臉上一掃，道：「你都知道了？」

第五章 夜落寒星

那少女冷漠地道：「你好壞呀！把我爹爹一關就是十年，我以前把你當作親哥哥看待，想不到你也跟著他們騙我……。」

哈蘭青恍如非常痛苦似的，他惶恐地避開對方的視線，道：「慧珠，你可知道你爹爹是我們白駝派的大仇家！」

那少女喝叱道：「不要多說了，你們把我爹爹關了將近十年，我也要把你關上十年，看看你們白駝派能把我宇文慧珠怎麼樣？」

原來這個少女竟是宇文海的女兒宇文慧珠，她和哈蘭青雖非同門，卻早已相識，由於她父親宇文海十年前神奇失蹤，從此她終年在大漠裡找尋她父親，而哈蘭青明知她是宇文海的女兒，卻從未告訴過她關於她的事情。

這次她無意中得知爹爹被白駝派關在古墓之中，她一路尋來，心裡早把哈蘭青恨得幾乎想殺了他。

哈蘭青臉色大變，奇道：「你這樣恨我？」

宇文慧珠輕輕拂理額前飄亂的髮絲，道：「當然，白駝派沒有一個是好人，我爹被你們整得很慘，我也要把你們整得很慘，以牙還牙本是極公平的事情。」

語聲一轉，冷冷地道：「哈蘭青，你還不束手待縛！」

那四個手持紅燈的少女，身形同時向前一躍，便把哈蘭青圍了起來。

她們功力似是極高，在一出手間，同時指向哈蘭青的要害，好像想要制他於死地的樣子。

哈蘭青身形一晃，避過這四個少女的攻擊，吼道：「慧珠，你不要逼人太甚！」

宇文慧珠冷笑地道：「你還敢反抗！」

她怒哼一聲，身形向前急掠過來，那青蔥般的手掌在空中閃起一個掌弧，斜掌向哈蘭青的身上劈來。

哈蘭青不願和她動手，但面對這種情勢又不得不奮起抵抗，他身軀向前一傾，揮掌擊出一股勁風。

「砰！」掌勁相交發出巨大的聲響，哈蘭青只覺玉臂一震，那澎湃激盪的掌風，推得他連著退後數步方始穩住身子。

宇文慧珠得理不饒人，見一掌挫退哈蘭青，她嬌軀斜斜一撐，倏地飛起一腿，對準哈蘭青的脅間猛踢過來。

宇文慧珠連忙側旁一閃，道：「慧珠，你聽我說！」

哈蘭青連忙側旁一閃，在那如玉的臉上浮現激動的神情，她身形凌空躍起，接連又拍出三掌。

哈蘭青不敢硬接這三掌的攻勢，他身形快若疾電，從對方掌影裡斜穿而出。

第五章 夜落寒星

宇文慧珠怒叱道:「你為什麼不敢還手?」

石砥中見宇文慧珠那出奇的身法,好像是傳說中西涼派的失傳秘技,他心中一震,陡地有一股憤憤不平的怒氣,湧上心頭,他向前急跨兩步,擋在哈蘭青的面前。

只見他目光一寒,冷冷地道:「你不要太不講理,哈兄是讓你,並非怕你。」

宇文慧珠一怔,側過頭去,叱道:「這干你什麼事?」

石砥中冷漠地道:「你不要以為天下男子都那麼懦弱,如果你存了那麼幼稚的想法,你將會後悔……。」

宇文慧珠沒有想到眼前這個挺拔英俊的男子敢如此教訓自己,她雖然被說得滿不是味道,可是卻有一種令人無法捉摸的快意泛上心頭。她只覺得這個男子異於以往相識的任何一個男子,是她生平遇上第一個敢罵她的人。

當她那飽含幽怨的眸子和對方冷寒的目光相接時,她的心裡忽然漾起一股奇異的感覺,恍如在對方深遽如海的眼睛裡,有一種令人心醉的力量深深吸引住她。

男人在她們面前愈顯得倔強,她們便愈覺得這個男子可愛,宇文慧珠便屬於這種女人。她非但沒有因為石砥中喝叱她而生氣,反而覺得心中有種未曾有

過的暢快。

她突然揚聲一陣大笑，臉上綻出迷人的笑容，石砥中看得一怔，竟覺得宇文慧珠的笑容和東方萍一樣令人心醉，唯一不同的是，東方萍要比宇文慧珠成熟多了。

宇文慧珠笑意盈然，柔聲道：「你是不是白駝派的人？」

石砥中冷哼道：「這個你管不著⋯⋯。」

「我偏要管！」宇文慧珠盛氣凌人向前走了兩步，斜睨了哈蘭青一眼，笑態突斂，道：「假如你不告訴我，我將讓你後悔一輩子。」

石砥中從沒見過這樣不講理的女子，他生性倔強，何曾被人這樣威脅過，頓時一股怒火自心底湧起，他冷冷笑道：「你這個無知的女人！」

「你！」

宇文慧珠從沒有被人如此叱罵過，心頭一陣難受，那雙清澈的眼眸中隱隱閃動晶瑩的淚珠，她氣得粉面蒼白，布滿濃濃殺氣。

她斜掌向石砥中拍出一掌，叱道：「我非殺死你不可！」

她像是受到極大的侮辱似的，大喝一聲，那如雲秀髮根根向肩後飄灑而去，掌風如刃，勁道如山，掌勢未至，已有一股強勁浩瀚的掌風朝著石砥中胸前撞來。

石砥中冷喝道：「我就教訓教訓你！」語音甫逝，他右掌斜斜拍了出去，在那通紅如火的掌心中射出一道紅色的光華，迎著宇文慧珠推來的掌風擊了過去！

宇文慧珠驟然被這摧金裂石的一掌重擊，全身突地一顫，她面色慘變，那原本紅暈滿佈的玉頰上，立時浮現一絲蒼白之色，心中氣血外湧，哇地吐出一口鮮血。

她輕輕一拭嘴角流瀉下來的血漬，眸裡閃過幽怨憤恨的神色，身軀一陣搖晃，幾乎要跌倒地上。

她強自穩住幾欲倒下的身軀，顫聲道：「你這是什麼功夫？」

石砥中本以為宇文慧珠必會閃避自己的掌勁，哪知她自恃功力深厚，竟欲和石砥中捨命一搏。

他見她受傷吐血，心裡忽然後悔起來，忖道：「我怎麼火氣那麼大，竟然打傷一個素不相識的女子，江湖上若有人知道我欺侮一個女子，豈不讓人笑死！」

他神色歉然，道：「這是『斷銀手』純陽神功……。」

宇文慧珠嘆了口氣，道：「怪不得有那麼大的威力呢！喂，你可願意告訴我你的名字，如果你害怕我將來找你報仇，就不要告訴我……。」

這種狂傲的語氣，聽得石砥中怒道：「我石砥中還不曾怕過誰！」

「回天劍客！」宇文慧珠驚詫地道：「你就是石砥中？」

她似是十分吃驚，恍如不相信名揚四海的回天劍客就是眼前這個男子，她眸光凝聚在他的臉上，好像想從他的臉上找出那些可歌可泣的事蹟……

石砥中嗯了一聲沒有說話，在他腦海裡卻盤旋起許多令他心碎的事情，他見宇文慧珠正以一種奇特的目光望著他，急忙把視線投向靜謐的黑夜裡。

他經歷過太多感情的波折，他深知一個女人若以那種奇異的目光看一個男人時，往往含有愛情的成分在裡面……

宇文慧珠此時雖然負傷極重，但當她知道眼前這個男子就是她盼想已久的回天劍客石砥中時，那種早存於心底的敬佩立時淹沒了她心中的恨意。

她喘息數聲，道：「你確實是值得去愛的一個男人，怪不得有那麼多少女想追求你呢！我宇文慧珠今夜總算認識你了。」

她因為認識石砥中而感到十分光榮，在那蒼白無色的臉上，立時浮現出一片紅暈，彎彎的嘴角上綻放出真摯的笑容，看得哈蘭青和石砥中俱都一愣。

石砥中訕訕笑道：「姑娘言笑了，在下並沒有姑娘想像中那麼好……。」

一語未落，沙漠裡突然響起一片急驟如雨的蹄聲，只見在黑夜中出現了二十幾個騎士。

第五章　夜落寒星

哈蘭青抬頭遠望，驚聲道：「這些人是打哪來的？」

這些騎士來得非常快速，雜沓的蹄聲清脆地傳了過來，沒有多久，便已馳到他們的面前。

宇文慧珠朝當先那個黑髮老者道：「吳雄，西門盟主來了沒有？」

吳雄在海心山見過石砥中，當目光一瞥見到回天劍客，神色突然大變，他晃身下馬，對宇文慧珠道：「宇文姑娘，盟主因為處理海神幫的事情沒有辦法分身，所以命屬下來接應姑娘，令尊已經到海心山去⋯⋯。」

當他看到宇文慧珠臉色蒼白、嘴角溢血的時候，他突然暗吃一驚，以宇文慧珠的功夫鮮有人能夠輕易打傷她，他驚聲道：「你受傷了！」

宇文慧珠凝望石砥中一眼，冷冷地道：「你不要多問，趕快把哈蘭青擒下。」

她自己都不知道為什麼，竟不敢說出自己是被石砥中打傷的，在那深邃的眼睛裡，隱隱湧現出柔和的目光，恍然在那一瞬間，她的心便已屬於石砥中了。

哈蘭青和宇文慧珠從小就認識，雖然沒有兒女私情，但也算是合得來的朋友，他沒有想到宇文慧珠會因為宇文海的事情而和幽靈宮的人聯手對付他，他氣得全身顫抖，道：「慧珠，你竟和幽靈宮的人來往！」

吳雄怒喝道：「幽靈宮的人有什麼不好？」

他大喝一聲，反手撤出背上斜掛著的那柄長劍，一抖手間顫出數個冷寒的劍花，向哈蘭青肩頭直劈而落。

哈蘭青神色凝重，他沉身運氣，挈劍騰空而起，對著斜削過來的劍刃劈了過去。

「噹！」兩支長劍在空中交擊在一起，發出清脆的聲響，一溜火光激射進發，吳雄手中的長劍突然斷成兩截落在地上。

吳雄神色急變，道：「大家上！」

那些黑衣佩劍的騎士一見吳雄的長劍被對方削斷，同時大喝一聲，紛紛撒出長劍朝哈蘭青撲來。

石砥中身形向前一晃，沉聲大喝道：「通通給我住手！」

他恨極幽靈宮的人，身形在一晃之間，斜掌劈向離他不遠的一個持劍大漢身上，那大漢低呃一聲，張口吐出鮮血，翻身倒地而死。

這種互古未見的威勢，立時震懾住那些幽靈宮的高手，一時俱煞住身形，驚駭地望著回天劍客。

吳雄面若死灰，顫聲道：「石砥中，你想怎樣？」

石砥中冷漠地道：「我要你們滾離這裡，否則我將殺得你們一個不留，在

第五章 夜落寒星

此漠野之地血染黃沙……。」

宇文慧珠蓮足輕移，緩緩走至石砥中身前，幽怨一嘆，痴望著他那豐朗俊秀的面容，幽幽地道：「你幹嘛要和我過不去呢？江湖上誰都知道你是頂天立地的男子漢，該不會和我為難吧！」

石砥中從她那柔和的眼神裡，恍如看見霧樣情迷，他機警地避開對方那含著萬縷柔情的目光，暗忖道：「我絕不能再陷進感情的漩渦裡，在連番感情的波折下，我已受到太多的心靈創傷，看宇文慧珠那種痴情的樣子，正如自己和萍萍初見面時的神情一樣，莫不是……。」

這個意念在他腦海中一閃而逝，他深深吸了口氣，感覺到自己情孽深重，所遇見的女孩子都太多情，不時會把那份情感投射在他的身上……。

他冷漠地哼了一聲，道：「你是什麼東西，我為什麼要賣你的面子！」

「呃！」宇文慧珠恍若受到雷殛似的，她全身劇烈一顫，痛苦地低低呻吟一聲，那少女的自尊心被石砥中這句話徹底摧毀，嬌軀連晃，接著吐出三口鮮血。

她滿臉都是痛苦的神色，黑溜溜的眸子立時湧出晶瑩的淚水，滾動的淚珠沿著腮頰上滾落下來，混著嘴角流下的血漬滴落地上。

「你好狠！」她搖搖顫顫指著石砥中，泣道：「沒想到你是個沒有感情

她揚起羅袖輕輕拭去臉上的淚痕，淒涼地一聲大笑，那種被人愚弄的傷心看得石砥中心頭一陣難過，他並非有意去傷害這個少女的自尊，只是他害怕再觸碰一次愛情的痛苦……

宇文慧珠傷心之下，雙眉緊蹙，那蒼白的面容罩上一層濃烈的殺氣，她清叱一聲，揚起手就往石砥中的臉上擊去！

石砥中急忙舉起右掌，電快地抓住她的皓腕，怒道：「從沒有人敢打我的臉！」

說罷，一鬆手便把宇文慧珠推得倒退了二、三步。

宇文慧珠的手腕被對方那有力的手掌抓住，恍如觸電似的，她覺得全身突然一顫，一種從未有過的羞澀泛上心頭，那冰冷的臉上隱隱現出一片紅雲。

她羞得低下頭去，心底翻捲起一陣波濤，偷偷斜睨了石砥中一眼，只見他冷漠地凝立在眼前，仰頭望天，連正眼都不瞧她一眼。

她氣得跺腳，叱道：「我和你拚了！」

身形向前急躍，連向石砥中的要害。

落葉，掌掌襲向石砥中拍出五掌之多，這五掌快捷凌厲，宛如秋風掃

石砥中冷哼道：「你想找死！」

第五章 夜落寒星

他翻掌發出一股掌風,「砰!」的一聲巨響之中,宇文慧珠連退五步始穩住幾乎倒下的身軀。

突然,穹空烏雲密布,滿天星斗都躲進雲層裡,只見從正南方風捲起一條大黑柱,旋轉著向這方吹來,那強勁的風嘯急驟響起,地上沙石層層捲起⋯⋯。

哈蘭青朝正南方一望,大駭道:「龍捲風⋯⋯。」

在這遍地黃沙一望無垠的漠野裡時時隱伏殺機,正如那颶風來時沒有絲毫預警,可是轉瞬間狂飆四起,沙石飛走⋯⋯。

強烈的暴風呼嘯響起,掀起滾滾黃沙,這些正在冒死拚鬥的高手俱神色大變,紛紛走避找地方躲起來。

風狂烈的吹襲⋯⋯。

沙無情的激射⋯⋯。

遍野黃沙,大漠此刻正面臨龍捲風暴,處身在風沙裡的人們,正全力抗拒著這自然滅難⋯⋯。

混沌的天地,除了呼嘯的狂飆怒吼聲外,此刻什麼都聽不見了!

第六章 死域求生

一望無際的大沙漠,又恢復了原有的靜謐。

那股強烈的狂飆很快地悄逝在穹空裡,濛濛塵沙從空中飄墜下來,堆聚成隆隆的沙丘……。

晨曦從雲天透出一線曙光,朦朧的月夜有如新婦的面紗,輕靈地躡著風沙溜走了,東方漸白,朝陽初露……。

無止盡的沙漠,無可數的沙丘,在茫茫漠野中,時間幾乎完全靜止。

黃沙忽然顫起一陣浮動,顆顆黃沙向四面飛捲流濺,汗血寶馬緩緩伸出頭來,兩隻修長的大耳內搖了搖,頓時有兩股黃沙從耳朵裡流瀉出來,牠低鳴一聲,自沙堆裡躍身跳了出來。

牠抖了抖身上的沙塵,揚起前蹄扒掘著那深陷的大坑,頓時沙霧瀰漫,黃

第六章 死域求生

沙疾射，那沙坑越扒越深……。

在那深陷的大沙坑裡，石砥中蜷曲著身軀，恍如沒有呼吸似的倒臥在這裡，在他身旁，宇文慧珠緊緊摟住他的手臂，那是人類抵抗大自然災難的本能求生的表現，無助的緊緊抓住一椿可憑藉依靠的東西……。

汗血寶馬見自己的主人躺在深坑裡，牠長長低嘶一聲，歡欣地在四周飛躍著，毫無動靜地倒臥在那裡，牠急得繞著大坑直轉數匝，忽然低下頭去，翻捲紅紅的舌尖舔著石砥中那滿面黃沙的臉上……。

牠奔馳了一會，回頭望了一眼，可惜石砥中並沒有因為牠的焦急而清醒，剎那間噠噠的蹄聲傳了開來，周遭掀起一道悽迷的沙幕。

石砥中也不知自己暈死了多少時間，只覺得耳邊充塞著那大風隆隆的怒吼聲，好像還在漫天狂捲的風沙裡憑著本能掙扎，以超人的異稟抗拒大自然毀滅性的襲擊。

彷彿時間進行得很慢，他覺得自己好像浮蕩在大海上，虛無的靈魂似乎已經脫離軀體奔馳於雲霧之間，突然他感到臉上有東西在爬動著，那僅有的一點知覺使他的靈魂從虛無飄渺中又回到了現實。

石砥中緩緩睜開雙目，首先映入眼簾的就是那個忠主不貳的神駒，他輕輕翕動嘴唇，卻沒有說出一句話，他想去撫摸他的神駒，可是他的手卻沒有辦法

抬起來，連那僅有的一絲力氣都不知道何時消失了。

雖然他沒有力量移動身軀分毫，可是他的思緒仍飛快流轉著，他淒涼地一笑，腦中疾快地忖思道：「我又一次逃過死亡的威脅，那強勁的颶風怎麼沒把我捲向空中活活摔死，那我便可解脫一切的痛苦，了卻感情的重荷……也永遠不會再受到痛苦回憶的折磨。」

他落寞地感嘆著自己的一生，沉湎在那似煙的往事。

他真希望自己就這樣地死去，可是命運之神似乎有意祖護他，使他又經歷一次生死掙扎，向最後的命運挑戰……

石砥中身子輕輕顫動了一下，他忽然發覺自己的手臂被一隻有力的手掌緊緊抓住，他驚詫地把目光聚落在沉睡如死的宇文慧珠的身上，一時使他怔住了。

他沒有想到自己會和一個相識沒有多久的陌生女人躺在一起，這就是命運嗎？若不是命中註定的緣分，他怎會和她有若同生共死的睡在這裡呢？

「生不同衾，死同穴。」他心神寒悚地震顫著，倘若這時宇文慧珠清醒過來，看到這種情形，他將如何向這個純潔的少女解釋？

石砥中驚惶地挪移身軀，但是她的手掌抓住他有如抓住一盞生命的明燈，那掙扎的求生欲望，他恍如天空中的一塊雲板……

第六章 死域求生

他望著穹空灑落下來的朝陽，一個意念像電光石火般的跳進他的腦海，快捷地疾忖道：「人生遇合當真是件不易捉摸的事情，昨日我和這個少女還作殊死拚鬥，雙方好像仇人一樣，哪知經過那個大風暴僅僅隔了一夜，竟會和一個極欲殺死自己的人睡在一起，這種奇怪的遇合真是令人難以想像！」

他深深嘆了口氣，又忖思道：「我為什麼這樣怕和宇文慧珠的眼光接觸，難道她的眼裡真有萍萍的神采嗎？太像了，太像了！有時候我會覺得她就是萍萍的化身，在那令人沉迷的目光裡，我幾乎難以抗拒她脈脈含情與周身所散發出來的青春之火，我幾乎要融化了，我的感情竟是如此脆弱，難道是因為萍萍的移情而使我的感情澈底崩潰了？為什麼以前我從沒有這樣軟弱過呢？」

「羅盈、西門婕、施韻珠……這些女孩子也曾將感情投注給了我，而我絲毫沒有移動過我對萍萍的愛。可是現在，我竟會被宇文慧珠攻進我的感情防線之中……這或許是因為她和萍萍太相像了。」

這些紛雜的意念，在他腦海中恍如翻捲的浪潮，他沒有想到和宇文慧珠認識只不過一日的時光，就會發生這樣的奇妙的感情，或許世間情事和那變幻的雲海一樣令人難以捉摸。

在那流動的思緒裡，他恍如看見東方萍含著清瑩的淚珠，憂傷哀怨地向他傾訴離別後的相思，然後浮現出唐山客猙獰的笑容……。

這些片斷的溫馨回憶，以及那傷心斷腸的往事，恍如影像似的映現在他眼前，他痛苦地一聲大吼，胸前氣血忽然上湧，他只覺全身一顫，一陣痛楚又使他失去了知覺。

× × ×

這聲沉重的吼聲過後，宇文慧珠的身子輕輕蠕動，她低低呻吟一聲，低垂的雙目緩緩張開，那雙滾動的眸子閃現一絲激動的神色。

她茫然望著身邊的石砥中，頓時一股男子特有的氣息湧進她的鼻孔之中，她覺得心頭怦怦跳動，一片紅彩染紅了她的雙頰，使她羞澀地移開了自己的視線。

宇文慧珠幽幽嘆了口氣，道：「昨夜我原想殺了你，但是看到你捨命救我時那種焦急的樣子，我知道你並不是沒有感情的人，當時我們兩人若同時死去該多好，可是……唉！我竟會愛上你，你雖然功力深厚，卻不懂得如何和大自然搏鬥，要想在大漠裡活下去，必須要曉得怎樣在沒有水草的地方生存，你在這方面還不如一個牧童，所以你才會受那樣重的傷……。」

她自言自語了一陣，從地上掙扎坐了起來。

第六章　死域求生

當她看見石砥中臉色發紫，嘴角溢血的時候，不覺驚顫道：「啊！你是無法戰勝自然的，你妄想以本身的修為和大風抗拒，難怪你會傷得這麼重，看你傷得這個樣子，恐怕你全身經脈已被大風的壓力震斷，如果真是如此，我得趕快領你去見我的師父，否則……。」

她不知自己為何會去關懷一個第一次見面的男子，只覺得這個男子身上蘊藏著神秘力量深深纏住她的心靈，絲絲縷縷的情感在默然不覺中全部託付給了石砥中。

宇文慧珠這時一心一意要救石砥中，她惶悚地站了起來，竟不知哪裡來的力量，使她居然能夠抱起石砥中從那個沙坑裡走了出來。

她傷後的身子非常虛弱，雖然這時憑著一股精神力量支持著她，由於她懷中抱了一個人，走起路來搖搖晃晃的，像差點要倒下去的樣子。

她深知這時的情勢非常危急，石砥中嘴裡流血不止，傷勢繼續惡化，自己要救他性命，必須在天黑以前趕回神沙谷。

宇文慧珠經過一夜狂風的吹襲，再加上身上原有的掌傷，憔悴的面靨早已失去原有的神采。

她深深嘆了口氣，對神威異常的汗血寶馬道：「你的主人已經快要死了，

要救他,只有靠你辛苦地跑一趟了,我們兩個人,你能載得動嗎?」

汗血寶馬善解人意,牠高亢的長嘯一聲,輕輕點了一下頭。宇文慧珠先把石砥中推上馬背,然後自己再爬上去,石砥中便靜靜地躺靠在她的懷裡。

宇文慧珠抱緊懷裡的石砥中,悽然掉下淚水,霎時一種絕望之色顯現在她的臉上,她哽咽道:「石大哥,我只能這樣稱呼你,我不知道這樣做是不是錯了,可是我必須要這樣做,假如在天黑之前我們趕不回神沙谷,你的命可能就完了,而我也算盡到心了,如果不幸在回神沙谷的途中死去,我就陪你葬身在這黃沙世界裡,只可惜你一身武功要永埋黃泉了,我真替你難過⋯⋯」

說著,說著,身子泛起劇烈的顫抖。

那是一個少女的美夢幻滅時的悲傷,這個倔強的女孩子,在渾然不覺中暗暗地愛上石砥中,毫不吝嗇地將全部的感情交給了這個男子。

「唏!」

汗血寶馬似乎也知道主人的生命正面臨生死邊緣上,牠悲鳴一聲,揚起四蹄,濺起沙石電快地飛馳著⋯⋯。

宇文慧珠愕然望著腳下翻飛的黃沙,她心中忽然想起流傳於大漠的一個悲慘的傳說⋯⋯一個哀豔感人的神話。

傳說大漠原是一片綠油油的草原,有一個青年愛上一個很美麗的女人,但

第六章 死域求生

是那個女人卻嫁給了別人，那青年在絕望之下，請求上天將這塊豐沃的草原，變為貧瘠的大漠，上天感其至誠，准其所請，那青年便終年孤獨地生活在這個荒涼的大沙漠裡，最後成為沙漠之神……。

想到這裡，她更傷心了，淚水像珍珠似的成串流了下來，熱淚滴在石砥的臉上，洗刷去他臉上的沙塵，也使石砥中再度清醒過來。

這次石砥中沒有說話，只是睜開眼睛茫然望了她一眼又閉上眼了，可是那鮮紅的血漬卻不停地從他嘴角流下來，沾溼了他身上的衣衫，殷紅一片……。

石砥中好像再也忍不住身上的痛苦，他痛哼了一聲，臉上滾動著顆顆豆大的汗珠，只聽他夢囈般的輕語道：「水！水！我要水！」

宇文慧珠艱澀地舔那乾燥的雙唇，心頭像燒紅的烙鐵一樣的難過，她泣聲道：「石大哥，這裡哪有水，我知道你快乾死了，可是在這遍野黃沙的地方到哪裡去找水呢……但願我的淚水能滋潤你的舌喉，不然，你只有再忍耐一下了。」

「呃！」

石砥中乾澀的哼吟一陣，又呼呼沉睡過去，宇文慧珠惟恐他從馬上摔下來，將石砥中的身子扶正，用自己的臉貼著他火熱的面頰，淚影閃落，她神智陷於恍惚中。

「嘿！」

一聲低喝之聲將她驚醒，她連忙睜開眼睛，勉強振作精神向前面望去，只見丈之遠，有一個漢子正揚起一條繩索，向汗血寶馬的頭上套了過來。

而這漢子身後倒臥著一匹死去的蒙古馬，顯然那漢子的坐騎經不起乾渴的考驗而死。

這漢子的套馬之術非常高明，他一抖手間，那繩索在空中斜飛套上汗血寶馬的脖子，牠低吼一聲，倏地煞住去勢。

宇文慧珠神色大變，叱道：「你是誰？」

那漢子嘿嘿笑道：「你不要管我是誰，在大漠裡沒有馬就不要想活，我為了生存，只有委屈你了。」

這漢子的力氣真大，腕上用力一拉，寶馬竟被他拖動了幾步，宇文慧珠在猝不及防之下，身子一個後仰，和石砥中同時滾落下來，跌在沙土裡。

她氣得渾身一顫，急忙拖著石砥中爬起來，但是一陣暈眩幾乎使她支持不住身子，她絕望地嘆道：「完了！我們碰上高強的馬賊，石大哥，或許我倆命該死在這個沙漠裡，我沒有辦法救你了。」

但求生本能始終在支持她，鏗然聲中，她拔出石砥中的那柄千古神劍，可是她的手不停顫抖著，那是過分緊張和疲倦的緣故。

那漢子的確是一個高明的騎師，他斜斜飄落在汗血寶馬身上，雙腿一夾馬腹，汗血寶馬悲鳴一聲，身子直立了起來，激烈地跳躍著。

那漢子沒有想到牠是這樣難騎，驟然被牠一甩，不禁被拋出數丈之遠，他似是十分憤怒，喝道：「好畜性，你還敢倔強！」

他身子向前一撲，又躍回牠的身前，汗血寶馬低鳴一聲，揚起蹄子無情地朝那漢子踢了過去，那漢子一愕，急忙向後面退了幾步，斜掌向寶馬頸上劈去！

宇文慧珠見人馬相鬥不息，知道那漢子一時不易得手，她此時身子早已疲倦得沒有一絲力量，但她曉得這是生死之爭，若自己不振作精神去對付那個漢子，這條命算是丟了一半了。

她輕輕把石砥中放在地上，泣顫地道：「石大哥，我們要為我們的命運一搏，我須要你的鼓勵，倘若我打不過那個人，你我都不能活了。」

宇文慧珠深深吸了口氣，連忙輕拭臉上的淚水，可是她又躊躇了，微微有些怯意，因為她這時連舉劍的力氣都沒有。然而堅貞的愛情給她無窮的勇氣，一股求生的力量在她心底鼓起，頓時那股怯意消失無形。

「為了石大哥，我一定要殺死他！」

宇文慧珠不停地呢喃著，她上前走了幾步，斜斜舉起那柄利劍，一道悽迷

的光弧閃爍在空際，迎著熾熱的陽光，發出刺目的光華。

她清叱一聲道：「你這個馬賊，我非殺死你不可！」

劍刃閃現一道流灧的寒光，快捷地激射過去，可惜那個馬賊反應之快卻出乎她的意料之外，把她嚇了一跳。

那個漢子正和汗血寶馬僵持不下，忽聞背後一聲清叱，接著是一道冷寒的劍氣疾襲而來，他低喝一聲，身形斜躍而來，落在宇文慧珠的對面。

他嘿嘿一聲大笑，怒道：「小妮子，你敢跟大爺過不去！」

宇文慧珠厲叱一聲道：「你找死！」

她身形一晃，輕靈地躍了過去，劍刃斜劈，滿空劍影倒灑而落，在一片劍光中，忽然刺出一劍。

那漢子沒料到像這樣柔弱的女子竟會俱有如此深奧的功夫，他輕咦一聲，上身斜移五寸，左掌斜切而出，右手五指如鉤，急扣她的腕脈。

宇文慧珠見對方只是左掌一切，面前便是壁墨森嚴，一時竟攻不進去，她暗暗大吃一驚，抖腕一轉劍勢，由上而下筆直劈來。

就在她劍勢一轉之際，那漢子右手五指已經急扣而至，並猝不及防踢來一腳，直攻她的小腹。

宇文慧珠只因過分疲勞，無法發出真力擊退這個功夫不弱的漢子，她這時

第六章 死域求生

所剩功力不及三成,是故打起來非常吃力。

她眼中閃起一股煞意,急忙一挫身形避過對方的手指,運劍下削,照準那個漢子踢來的腳下砍去!

那漢子目中閃過驚詫之色,他曲身暴閃疾退,急忙問道:「你是誰?是不是宇文慧珠?」

宇文慧珠喘息道:「你是白駝派的弟子,怪不得那麼不要臉!」

那漢子滿臉肅然道:「在下馬魯格,這次深入大漠找尋敝師叔哈蘭青,不幸遇上大颶風,宇文姑娘手上拿的可是金鵬墨劍?」

宇文慧珠心恨白駝派把宇文海一關就是十年,她見馬魯格是白駝派的弟子,心裡那股殺氣更加地堅定,她冷冷地道:「你死到臨頭,還問金鵬墨劍做什麼?」

巴魯格斜睨暈死過去的石砥中一眼,神色微變,道:「這麼說,石砥中當真又回到大漠了?」

宇文慧珠一揚劍刃,道:「你問這些事做什麼?」

巴魚格態度莊重地道:「大漠的英雄好漢誰都知道石砥中是天下第一等大惡人,他在大漠中連斃各派高手,攪得這裡到處不寧靜,敝派忝為大漠的一份子,決定要把他趕出這裡……。」

「住嘴!」

宇文慧珠冷煞地一笑,怒道:「你是大漠的人,我就讓你變大漠的鬼!」她大吼一聲,身形移位連進四步,一劍破空撐起,劍尖點處,星芒迸現,斜斜擊了過去。

但這一劍使她妄用真力,舊傷突然發作,劍勢甫出,她已感到頭暈目眩,一口鮮血疾灑而出!

馬魯格此刻還不知宇文慧珠已把白駝派恨入骨髓,他只知道她和師叔哈蘭青十分要好,故不敢再和她動手,見她一劍刺來,嚇得急忙退避三尺。

他滿臉驚恐地道:「宇文姑娘,你為何這樣恨我!」

宇文慧珠身子搖搖晃晃,顫道:「我為什麼不恨你,你想奪我的馬不算,還耽誤我的時間,你可知道有一人的性命比你重要千萬倍⋯⋯。」

當她說到這裡的時候,不自覺的斜睨石砥中一眼,只見石砥中這時恍如已經死了,汗血寶馬悲鳴數聲,在牠主人身邊走來走去,不斷發出悲極的低鳴。

宇文慧珠看得心頭一陣難過,恍恍惚惚只覺石砥中是一代英雄,不該這樣輕易地死去,剎那間,一股濃烈的殺氣從她臉上升起。

她緩緩收回那散亂的目光,凝注在巴魯格的身上,一個意念如電光石火般閃過她的腦海。

她疾快地忖道：「石大哥正在生死邊緣上作最後的掙扎，時間不能再耽擱了，萬一石大哥真的因巴魯格劫馬而死去，我非殺盡天下白駝派弟子不可。」

這個意念在她腦海中一閃而逝，她急忙收斂心神，暗中把身上殘餘的真力布滿全身，但當她正在運功之際，腦中忽然一陣暈眩，幾乎要仆倒了下去。

而那起伏不定的胸口也開始隱隱作痛，積鬱於胸口的那股氣血忽然上湧，哇地噴出一道血箭，灑落滿地。

巴魯格看得大愕，道：「宇文姑娘，你怎麼啦！」

宇文慧珠凶光一閃，趁著身形搖顫欲墜之勢，斜劍破空撩出，叱道：「我要你死！」

這一劍快得出乎巴魯格的意料之外，他沒有想到宇文慧珠會在這種情形下而欲殺死自己，登時從他心底湧出一股寒意。

「嘿！」他嚇得急忙暴閃而退，可是對方那一劍是聚集全身功力斜點而來，他只覺身形一顫，一股血水就從他胸前噴了出來。

他這一退雖然非常快速，可是對方那一劍是聚集全身功力斜點而來，他只覺身形一顫，一股血水就從他胸前噴了出來。

他身形搖搖晃晃地連退了五、六步，正退到石砥中躺臥的地方，汗血寶馬低鳴一聲，身形如風，忽然一蹄飛出踢了過來。

「砰！」

巴魯格眼前一黑，整個身軀平空飛出八、九尺，遠遠摔落在地上，他接連噴出數口鮮血，額頭上汗珠滾滾流下。

宇文慧珠這時全憑一股精神力量支持自己，巴魯格一倒，她的精神不禁一瀉，全身突然泛起一陣劇烈的顫抖。

他絕望地低吼一聲，顫道：「你為什麼這樣對付我……。」

她喘息數聲，道：「你的企圖我不是不知道，這大漠來去千里，你絕不會輕易地放我離去，我就是不殺你，你也會先殺了我。」

巴魯格絕望地一嘆，道：「你這次錯了，我自始至終都沒有殺你的意思，只是想和你共乘一騎脫出死域……。」

宇文慧珠知道他已經不行了，輕輕嘆了口氣，勉強走至石砥中身前，一股莫名的悲傷陡然從她心底泉湧而出。

她哽咽泣道：「石大哥，你再忍一忍……。」

她運起全身僅餘的力量先把石砥中抱上馬背，自己再費盡所有的力氣也爬上去，當她上去之後，血水已染紅了她的胸前。

靜謐的沙漠又響起清澈的蹄聲，酷熱的烈陽有如一盆炭火似的蒸烤大地，宇文慧珠口唇乾裂，心中則像是一團烈火，全身癱瘓沒有一絲力量，她耐不住灼烈豔陽照射，頹然低下頭去，任那寶馬飛馳……

肉體上劇烈的痛苦，沒有一點水滋潤喉間的乾澀，此刻都被她萌發於心中的希望所沖淡，這時在她腦海中僅有一絲意念，只聽她喃喃道：「趕快回神沙谷，救石大哥的性命要緊⋯⋯。」

一股堅定不移的信念始終支持著她，每當她感到無法再承受肉體上的折磨，幾乎想要放棄求生的念頭，只要她的目光落向懷中的石砥中，那股無形的精神力量又使她復活了⋯⋯。

時間彷彿過得很慢，宇文慧珠在恍惚中突然清醒過來，當她抬起頭時，太陽早已落至大漠盡處，只見雲天殘霞萬道，絢麗中有些凄涼的氣息⋯⋯。

突然，空中飄來一股濃重的異味，她雖然在極度疲累中，也能體察到四周的空氣有點不太對勁，那是一種十分特殊的氣味，一種屬於獸類的特殊氣息。

「狼，這是狼的氣味⋯⋯。」

宇文慧珠全身陡地驚顫，耳際隱隱傳來淒厲的狼嗥，只見數百頭餓狼恍如惡獸似的向這裡湧來！

她臉色嚇得蒼白，惶悚地嘆了口氣，道：「完了，前面狼群不下數百頭，我若想闖過去還真不容易，看來我跟石大哥當真要慘死在大漠裡了⋯⋯。」

汗血寶馬一聲驚嘶倏地煞住了勢子，低鳴一聲，然後連連退後數步，牠恍如非常害怕，居然不敢前進。

這時那數百頭出來覓食的餓狼已經逼近牠的身前，宇文慧珠絕望地一嘆，嚇得她冷汗涔涔滴落。

她顫悚地道：「寶馬！寶馬！我和你主人的命全在你的手裡，要死我們就死在一起，但可不能讓這些畜牲作賤我們……。」

「唏！唏！唏！」牠高亢的一聲長鳴，身形突然激射而起，只見紅影疾閃，牠已衝進那些作狀欲撲的狼群裡面。

宇文慧珠淒涼地叫道：「石大哥，我沒有辦法救你了！」

她只覺眼前一黑，身子恍似騰空飛躍，有若跌進茫茫大海之中，可是她的耳際卻傳來那令人心悸的野狼吼聲，淒厲的迴盪在靜謐的漠野。

「死吧，讓我抱著你死在一起！」

宇文慧珠在心底絕望地怒吼著，她的神智逐漸模糊起來，雖然在她眼前出現那些張牙舞爪的狼群，可是她並沒有感到絲毫疼痛，只覺得自己由這個世界走進另一個世界，其他什麼也不知道了。

在前方忽然出現一片青色山脈，那就是神沙谷，宇文慧珠什麼都沒有看見，因為她已暈絕了過去。

第七章　鐵掌金婆

夏日的影子斜落在山的那一邊，青翠的林樹在向陽的山谷裡隨風招展，空曠的山谷伸展開去，直入高廣而晴朗的天空。

陽光灑下，透過那茂密的林梢投落在林邊的那間房舍上，熾熱的陽光穿射進窗櫺，照在裡面人兒的身上……。

石砥中從昏迷中醒轉之時，發覺自己身旁坐著的是宇文慧珠，他深感大惑不解，心中泛起一股異樣的滋味，每次絕處逢生，都是女人救了他，在別人也許會認為這是一種豔福，但他卻覺得美人恩最難令人消受。

宇文慧珠彷彿沒有發覺他已醒來，一個人痴痴望著窗外翠綠色的山谷，可是在那雙清澈的眸子裡卻閃爍著淚光，晶瑩的淚珠在眼眶裡轉動著，好像滿懷心事。

在憔悴的臉上浮現著幾許哀愁，她好像耐不住心裡的憂傷，終於克制不住激動的情緒，兩顆晶瑩的淚珠順著腮頰流下，滴落在衣襟上。

石砥中看得心頭一顫，腦海中疾快忖思道：「我以為她是個非常快樂的女孩子，哪知她竟也有這麼多的憂愁，時常會在不知不覺中感傷起來，而陷入痛苦之中。」

他嘴唇輕輕翕動，低聲道：「這是什麼地方？」

他困難的移動身軀，想離得她遠一點，可是他像是全身沒有一點勁似的，連移動的力量都沒有。

宇文慧珠從失神中驚醒過來，急忙撩起羅袖拭去眼角的淚水，她深情凝視石砥中的臉龐，那朦朧的目光裡含有太多的夢想，以及令人心疼的自憐⋯⋯。

她勉強露出一絲笑意，道：「你終於醒來了，我在這裡足足陪了你六天，你始終昏迷不醒，真是急死人了。」

這種備極關懷的口吻聽得石砥中非常感動，他瞥了這個姑娘一眼，霎時，有種異樣的感覺泛過心頭，他只覺胸口一窒，腦海中又浮蕩起那件令他心碎的事情⋯⋯。

他定了定神，有些詫異地道：「什麼？我睡了六天！」

宇文慧珠輕輕笑道：「是呀！這次若不是那匹神駒大顯神威，我倆縱是不

第七章 鐵掌金婆

死於大漠,也得餵那些惡狼⋯⋯。」

石砥中沒有說話,他不敢和她的目光接觸,緩緩閉上雙眼,在他的心裡充滿了苦澀,他想自己雖然從死神的手掌中逃出來,可是又陷入感情的漩渦裡,這是他的真實感覺⋯⋯。

宇文慧珠見他緊閉雙目,恍如不願看見自己,心底陡然湧現一股哀愁,淒涼的嘆了口氣,道:「你不想理我,也不想再看見我?」

她說得哀怨愁苦,柔腸千轉百迴,石砥中聽得全身一顫,道:「不是的,我只是想起了另一件事⋯⋯。」

宇文慧珠面色微動,道:「你在想東方萍,是嗎?」

石砥中的心顫悚了,他黯然嘆了口氣,這個在他心底生了根的女人,他永遠沒有辦法抹去她的影子。每當他閉上眼睛時,她便像個幽靈似的映進他的腦海,不論是在何時何地,就是此時此刻也一樣⋯⋯。

他索性睜開眼睛,茫然望著屋頂,艱澀地道:「也許是的,真正的回憶永遠也忘不了⋯⋯。」

宇文慧珠嘆道:「你必須要忘掉她,我這個要求是為了你好,我實在不忍心再看你那種悲傷的樣子⋯⋯。」

石砥中堅決地道:「這是沒有辦法的事情,我們的感情已經生了根,任何

人都不能把烙在心靈上的影子抹掉⋯⋯。」

一縷幽思輕靈的溜進他的腦際，那無涯的往事雖然給他太多的回憶，在他心底卻依然感到無比的空虛和寂寞。

他想到往後要忍受無比寂寞的歲月，不禁忖道：「自古英雄多寂寞，我也許要永遠活在回憶裡，但願能心如止水，不要再沾惹那些無謂的煩惱。」

「唉！」宇文慧珠又長嘆了一口氣，淚珠簌簌地從臉頰上滑落下來，她驚覺自己和這個奇偉男子距離隔得那麼遙遠，那縷縷如絲的感情好似拋落在滾滾浪濤裡，一點也引不起他的注意。

她哽咽著顫聲道：「我知道沒有辦法從你心裡奪去她的地位，可是我非得擁有你不可，這份感情來得太快，你也許不相信，自從那天相遇起，我就暗暗愛上你了。」

石砥中一時愣住了，怔怔望著這個痴情少女，他幾乎不敢相信這些話是從宇文慧珠的嘴裡說出來的，這感情來得太突然，使得他連拒絕的時間都沒有。

他驚顫地道：「你！你將會失望，這是不可能的事。」

宇文慧珠失望地望著石砥中，她不敢相信自己心愛的男人竟如此鐵石心腸，暗忖道：「一個人在一生中，絕不能做錯任何一件事！」

她心情沉重地想著，那顆熾熱的心已經沉沒在幽冥深淵，另一個意念即飛

快地掠過心頭,又忖道:「一失足成千古恨,然後再也不堪回首……正如我作繭自縛,把自己的青春投寄給這飄忽不定男子的感情裡……。」

淚珠紛紛自她的臉頰上滾落下來,滴在雪白的羅衫上,很快便染溼了大片。她恍如已經知道此生將永遠伴著那無涯的悲哀,默默度過寂寞的餘生,即使她由紅顏轉變成白髮老婦,這深刻的悲哀也不會離她而去。

因此,她深深凝視著他那張豐朗俊秀的臉龐上,生像是努力要把他的印象鐫刻在心版上,永誌不忘。

她怔怔望著石砥中,臉上流露出來的幽傷及眸中射出的悲情是那麼明顯,她輕輕低泣道:「也許我長得沒有東方萍美麗,無法引起你的興趣,可是我懂得做個好妻子,我會盡全力去服侍你,只要你不討厭我……。」

石砥中雙眉緊蹙,深深吸了口氣,道:「姑娘麗質天生,美絕人寰,以姑娘蘭心慧質,任何人也不會討厭,只是石砥中福薄,沒有辦法接受。」

宇文慧珠看他不肯接受自己的情意,心裡有種說不出的痛苦,她絕望地一聲大笑,道:「我宇文慧珠真是下賤!」

她想起自己縱橫於萬里大漠,沒有人不見著自己恭敬仰慕,多少公子向自己獻媚阿諛,雖然她在他們百般追求下也不屑於一顧,現在把全部的感情獻給這個名震江湖的男子,換來的卻是排拒推拖,頓時一股熱情化為無比的怨恨,

不自覺地怒視對方。

「哼！」

沉靜的屋子裡突然響起怒哼之聲，倆人同時神色一變，只見一個龍鍾老態的老嫗冷煞地走了進來，她目光有如兩道利刃，深深聚落在石砥中身上。

宇文慧珠驚惶地自床沿站了起來，顫聲道：「師父！」

那滿臉冰冷的老嫗沒有理會宇文慧珠，她冷冷一笑，身軀緩緩移向床沿，剎那間這位老嫗射出冷肅的目光，連四周的空氣也因之凍寒。

那老嫗冷煞地笑道：「我的徒兒到底哪一樣不如你？」

石砥中驟聞這陣冰冷逼人的語聲，全身為之顫震，他不知這個老婦是誰，由於她問得太過於突然，一時間他竟想不出該如何回答她的問題。

他深吸口氣，落寞地道：「老前輩，宇文姑娘聰穎美麗，哪一樣都比晚輩高明，這次蒙前輩相救，在下永銘不忘⋯⋯。」

那老嫗冷哼道：「你若真要報答我鐵掌金婆，就快娶慧珠為妻，這次她把你從大漠救回來，整整六日夜沒有離開過你。」

石砥中見鐵掌金婆硬要自己答應這門親事，不禁覺得非常為難，他想不到在愛情的創痛尚未平復之際，竟又遇上另一個少女的追求，他心裡驟然一痛，東方萍的倩影隱隱約約又在他眼前浮現出來。

第七章　鐵掌金婆

他長嘆了一口氣，忖道：「雖然萍萍已不屬於我，可是我對她的愛卻不能因得不到她而給了宇文慧珠，那樣的愛情絕不是幸福，而是痛苦的開始……。」

他暗自神傷道：「老前輩，我曾在感情上遭遇過太多波折，因此我不敢再接受一次無邪的純真情感，宇文慧珠和我有如兄妹相待豈不更好，何必要彼此束縛呢！」

宇文慧珠沒有想到石砥中和東方萍之間的感情是那麼堅固，她曉得自己在石砥中心中沒有激起一點遐思時，一股冷如寒冰的涼意把那顆火熱的心重重包裹起來。

她撩起羅袖輕拭臉上斑斑的淚痕，顫聲道：「我已經很滿足了，石大哥，你待我真好。」

這些日子裡，她不單是寂寞和恐懼，而且非常擔心和悲傷，這種種混合的痛苦，即使是一個鐵人也承受不了，然而此刻她一旦知道自己的感情被對方輕易拋諸於腦後，禁不住痛哭失聲。

石砥中聽得非常清楚，心頭一震，痛苦與歉疚同時布滿他的心湖。

他偷偷斜睨宇文慧珠一眼，只見她輕顫雙肩，可憐無助地坐在床沿上低聲哽咽，那種落寞神傷的樣子，令人難以忘懷。

縞衣賽雪，人比花嬌，那腮上的淚痕斑影，使他更加感到痛苦。

他知道自己這一生再也忘不了這景象，快樂的時光容易消逝，快樂的景象也容易被淡忘，只有迴腸蕩氣的哀痛才能永誌難忘。

石砥中趕緊收回自己的目光，他心裡的激動及悲傷絕不比宇文慧珠好過多少，他暗嘆一聲，喃喃道：「宇文姑娘，請你不要悲傷，我永遠不會忘記你對我的情意，這份珍貴的感情讓我們永遠留在心底追憶……。」

當他說到這裡的時候，心底那股鬱傷再也克制不住，那雙俊目之中不禁淚滿盈眶。

正在這時，鐵掌金婆那雙銳利如劍的目光，冷煞地凝結在他的臉上，一股濃重的煞氣，在她蒼老的臉上逐漸浮現出來。

鐵掌金婆冷冷笑道：「我說出來的話還沒有人敢更改過，你這野小子竟不把我的話當一回事，我只好毀了你。」

說罷，她的左掌疾快地抬了起來，在那潔白的掌心發射出一股紫紅色的光華，伸縮流激，看得石砥中心神劇顫，索性閉起雙目等死。

鐵掌金婆看得一怔，道：「你怎麼不抵抗？」

石砥中淒涼笑道：「你救我一命，再毀我一命，恩怨兩消，這是最好解決的方法，我也可以減少良心上的痛苦……。」

宇文慧珠幽怨地望了石砥中一眼，見他臉上平靜的毫無驚懼之色，那種視

第七章　鐵掌金婆

死如歸的氣魄當真令人心折，這種真正男子氣概她還是初次見到，心中那一縷怨恨頓時化得無影無蹤。

她惶悚地全身一顫。

「師父！我們不能這樣做。」

「哼！」鐵掌金婆冷哼道：「我就不信他不怕死。」

石砥中霍地圓睜雙目，只見對方利刃似的掌緣已距離自己身前不及兩尺之處。

他自忖必死無疑，望著斜削而來的掌刃，淡淡笑道：「晚輩在生死線上不知經過多少次死劫，可是從沒有像這般冷靜過，也許我命該絕於此。」

「砰！」這一掌來得快速超絕，砰的一聲過後，石砥中自床上斜飛而起，他只覺得身上一痛，撞得石壁粉屑簌簌直落下來！

宇文慧珠顫聲呼道：「石大哥，你怎麼樣了！」

石砥中只覺身上氣血一活，竟然沒有絲毫不適的感覺，他怔怔出了一會神，只見鐵掌金婆已轉過身去，獨自離開石室。

　　　×　　　×　　　×

香風輕送，石砥中自失神中清醒過來，只見宇文慧珠憔悴的臉龐上顯現出焦急的神色，他淒涼地一笑，在她的臉上深深一瞥，又急忙避開對方火樣的目光。

宇文慧珠淚水簌簌的滴落，悽楚地道：「我師父外剛內軟，那一掌拍活你凝結於經脈的淤血，她不忍心見我傷心痛苦……。」

語聲未落，室外又響起一陣輕碎的步履聲，石砥中詫異地望向室外，只見西門錡像個幽靈似的悄悄凝立在門檻之外，以一雙怨毒的目光冷冷盯在石砥中身上。

宇文慧珠花容驟變，道：「誰叫你來這裡的？」

西門錡嘿嘿笑道：「怪不得你回神沙谷後一直迴避我，原來這兒暗藏春色，躲著這麼一位大英雄，西門錡有幸總算撞見了，只可惜我來得不是時候。」

說罷，又嘿嘿冷笑數聲，只氣得宇文慧珠全身直顫。

石砥中作夢也沒有想到西門錡會在這裡出現，他完全猜不出海心山幽靈宮和神沙谷有何關係，但從宇文慧珠的神色中，他看得出她好像非常討厭西門錡。

他暗暗調運了一下那散失流竄的真力，只覺全身氣血暢通無阻，那渾厚的勁力並沒有因自己所受的重傷而減少。

他哪知在那六天昏迷裡，鐵掌金婆日日給他用金針過穴之法治療大風所造成的內傷，渾然不覺中，他身上的傷勢早已痊癒。

他清朗的一聲大笑，道：「西門錡，你說話得留神點，當心我再打傷你。」

一股從未有過的豪氣從他心底瀰漫湧起，他只覺得全身勁力澎湃，羅盈死時的景象有如電光石火般浮現在他的腦海中，那熊熊怒火使得他一躍而起。

西門錡自從上次被石砥中在幽靈谷打傷之後，時時都想報回那一掌之仇，這次意外地在神沙谷見面，那股鬱結的恨意頓時傾瀉出來。

他嘿嘿一聲冷笑，怒道：「你以為西門錡還會怕你嗎？那你才想錯了呢！我西門錡自從得到上次的教訓之後，發誓要把你碎屍萬段，使天下人都知道我是個什麼樣的人……。」

宇文慧珠輕叱道：「西門錡，你不要以為得到『寒星秘笈』的下半部便可天下無敵，其實你那點東西我才看不起。」

西門錡那次受傷之後，其父西門熊帶著他在無意之中得到「寒星秘笈」的下半部，西門熊把西門錡送到神沙谷療傷，並請鐵掌金婆指點那下半部上的武功，是故西門錡此時的技藝已非昔日可比。

西門錡神色大變，厲道：「你真想要和我過意不去！」

宇文慧珠冰冷地叱道：「你給我滾，這裡不歡迎你來！」

「嘿！」西門錡冷喝一聲，心中殺意倏地上湧，道：「你不要以為我不敢打你！」

宇文慧珠自幼被鐵掌金婆嬌寵慣了，何曾像今日這樣受別人的閒氣，她適才過度悲傷，心裡正有一股發洩不出的怒氣，她氣得柔軀泛起輕微的顫抖，冷煞的眸子射出幽怨的目光。

她怒喝一聲，身形向前電快一躍，道：「你敢？」

西門錡自恃和鐵掌金婆的關係深厚，沒有把宇文慧珠放在眼裡，這一掌快得出乎她的意料，連閃避的機會都沒有。霎時，在那潔白的玉頰上留下五條深長的指痕，紅紅的浮現在臉靨上，她花容大變，嬌軀搖搖一顫。

「我非殺死你不可！」宇文慧珠驟受如此重大的侮辱，她氣得通體顫抖，大喝一聲，身形陡然直欺而來，一片掌影如水瀉出。

西門錡果然今非昔比，迎著幻化重疊的排山掌影，身形只是輕輕一晃，就穿過那疾劈而來的掌風，斜斜削出一掌，神鬼難測，那一掌宛如羚羊掛角攻了過去。

「砰！」這種突來的變化連宇文慧珠都沒有想到，她閃避不及，重重捱了一掌，只打得她口吐鮮血，整個身軀斜斜飛出五、六步遠。

第七章　鐵掌金婆

石砥中看得心頭大寒，要搶救也來不及了，他沒有料到西門錡功力進境如此神速。

他神色凝重，一拽袍角斜飄而來，大喝道：「西門錡，有種你和我鬥鬥看！」

西門錡抬眼一看，只覺人影一閃，石砥中已落在自己身前。他不敢和對方硬拚硬鬥，嚇得急忙移形換位退了開去，神色一凝，雙目緊緊逼視在石砥中的身上。

「誰叫你打傷她的？」

西門錡沒有想到鐵掌金婆會在這時闖了進來，他在顧盼之間，鐵掌金婆滿臉怒氣瞪了他一眼，在那冷峭的目光裡流露出憤怒的神色。

西門錡全身陡然劇震，顫聲道：「乾娘，是她先和我過不去的！」

鐵掌金婆先查看了宇文慧珠身上的傷勢，氣顫地道：「你這個孩子，怎麼把她打成這個樣子！」

一縷血絲自宇文慧珠的嘴角淌下，那憔悴的臉龐顯得蒼白無比，她呻吟一聲，無力地睜開雙目望了鐵掌金婆一眼，含著淚水的眼眶又緩緩閉了起來。

鐵掌金婆心頭一陣難過，顯得非常激動，她伸手在西門錡臉上連摑三掌，大聲喝道：「你給我滾，告訴你爹，永遠不要見我！」

西門錡在鐵掌金婆面前可不敢放肆，他深知鐵掌金婆倔強的性格，嚇得連忙退向門檻外面。

他好像非常不服氣，抗聲道：「乾娘，我是你的乾兒子，將來是我養老你，你這樣幫助我的仇人，我爹知道會不高興的⋯⋯。」

「哼！」鐵掌金婆沒有理會門外的西門錡，她趕緊盤膝坐在宇文慧珠的身邊，駢指連點三處大穴，側過身子對石砥中道：「你快把她的手放下，再晚她就沒命了。」

說完，她神情緊張的開始凝氣聚神，片刻功夫，她的雙手變得通紅，好像一塊燒紅的烙鐵。

石砥中見鐵掌金婆那種慎重的樣子，心頭也是一驚。雖然雙方隔了一段距離，仍然能感到對方掌上發出熱灼襲人。他把掌上勁力提到十分之時，往宇文慧珠身上拍了過去，這一掌準確無比正好拍在宇文慧珠的「玄機穴」上。

她輕嗯了一聲，接著又是數掌拍了下去。

一旁的西門錡並沒有因為叱喝而離去，他見石砥中和鐵掌金婆的注意力全集中在宇文慧珠的身上，眼中立時布滿陰狠的殺意。

他緩緩向鐵掌金婆身後移去，一絲笑意自嘴角隱隱浮現出來，他緩緩伸出

第七章 鐵掌金婆

右掌，在距離她的身後三尺之處蹲下身來，猛地推了出去。

「砰！」鐵掌金婆的身形一晃，張口噴出一道血箭，濺灑得石砥中滿身都是鮮紅的血漬，她並沒有因對方那一掌而分神，依然慎重地療治宇文慧珠身上的傷勢。

石砥中怒吼道：「好毒的心腸……。」

他身形猝然暴射而起，朝向門外的西門錡疾快地奪門而逃。

石砥中追出屋外，只聽到西門錡嘿嘿冷笑道：「姓石的，我正等你出來！」

這個心腸狠毒的天煞星，並沒有因打傷鐵掌金婆而滿足，他滿臉猙獰，斜豎單掌於胸前，面露得意的笑容，看得石砥中火冒三丈。

石砥中雙眉微軒，冷冷地道：「西門錡，你這個武林盟主是怎麼當的，竟然做出這種下三濫的勾當……。」

西門錡臉色一紅，道：「無毒不丈夫，若存婦人之仁，永遠沒有出息。」

西門錡恨恨冷笑道：「衝著你這句話，我就不能饒了你。」

他身形向前一傾，突然朗聲大喝，撩掌擊出一道威金裂石的掌風，霎時罩滿西門錡的四周。

西門錡沒想到病後的石砥中還有這麼高的功力，他神色大變，低喝一聲，

身形向後一翻，巧妙地擊出一掌。

「砰！」這一掌神奇莫測，石砥中都察覺不出力道是如何發出的，一聲震撼山谷的巨響後，旋激的氣勁迴盪成渦，石砥中只覺手臂一麻，自對方傳來一股反震之力。

他暗中大寒，詫異道：「閣下果然有進步！」

他正待第二掌拍出，西門錡卻藉著那猛烈的掌勢往外一翻，倏忽飄出數丈之外，挾著嘿嘿冷笑聲朝神沙谷外奔馳而去。

石砥中要追已來不及，蒼涼的嘆了口氣，道：「讓你多活幾天吧！這筆賬我會找你算的……。」

他心懸鐵掌金婆的傷勢，急忙閃身躍回，一切變化來得都是那麼突然，石砥中目光才觸及室中的景象，立時愕立在地上。

鐵掌金婆死了……。

宇文慧珠醒了……。

在這生與死的一線之隔，形成明顯的對比，宇文慧珠正匍伏在鐵掌金婆身上哽咽著，淚珠顆顆從她臉頰上滾落下來。

「唉！」石砥中悲痛地一嘆，目中也噙著兩滴傷心淚，卻無言安慰這個傷心的女孩子。

第八章 紫府神功

輕脆的駝鈴聲在大漠孤寂地響著，偶有一聲清澈的吼叫聲從那滾滾的沙漠傳了出來，響遍整個黃沙萬里的漠野，那是大漠特有的駱駝的呼嘯……。

風在地上捲起一道悽迷的沙幕，恍如一個羞澀的少女用一條淡黃色的薄紗罩臉，惟恐被情人偷窺她的嬌容，而顯得更富情調……。

寒漠的風情是苦澀而單調的，但在這金色的漠野流傳著輝煌的英雄事蹟，正如那飛馳而來的大漠英雄石砥和宇文慧珠一樣，個個都有不同的故事……。

坐在駱駝上的宇文慧珠顯得特別憔悴，她用一塊黑巾包住頭上流瀉飄拂的髮絲，孤獨無依地望著覆蓋千里的黃沙世界，悽然隨著石砥中的紅馬之後，默默地走著……。

石砥中也顯得很沉默，那是一個人在過度悲傷後的暫時沉默，倆個人似乎都有滿腹心事，可是這時誰也不願意說出來。

過了半响，宇文慧珠才自沉思中清醒過來，她抖了抖身上的沙塵，望了望遐思中的石砥中，道：「石大哥，我真想一死了之……。」

當她想到往後一個人孤零零的歲月時，就不禁滿腹悲哀和憂鬱，雖然在這個世界上，她還有一個不通情理的父親，可惜他是個沒有責任感的男人，從來沒有盡過做父親的責任，因此他對宇文慧珠而言，等於是陌生人一樣。

石砥中深深嘆息一聲，道：「你還有一個父親可依靠，而我連一個可親近的人都沒有，尚且要和環境奮鬥，你怎麼有這個傻念頭？」

宇文慧珠眸中閃過一片淚影，悽楚道：「我那個父親有十年未見了，現在連他變成什麼樣也不知道。石大哥，你會像兄長般的保護我嗎？」

石砥中深知一個孤苦無依的少女徘徊在愛情十字路上的那種痛苦與彷徨，宇文慧珠雖然儘量壓抑自己的感情，可是在言辭間依然流露出對石砥中的愛意。

他勉強露出一絲笑意，道：「會的，我會保護你到嫁人為止。」

宇文慧珠臉上閃過一絲黯然之色，淒涼地道：「我永遠不會嫁人了，石大哥，沒有人能夠啟開我封閉的心扉，除非是你……。」

第八章　紫府神功

石砥中大驚道：「你怎麼那麼傻，結婚是人生一個不可缺少的歷程，你怎可輕易放棄這至高神聖的愛情！」

宇文慧珠驚詫地望了石砥中一眼，在那雙滾動的眸子裡浮現出一片迷惘，她深吸口氣，道：「你怎不結婚呢？」

石砥中一怔，嘆了口氣道：「我跟你不同，萍萍和我雖然無法天長地久，但是我們心中都有一種默契，沒有其他人能夠曉得。」

宇文慧珠羨慕地道：「難道我倆就不能以這種方式相愛嗎？」

石砥中羞澀地搖搖頭，他惟恐眼前這個少女再問起他的心事，急忙避開她那含情的目光，向茫茫大漠望去。

在翻捲激射的沙漠中，他看見有兩隻駱駝正向這裡急馳而來。

由於雙方距離太遠，他無法看清楚坐在駱駝背上的人影，僅知那奔馳而來的兩人穿著塞上牧人的裝束。

「叮！叮！叮！」

駝鈴孤寂地響著，清脆飄傳開來，宇文慧珠也警覺出有些不對勁，她朝那遠遠奔來的兩匹駱駝看了一眼，突然發出一聲驚嚷，道：「那是我爹！」

宇文海已由一個蓬髮襤褸的老漢變為一個精神矍鑠的中年人，他目中凶光依然如舊，望著宇文慧珠，高聲喊道：「慧珠，我計算你也該來了！」

這個不通情理的老人雖然有些偏激的傲氣，但當他驟見十年未見的女兒長得那麼美麗時，也不禁激動地向這兒衝過來。

宇文慧珠卻有種陌生的感覺，只覺自己和父親像隔了一層東西似的，雙方都不容易親近。

宇文海自駱駝背上飄身墜落，道：「慧珠，你錡哥哥說你快來了，這幾天我一直在等你，總算讓我等到你了，嘿嘿！我們父女倆也該聚聚了。」

宇文慧珠臉上沒有一絲笑意，深邃的眼睛驟然閃過一絲殺意，她望著宇文海，非常沉痛地道：「爸爸，西門錡害死我師父，我要殺了他。」

「胡說！」宇文海厲喝一聲，道：「你錡哥哥都告訴我了，鐵掌金婆明明是被石砥中那小子打死的，你怎麼這般糊塗。」

宇文慧珠冷靜地道：「我雖然沒有親眼看見誰打死師父，但在我清醒過來的時候，師父還沒有死去，她可是親口告訴我是西門錡幹的。」

石砥中因為他們父女相會而不願意涉身中間，他獨自騎著汗血寶馬繼續向沙漠裡走去，隱隱他聽見宇文慧珠和宇文海爭執起來，他不想去聽，也不願看見宇文海那種令人憎惡的樣子，在他腦海中這時盤旋著的，正是那永遠不能忘懷的往事。

他落寞地發出一聲長嘆，暗忖道：「這宇文海和百里狐仇深似海，我身為

第八章 紫府神功

鵬城之主，遲早必須要把他殺了，礙在宇文慧珠的情面，我又不忍心就此下手，這事要如何是好？」

忖念未逝，他突然發現有一個人影正向自己這邊移動，這個人來得悄無聲息，他斜睨那人一眼，正是和宇文海同時來的那個漢子。

適才他腦海中盡迴盪著過去片段往事，沒有注意到這個人，這時輕輕一瞥，忽然覺得這個漢子長得好威猛，那濃捲的眉毛及深沉的笑容，竟是非常可怕。

這漢子在駱駝背上冷冷一笑，道：「閣下就是回天劍客石砥中嗎？」

石砥中深吸口氣，冷冷地道：「正是，閣下有何見教？」

那漢子目光忽然一冷，冷哼道：「閣下大鬧海心山，掌傷西門盟主，這種不把我武林朋友看在眼裡的魯莽行為，我大漠數百好手都認為閣下做得太過分，在下李金寶斗膽向閣下討教一番⋯⋯。」

說罷，便自駱駝背上斜躍飄了下來，他身形在空中一擰，頓時一道耀眼燦亮的金虹從他手上泛射出來。

劍芒閃耀，冷灩的劍氣騰空布起，李金寶大喝一聲，在顫動的劍光裡，冷峭的劍風斜劈向石砥中的身上。

石砥中見自己隨時隨地都被那些自命不凡的高手追擊，他雖有心脫離江湖

是非，但是事與願違，只要他所到之處，便有人追躡而來，他深深覺得名聲累人，這一生他非終老江湖不可。

他有心要給李金寶一點顏色瞧瞧，鼻子裡重重透出一聲冷哼，他滿臉都是憤怒之色，目注對方斜劈而落的劍勢，身形電快地凌空撲出。

他冷笑道：「閣下不要自找難堪！」

他這時的功力已達天人合一的地步，一種存於體內的異稟，使得他隨時都可發掌傷人，但他心存厚道，從不肯輕易施出真正的功夫，他重出江湖以來，施出真正神功也不過一兩次。

這時他既然有心要讓那些不怕死的人有所警惕，心中一橫，那掌上蓄集的功力已隨他的身形迸發出來。

一股澎湃的勁道揮出，迎向那劈來宋的劍刃，激進旋蕩地湧了過去，渾厚的掌勁如刀罩向李金寶的身上。

李金寶僅從搏鬥中便得悉回天劍客石砥中的功力蓋世，已超過二帝三君之上。他原以為傳言失實，多為誇大之談，哪知今日相遇，對方只在一揮手之間，便有一股大力迸發激出，這種空前的神功頓時嚇了他一跳。

他神色驟然大變，顫聲道：「你簡直功力通神！」

這種威金裂石的掌勁，立時震懾住他的心神，他急忙一撤劈出劍勢，身軀

第八章 紫府神功

在電光石火間向外退了開去。

「砰!」

石砥中見他反應之快不遜於一流江湖高手,這時掌力已發出大半,欲想收回已經無及,他只得一引掌勁擊在沙泥地上。

黃霧瀰漫激射,一道沙幕翻捲布滿空中,李金寶愕然僵立在當場,只見那翻滾的沙影中,地上現出一個深深的大坑,幾乎能把一頭駱駝埋進去。

李金寶神色慘變道:「這是不可能的,凡人哪有這樣的本事,喂!石砥中,你到底是什麼人?」

敢情他闖蕩江湖至今,還未曾見過任何人能以血肉之掌發出這樣浩瀚的掌勁,擊得如此大的一個深坑,不禁使他幾乎懷疑自己遇上異人。

石砥中冷冷道:「我是回天劍客石砥中,請你告訴那些不知死活的東西,凡是要找我石某的人,這大坑便是榜樣!」

「嘿!」宇文海滿臉怒氣躍了過來,他冷喝一聲,怒道:「石砥中,你以為憑藉這點功力便能睥睨大漠,使天下的英雄聽命於你嗎?告訴你辦不到!」

要知宇文海在大漠於十年前便已躍為當時一流高手之列,再經白駝派關了將近十年之外,在古墓中修練成一種在無意中悟解出的陰柔掌力,他自恃這種掌力,天下將沒有人可以抵擋他的一擊,是故非常不服氣。

石砥中慎重地吸口氣，道：「你如果不服氣，不妨試試！」

宇文海一生中除了當世少數幾個人外，他從未把任何人放在眼裡，他聞言只覺非常刺耳，嘿嘿一陣冷笑，氣得身上衣袍頓時隆隆鼓了起來。

他笑意一斂，冷哼道：「你以為我會怕你！」

也許會感奇怪，宇文海何以敢和石砥中動手，而不敢和白駝派的年輕高手哈蘭青遭遇？

在十年前，白駝派把他關進古墓的時候，白駝派掌門曾告訴他，有一個專練克制他那身功夫的年輕人負責看管那座墳墓，宇文海深知白駝派掌門所言非虛，故而出來後惟恐再栽在白駝派手中，所以當他見了哈蘭青連忙奔馳而逃。

李金寶適才被石砥中掌勁嚇得愣住了，他驟見宇文海頃刻要和這個高手作殊死決鬥，不禁替宇文海擔憂起來。

他惶急地道：「宇文前輩，你真要為我動手？」

宇文海一怔，旋即有一股怒氣浮現在他臉上，他把眼一瞪，冷哼道：「你滾開，大漠英雄的臉都被你一人丟盡了！」

他看上去雖像是個中年人，可是真正年齡卻已七十多歲，不明就理的人還以為他很年輕呢，但是他火爆的脾氣並沒有因年紀而稍改，反而愈變愈大。

李金寶滿臉羞紅急忙默默退向一邊，他畏懼地看了那個令他駭顫的男子一

第八章 紫府神功

眼，只見石砥中沒有一絲表情凝視著宇文海，那種氣定神閒的威儀深深使李金寶折服。

宇文海手一揚，嘿嘿笑道：「石砥中，我先讓你一掌！」

「爹爹！」宇文慧珠淚痕斑斑，悽然道：「你不要與石砥中動手，倘若你不顧及女兒的面子，我就從此不要再見你……。」

宇文海嘿嘿笑道：「除非你答應那件事，否則我非要這小子血濺當場不可，你仔細想想，爹爹總不會害你的。」

他們父女爭執了許久，彷彿有什麼默契似的，石砥中聞言一怔，斜睨了宇文海一眼，道：「宇文姑娘，有什麼事呢？」

宇文慧珠淒涼地搖搖頭，道：「石大哥放心，我不會輕易答應這件事的。」

她好像有什麼事在她心裡孕藏著，沉痛地滴落下顆顆晶瑩的淚珠，那種悽然憂傷的神情，石砥中忽然泛起一種從未有過的同情，非常憐憫地投給她一個關懷的目光，使宇文慧珠那失去的勇氣又鼓舞起來。

宇文海見他們兩人在一瞥之間，交換了一個令人猜測不出的眼色，他氣得怒吼一聲，指著宇文慧珠罵道：「慧珠，你不知被什麼東西迷了心竅，連爹爹的話都不聽了，難道爹爹還會讓自己的女兒吃虧！」

宇文慧珠倔強地道：「爹爹，你把女兒當成什麼東西，我拚了一死，也不

會答應西門錡那個可恨的要求。爹，你也是雄霸一方的宗師，為什麼要去巴結海心山！」

宇文海心中所存的秘密通通被宇文慧珠抖露出來，他怒氣衝衝看了石砥中一眼，頓時想把滿腔的怒火發洩在他身上，他猙獰地笑道：「姓石的，你可以出手了！」

石砥中凝重地深吸口氣，運功於一周天，但覺心中平靜如常，那些曾撩撥他心酸的往事，在這片刻不知何時已從他腦海中輕靈地溜走了。

他冷冷地道：「石砥中出道至今還沒有讓人讓過，閣下如真自命功力通神，儘可出手，我相信你在我手中還走不出十個回合。」

這一來可把宇文海氣炸了肺，他自認在萬里大漠中還沒有人敢在自己面前說這種大話，對方年紀輕輕就敢誇下海口，怎不把這個老江湖氣壞了呢！

他大吼道：「氣死我了！」

他只覺怒火中燒，大喝一聲，進步斜身，雙掌一抖，一式「紫府神功」，片片掌影挾著沉猛的勁風劈將出去。

石砥中上身一仰，左掌斜斜一削，掌刃一閃，疾快似電朝對方劈到的雙掌揮出，掌勁迸激盪去。

「砰！」

那一剛一柔的兩股強勁大力在空中相接，發出一聲沉重的大響，兩人同時身形一分，各自倒退數步。

石砥中心裡一驚，目注對方，腦海疾快忖道：「這宇文海果然不是浪得虛名之輩，其功力之深不低於西門熊，怪不得他敢那樣高傲地對待自己。」

忖念未逝，一旁注視著兩人動手的宇文慧珠忽然向他招手，以顫抖的聲音向他輕輕喚道：「石大哥，你過來！」

石砥中捨下宇文海，輕輕躍向她身邊，霎時有兩道關懷又深情的目光射進他的心裡，他急忙定下神，克制住被對方挑動的心弦震盪，冷澀地道：「你有什麼事？」

宇文慧珠低聲哀求道：「請你不要傷了我爹爹，他也是個非常孤獨的人，我不管你怎麼恨他，在我面前請你多留點情面。」

石砥中輕輕嘆道：「你放心，我並沒有傷害他的意思，不過他那種盛氣凌人的樣子實在使人受不了，甚至對你，他不該把你當成貨品。」

宇文慧珠深長嘆了口氣，淚影閃動的眸子流露出一絲感激的神色，也有著濃濃的情意，她不解地盯著石砥中，那英颯飄逸的形像在她心中又溫漾出一絲漣漪，但她都不敢表露出來。

宇文海追蹤而來，氣吼道：「慧珠，我不准你跟他說話！」

宇文慧珠幽怨地撩起羅袖輕拭眼角上的淚水，她緩緩向前走了兩步，黯然搖頭道：「我不理他就是。」

宇文海滿意地笑了笑，臉上冷煞的神情頓時一鬆，他舉掌斜豎於胸前，陡然一掌擊出，道：「石砥中，你這個可恨的東西！」

石砥中見他運足全身功力向自己劈出一掌，驀覺自對方揮出的掌風中，傳來一股陰柔的勁氣，發時無聲，卻有種陰寒無比的感覺。

掌風未至，他不自覺打了一個冷顫，自己全身好像跌落在冷寒的湖底，絲絲縷縷的冷氣進逼心神。

他暗中一驚，腦中如電光石火似的浮現出一個念頭，疾快忖道：「這是什麼功夫，怎麼會這麼陰毒！難道宇文海在那個墳墓裡，借那陰森之氣練就了天下最毒的一種陰掌？若真是如此，我只有施出純陽的功夫才能抵抗。」

這個意念在他的腦海中一閃即逝，面對這股陰柔的掌力，一絲也不敢大意，在這掌風泛體的頃刻間，一股無形勁氣忽布滿全身，把身上的衣袍都鼓將起來。

他大喝道：「好厲害的掌力！」

他深知對方那浩湧而來的陰寒掌勁純屬柔勁，要破去這股柔勁必須施出內

家最難練就的以剛制柔之法,他運起丹田之火,身形一挫,電快地揮出一掌。

「砰!」

在這剛柔相擊之間,但聞一聲輕響,周遭空氣頓時為之一凝,好像塵世間的空氣驟地失去。

宇文海步履蹌踉連退五、六步,一縷血漬從他的嘴角流了下來,他的神色慘變,顫聲道:「你怎麼練成那『斷銀手』的?」

石砥中剛才一時收不住激盪出來的氣勁,而傷了宇文海,他深感過意不去,急忙瞥了宇文慧珠一眼,哪知她臉上竟沒有任何表情,只是望著那萬里無垠的黃沙怔怔出神,似乎連兩人停下手來都渾然不知。

石砥中黯然嘆了口氣,忖道:「她若知道我打傷了她父親時,不知會如何傷心,其實這也不能怪我,誰叫宇文海要和我拚命呢!」

他自覺過意不去,竟默默沉思起來,沉醉在那無涯的回憶裡,連宇文海的厲喝都沒有聽見。

宇文海劇烈地喘息數聲,見石砥中茫然望著天際盪漾的沙影,還以為對方不屑於回答自己,只氣得他通體寒慄,血漬從唇角緩緩流出。

他舔了舔嘴角的血漬,厲喝道:「石砥中,你敢情看不起老夫!」

這聲大喝有如沉重的巨雷一樣在石砥中耳際響過,使他清醒過來,他茫然

嘆了口氣，喃喃自語道：「我不該再為這些事煩惱了，事情已經這樣了，我又何苦作賤自己，我該快快活活地活著。」

石砥中朗聲大笑，道：「你說什麼？」

宇文海怒聲喝道：「命運不欠我一分，我也不欠命運什麼，我回去告訴西門熊及那些大漠英雄，大漠將是屬於我的。」

嫋嫋餘音霎時蕩傳出漠野數里之外，他一時豪氣干雲，萬丈豪情這時從他心底激湧而出。

宇文海輕拉宇文慧珠一下，道：「慧珠，跟我走！」

駝鈴又清脆地響了起來，宇文慧珠失神地輕嘆一聲，當她發覺究竟是怎麼一回事時，石砥中已離她很遠了。

那薄霧似的沙幕濃濃地把石砥中吞噬了，他望著輕馳離去的三騎，突然悲壯地一聲大笑，一聲英武的長嘯自他嘴裡高亢地發出來。

他朗朗笑道：「萬里迢迢大漠路，將是我石砥中的歸宿，我的足跡將踩遍整個漠野，直到我死去。」

朗朗的笑聲掩去了礫石飛濺的磨擦聲，地上斜斜映出一個修長的身影，悲壯的馬嘶劃破了沉寂的大漠，在這遍地黃沙的世界，彷彿只剩下這個騎士踽踽

第八章 紫府神功

獨行。

× × ×

塞上的景色是雄偉的，在這一片覆蓋萬里的黃沙下，曾流傳著許多古老的神話，也埋藏許多傳說，曾有多少英雄足跡留在漠野黃沙上，但早已煙飛塵散。

如今，牧人們撥起胡琴，吹著胡笳，唱著漠野自古流傳下來的古老情歌，在美人明眸似的星光下，他們烤著羊肉，喝著烈酒，沉醉在大漠神秘的夜空底下。

在那熊熊的烈火光下，這些牧人們掙紅了臉，低聲唱著自己拿手的情歌，對那些年輕的少女發抒愛慕之意，希望得到對方的青睞，但那些美麗的少女卻連正眼也不瞧他們一眼，因為她們的目光俱被一個靜立於一隅的男子所吸引住了。

大漠的夜是靜謐的，也是冷清的，那個男子似乎沒有注意別人對他的打量，正低著頭獨自喝著悶酒，在他的臉上卻不時泛出淒涼的神色，這些含情脈脈的塞外少女詫異地望著他那種淒涼的神情，暗地裡紛紛竊竊私議

他的來歷⋯⋯。

不久她們失望了，因為這個男子本身蘊藏的神秘令她們迷惘，偶而還可聽見他發抒出來的一聲嘆息。

低沉輕嘆，像一塊巨石震動她們的心弦，也驚動了那些牧人的目光詫異地望著他。

正在這時，在沙丘的那一邊突然響起一陣低低的輕鈴聲，接著在明亮的月光下映出兩隻高大的駝影，那是走夜路的旅客。

直到那兩隻高大的駱駝慢慢走近，大家才看清楚那駱駝上馱著一個綠袍蓬髮的碧眼怪人，在那雙碧目中射出一片慘綠之色。

那猙獰的樣子看得那些牧人俱吸了口冷氣，而在這怪人身邊卻坐著一個清麗秀絕的明媚女子，在那彎彎如菱形的嘴角上帶著一絲幽怨，頓時那些牧人的目光俱落在她身上，深深感動著他們。

但僅有一個人沒去注意這兩個不速之客，就是那個男子。

他獨自喝著烈酒，恍如這世間發生的一切與他毫無關係，的確，他哪有心思去注意與他沒有關係的事情呢！

「哼！」那個綠袍蓬髮的怪人，見這麼多人都注視著那個女子，鼻子裡暴出一聲重重的冷哼，那雙慘綠目光一瞪，嚇得那些牧人俱打了個寒噤，不自覺

地低下頭去。

那個美豔奪目的女子羞澀地在這群牧人間一瞥，忽然有一個人吸引住她的目光，她全身似是一陣輕微的顫抖，在那雙瑩澈如水的眸子裡，瞬息含蘊無數變幻的神采，有如薄霧般流過了她的眸睛。

那少女幽幽嘆道：「大舅，你看那個人。」

綠袍蓬髮怪人嘿嘿怪笑道：「你又想他了，他哪會在這裡。」

這熟悉至極的語聲清清楚楚地飄進那個男子耳中，他驀地抬頭，立時怔住了，不但他怔住了，連那個少女以及綠袍蓬髮怪人也怔怔地幾乎不相信自己的眼睛。

那男子嘴唇輕輕翕動，喃喃自語：「是韻珠和千毒郎君，他們什麼時候也來大漠了！」

他腦海中立時浮現出施韻珠那柔情似水的情意，楚楚可憐的神情，這些過去的回憶有如電光石火在他的心底翻騰起波盪的思緒，不覺又墜入相思裡⋯⋯。

施韻珠驀見石砥中默默望著自己，心裡陡地泛起一股酸楚，她眸中淚影隱隱透出，這個男子所給予她的生命力量是那麼的堅強，若非是石砥中時時迴盪在她的腦際，她可能早就無顏活在這個塵世間了。

她悽然落下兩顆淚珠，顫聲道：「砥中！」

石砥中心神一顫，自沉思中清醒過來，他儘量壓抑心頭的激動，凝望茫茫的夜空，深長吸一口氣，悲涼地笑道：「韻珠，你好！」

那苦澀的語調含有太多傷感，聽在施韻珠的耳中，恍如是一柄巨鎚敲進她的心坎裡，那股積鬱於心中的愛苗有如一把野火似的，從新燃起新的希望。

她低低呻吟一聲，顫泣道：「砥中，我終於又見到你了！」

這個純潔如玉的女孩子一生幾乎都活在痛苦裡，她恍如有無限的心事，終日黛眉深鎖，沒有一絲笑容，雖然這時她因意外地相逢而激動得哽咽，但在她那潔白的臉靨上卻浮現出一絲淒涼的笑意，在她腦海裡突然迴盪起夢一般的回憶。

清瑩的淚珠顆顆串連從她腮頰上滾落下來，溼濡的淚水滴落在她的羅衫上，沾溼了大片，她急忙撩起羅袖輕拭著眼角上的淚水，朦朧的眸子裡閃過許許多多過去的影子，她全身搖顫，恍如要從駱駝背上跌下去。

千毒郎君急忙扶住她的手臂，道：「韻珠，你要冷靜啊！」

施韻珠無語望著石砥中，她可以看到他眼眶裡閃爍濕濡的淚光，這使她心裡感到深沉的悲傷，空虛的心靈有如薄霧似的飄蕩起幽怨的哀愁。

她望著這個男子落寞的神情，疾忖道：「他不是沒有感情的啊！若他對我

第八章　紫府神功

沒有一絲情意，他也不會流淚……砥中，我的愛人，你是第一個啟開我心扉的人，我怎能沒有你！」

她幽幽嘆了口氣，深鎖的黛眉倏地一展，霎時那股濃愁從她心底輕靈地溜走了，她低聲道：「砥中，萍萍呢？」

「呃！」這句悽清的話聲深深觸動石砥中心裡的創傷，那顆凍涸的心又片片被撕裂開來。

在他眼前恍如又浮現出東方萍和唐山客泛舟白龍湖的情景，他痛苦地低呃了一聲，那全身抖顫，臉上泛起一陣抽搐，非常痛苦地道：「不要再提那個女人！」

一股醋火使他懷恨東方萍的變心，他嫉妒唐山客把他的愛人搶走了。

石砥中雖然深深愛著東方萍，但是當知道他的愛人已不屬於他的時候，他時時都會幻想東方萍婚後的種種情景，這些鮮明的影像是那麼令他傷心與悲痛。

施韻珠一愕，道：「你們鬧翻了！」

在那雙幽怨的眸子裡泛現出詫異的神色，她幾乎不相信天地間那樣堅貞不移的感情會驟然起了變化，更想不到一個那樣倔強的男子會被情感折磨成這樣頹喪。

石砥中不願有人在他面前再提起東方萍，每當他聽見她的名字時，他會痛

苦得幾乎要流下淚來。

他深覺女人的心有如深邃的大海，永遠難以捉摸，有時她也許會柔情蜜意，有時卻會變得冰冷無情，正如那變幻的雲海，時時都會掀起意想不到的變化。

他濃眉緊蹙，深吸口氣，道：「過去的事不要再提了，多談只會增加傷感。」

「唉！」深長的嘆息聲輕輕迴盪著，低沉而憂鬱，充滿淒涼的意味。

施韻珠嘆了口氣，幽幽道：「蜉蝣人生本是如此，不能像澄淨的碧空一樣，沒有一絲雲彩浮在天上。在人生的道路上，往往難以預料前景，每當沉思回憶往昔，悲傷總是多於歡樂。」

她以一種夢幻似的聲音緩緩說出，眸光悽迷凝望空中那輪皓潔的明月以及閃爍的寒星。

她彷彿看到自己在破碎的夢幻中，承受嚴冬的冷寒吹襲，那過去曾憧憬過的希望裡的美麗夢境，早已隨著時光而消逝。

但是在美夢幻滅後，她嚐到了空虛的痛苦，一個人心靈上的空虛是非常深沉的痛苦，那使人有一種無所依攀的感覺，自以為遠離了歡樂。

空虛，空虛，其實人生又何嘗不是一連串的空虛呢？像朝露夕霞，蜉蝣人

第八章 紫府神功

生,在整個時間和空間裡僅是一閃而過罷了。

石砥中將目光緩緩投落在施韻珠那淒涼幽怨的臉上,他恍如看見她那憂鬱的目光裡,閃現難言的悲傷的神色。

他避開對方悽楚的目光,輕嘆道:「韻珠,你好像已失去往日那種天真了!」

「哼!」千毒郎君冷喝一聲,道:「這都是你賜給她的!」

施韻珠好像不願把自己慘痛的遭遇說出來,她通身寒悚驚顫,急忙道:「大舅,你不要多說!」

千毒郎君雙目綠光一湧,冷哼道:「為什麼不說,難道你要瞞他一輩子?但從對方那種痛苦的樣子裡,他已預感到這將是件悲慘的事情。

石砥中一愣,不曉得他倆人到底要對他說些什麼?

千毒郎君冷哼一聲,道:「石砥中,你將後悔知道!」

他愕愕地道:「韻珠,有什麼事情不能告訴我?」

千毒郎君一生倔強,不管做了任何事情,他從沒有後悔過,但千毒郎君說得那麼嚴重,倒使他嚇了一跳。

他充滿好奇地望了施韻珠一眼,只見她滿臉悽楚,在那略顯憔悴的臉龐上籠罩著陰影,她恍如害怕說出那段難堪的遭遇,還沒說話,淚水已經滂沱流了

石砥中看得一陣難過，道：「韻珠，假如你不願說，就不要說了！」

施韻珠黯然搖頭一嘆，道：「砥中，我們到那邊說吧！」

兩人走過了幾個沙丘，在一個沙丘後面席地坐了下來，施韻珠沉思半晌，方道出那段悽慘的往事。

× × ×

在一年前，當施韻珠自知無望得到石砥中的愛情後，決心以死證明自己深愛石砥中的情意，她含著盈眶的淚水，毅然投落那無底深井。

黝黑的深井乾涸得沒有一滴水漬，她決心以死殉情，索性閉起雙目等待死神的召喚，哪知道她投落井底居然沒有摔死，身上竟然沒受到分毫損傷。

她詫異地查看黝黑的井底，在那深井底下竟有三、四條出路，當時她早萌死意，自覺活在世上沒有意思，倒不如在這井底覓一處地方了結殘生。

施韻珠心念一決，毫不畏懼地向井底深黑的一條通路行去，這條路愈行愈高，到最後竟有石階一路上去。

她此刻沒有心思去探尋這是個什麼地方，腦海中盤旋的盡是石砥中的影

子,因為在那離別的剎那,她曉得自己永遠得不到他的愛情。

等她踩上了最後一道石階,驀覺眼前一亮,只見這通路的盡處,出現一個清澈的大荷池,在那荷池旁邊的一塊大石上獨坐著一個青年,他正低頭撫弄手中的一根墨綠色玉笛,連看都不看施韻珠一眼。

施韻珠怔了一怔,正在猜測這個青年的來歷時,忽然在她的耳際迴盪起一陣清越的笛音,絲絲縷縷的笛音有如無影劍穿進她的心坎。

在她眼前如夢幻化出數個不同的身影,在那些浮現的影像中,有她的愛人,也有她的仇人,她彷彿看見石砭中悄悄出現在她身邊,正張開那有力的雙臂緊緊摟住她,霎時,她沉醉在那幻化的夢境裡⋯⋯。

當她曉得是這陣笛音作怪時,為時已晚,那清越飄忽的笛音就像命運之神,正把她帶進無涯的痛苦中。

由於這柔細的笛音有如魔音似的,她忽然覺得石砭中冷漠地把她推開,而在她臉上連著擊了數掌,她唯恐再失去這僅能抓住一線的溫馨時光,悲泣道:

「砭中,不要離開我!」

石砭中冷叱道:「你這個不要臉的女人!」

她尚未自覺自己被幻影所困,驀聞石砭中叱罵她不要臉,不禁傷心哽咽,那破碎的她的愛人的影子很快就消逝了。

等她自幻化的夢境中清醒過來的時候，她眼前已經模糊，只覺淚影閃動，只見那個青年對她掙獰一笑，一股氣血上衝，使得她暈死過去。

一陣異樣的痛苦刺激得她又清醒過來，等她發覺不對的時候，在她身上已經壓著一個瘦羸的老人，立時，她知道這是怎麼一回事了。

那個清瘦的老人喘息數聲，顫抖地道：「姑娘，我們倆個都被害了！」

施韻珠想不到自己尋死不成竟遭受到如此大的侮辱，她驚駭得幾乎忘記了自己的存在，寒悚地把那個老人推了下來，顫聲道：「你……。」

那個清瘦的老人淒涼道：「你也許不相信。」

「呃！」當施韻珠目光瞥及地上那片殷紅的血漬時，她再也克制不住心裡的悲傷而痛苦地泣顫著。

的確，一個美麗少女的貞操若被一個不為自己所愛的人佔據時，心裡那種痛苦絕非一個局外人所能體會。

在這種情形下，她的節操便這樣的被那個老人奪去了，她氣憤之下，揮起玉掌給了那老人一掌。

那老人捱了一掌後，並沒有生氣，他黯然道：「你打吧，我自知對不起你！」

施韻珠厲喝道：「我想殺了你！」

第八章 紫府神功

「隨你怎麼樣，我反正也活不了了。」

施韻珠氣得全身直顫，可是也沒有辦法，她怨恨地望了那老人一眼，只覺這老人一臉正派，不似那種邪惡之輩，但無論如何她也沒法輕饒他。

她正要施出毒手對付那個老人的時候，只聽一聲冷笑自她身後傳來，她急忙找回衣服遮住身體，只見在荷花池見到那個年輕人冷漠地站在這個石洞外面。

那個老人滿臉殺氣地對那年輕人大吼道：「逆徒，你做的好事！」

這個青年冷笑道：「老東西，你還有臉活著，這麼大年紀了還去玩弄一個少女，我有你這樣的師父也丟盡臉了。」

那個老人雖然氣憤到了極點，卻似頗為顧忌，他憤怒地對那年輕人劈出一掌，滿臉痛苦地吼道：「我早知你不存好意，趁我練那『滅音神功』的時候，故意弄個女人來，使我因受不了外來的刺激，而做出了這樣大的錯事。」

那青年身形輕輕一閃，避過那掌，獰笑道：「老東西，不要逞能了，我要是你，早就自殺了，你對得起『玉笛門』列代老祖師嗎！嘿嘿，老殺才，我在你手裡可受夠氣了！」

「呃！」那老人痛苦地一聲大吼，張口吐出一口鮮血，他冷煞地瞪了那青年一眼，臉上泛起陣陣抽搐，大喝道：「孽種，孽種！」

那年輕人嘿嘿笑道：「你一日不死，我一日不能脫出這個樊籠，現在沒有任何人能束縛我了，天下將是我玉面笛聖一個人的。」

施韻珠從雙方的談話中已知道了這是怎麼一回事，她趁那青年和其師對話之時，已穿好了衣服，輕輕拂理那散亂的髮絲，掄起手掌就往那青年胸前削去，指著青年叱道：「原來是你！」

她氣得渾身直顫，輕叱一聲，掄起手掌就往那青年胸前削去，掌風如刃，在空中幻化成一道掌弧斜斜劈了過去。

那青年身形輕輕一閃便自讓過，道：「你不要以為我不敢殺你，我只是念你替我完成了這件事，饒你一命而已。」

說罷，他嘿嘿冷笑數聲，逍遙地離去了。

施韻珠氣得淚水串串流下，她正想要和這狂徒再拚之時，忽然瞥見那個已經昏死過去的老人身子動了動，不多時，那個老人深長地吸了口氣，雙目也開始緩緩轉動。

施韻珠見他頭上鮮血直流，尚未斷氣，不禁嚇得倒退兩步。她恨得眸中閃過一絲凶光，怒叱道：「你還沒有死！」

身形忽然暴起，一頭往洞壁口撞去，只見腦汁四溢，血液染紅壁口，他的身子在地上一顫，頓時暈死過去，可是他的雙目還睜得大大的，好像死不瞑目。

那老人喘息數聲，說道：「我不能死，我要把事情交代給你，那逆徒已得了我的真傳，將沒有人能制伏得了他。他的『落鼎笛音』已經青出於藍更勝於我，天下僅有我的『滅音神功』才能剋住他那冠於天下的笛技，他深懼我那『滅音神功』所以才想要害死我。姑娘，不管你怎樣恨我，請你替我清理這個逆徒，必須要拿下他的頭顱送回這裡，我知你貞元已破，無法練習『滅音神功』，但你不要灰心，在大漠邊緣有一個『落魂宮』，你去求那宮主給你一顆涸元神丹，便可⋯⋯。」

這老人說到這裡，好像再也無法抗拒死神的召喚，全身陡地一顫，一縷血絲自嘴角上汩汩流出，那門頂上的血漬湧現突然死去。但在他的手中卻緊緊握著一本薄薄的絹冊，上面寫著「滅音神功秘笈」六個大字。

施韻珠恨得把那老人身子往外一踢，方始洩出心頭的恨意，一個人傷心地在洞裡流淚，直等到千毒郎君尋了過來，才停止哽咽⋯⋯。

第九章 玉面笛聖

石砥中恍如聽到一段神話似的,被這個慘酷的事實驚愕住了,他唏噓世間事情多變,在那雙深邃的眸子裡閃現一片淚影,含著愧疚的淒涼神色。

他深深嘆了口氣,道:「韻珠,我害了你!」

當他知道這件不幸的事情發生得那麼突然時,他不禁震駭住了,在他心底蕩起一陣激動的難過,施韻珠對他那濃厚的情感,委身相許的種種情景——閃過他的腦海,他知道自己欠這女孩子太多了。

他自覺罪孽深重,不該這樣毀去一個女孩子的終生幸福,深藏在心底那股幻滅的感情不覺暗湧出來,那是充滿愧疚的感情,含有太多的歉意。

施韻珠羞澀地娓娓道出這件深藏心底的隱私時,不禁觸動那受傷未癒的創痕,她泫然低泣,清瑩的淚珠掛滿雙頰,悽迷的眸子裡,透出變幻的淚影。

她只覺此生將永遠活在孤獨中，再也沒有人會激起她那乾涸的情感，唯一值得她懷念的便是眼前這個男子。

她傷心泣顫，腦海中飛快湧起一個念頭，忖道：「在我心裡存在的只有悲慘的回憶，我將註定孤獨的渡過殘生，這個塵世間已沒有值得我留戀的地方……砥中，砥中，我的愛，你將不會曉得我是如何活著。」

她輕抹臉上的淚漬，略略清理飄拂在額前那縷亂髮，顫聲道：「砥中，這不能怪你，是我的命苦！」

石砥中心頭一顫，他覺得她那黑亮澄明浮現淚水的眸子裡，射出的神采是那樣柔和，那樣悽迷與悲涼，他同時看到她臉上的痛苦哀傷，以及浮現於嘴角上的幽怨。

他激動地伸出手去，輕輕握住她那晶瑩如玉、皎白如雪的柔荑。

她感到對方在輕微的顫抖著，頓時一股溫暖的熱流傳進她的手心裡，她覺得有一絲眷戀在心底漾起，但那僅是片刻的溫暖，寒冷的冬天並沒有過去。

他緊緊握住她的纖手，道：「韻珠，我真後悔！」

施韻珠羞澀地低下頭去，一股從未有過的異樣感覺自她心底漾起，那弧形的櫻唇顫動了幾下，但是她說不出一句話來，代替的是悲傷的淚水。

「嘿！」千毒郎君低喝一聲，在那濃濃的眉宇間霎時罩滿一股煞意，只見

他目中碧綠的寒光一湧，冷笑道：「石砥中，僅僅後悔就算了嗎？」

他深愛施韻珠有若自己的女兒，施韻珠失身受辱，他始終認為這是石砥中一手造成的過錯。

歷閃現在他眼前，一股深藏的恨意，不禁流瀉在千毒郎君的臉上。

石砥中悲悽地一嘆，正色道：「我會負起一切責任。」

他自己也不知道哪來的一股衝動，只覺自己對不起她那深厚的情意，雖然東方萍的影子時時都會在他腦海中出現，可是此刻卻被對方目中漾起的柔情融化了……在他冷寒的心底忽然湧起一種溫暖的愛情。

施韻珠自覺此生幸福早已經湮滅在寒冷的冰雪中，驟聞此言恍如置身夢境中。她愕然望著石砥中，一股異樣的激動，使得她眸中的淚水簌簌滴落，隨即那股激動的情意被冷寒的夜風吹散，她悽然笑道：「我已是殘花敗柳，不值得你這樣犧牲。」

石砥中激動地道：「不，我會把你看得更神聖，我覺得你在我心中更重要了，一個真正懂得愛情的人，是不會去計較那些虛偽俗套的……你懂我的意思嗎？」

施韻珠搖頭顫聲道：「我的生命就似燭火般，不斷燃燒著燭心，也不斷流著燭淚，直等到那毀滅的一天來臨，我的淚乾了，我的人也化成灰了。」

第九章　玉面笛聖

石砥中黯然道：「你今後的歲月會很寂寞的，永遠和我一樣。」

在時光默默進行間，他的腦海中又浮現出種種感情上的遭遇，他是一個寂寞的人，瞭解寂寞時那種痛苦，兩人默默對望著，不知不覺流下眼淚來，俱是斷腸人，同樣相思一般淚，同樣愁腸一般恨。

施韻珠撩起羅袖輕輕拭去眼角的淚水，避開對方那深情的目光。她幽怨地嘆了口氣，悲涼地泣道：「我為什麼會活到今天，完全是為了報仇，我要練就『滅音神功』，親手把那玉面笛聖殺了，然後我再了此殘生，只是這次遠去『落魂宮』，不知是否能求到那涸元神丹。」

石砥中深知她悲傷的心情，這事由他而起，殺氣盈眉道：「這事不要你說，我也不能讓這等逆師害人的東西留於世間，韻珠，你忘了這件事吧！我石砥中縱是血濺『落魂宮』，也要使你達成心願。」

施韻珠顫聲笑道：「夠了，夠了，在我這一生中已有足夠的回憶。」

在那緊抿的嘴角上忽然綻現一絲笑容，有如沐浴春風，

遲來的愛情還是幸福的嗎？但對施韻珠來說，那無異是更大的痛苦，她沒有勇氣再承受一次感情上的變化，她自覺沒有資格再去愛這個初戀的情人，在對方的眼裡，她變得太怯弱了。

三人默默相對，各有各的心事。在這皓潔的月光底下，誰也不願再打破靜謐。

牧人又奏起了胡笳，笳聲縷縷飄來，只是他們沒有心情去欣賞，因為悲傷已佔據了他們的心。

但在這時卻有一陣駝鈴聲傳來，那是一個孤獨的騎士，默默地向這邊移動。

×　　×　　×

穹空布滿了悽清的寒星，潔瑩的銀輝灑落下來，斜斜地投落在那一望無際的大沙漠上⋯⋯。

駝影，孤客。

清鈴，殘月。

那個駕馭單峰駱駝的孤獨騎士，在冷灩的星光閃耀下，緩緩向這裡移動，沉重的足蹄，飛濺起四射的沙霧，濛濛的沙幕翻捲起一條長煙⋯⋯。

那個落寞的騎士恍如在單峰駱駝背上睡著了，只見他帽沿壓得低低的，遮去了臉上的輪廓，僅從那露在外面的唇角上，浮現出一絲冷淡的笑意。

單峰駱駝緩緩馳至施韻珠的身前，戛然煞住身勢，那孤獨的騎士把大風帽

他雖在極力緩和自己的語調，在她身上輕輕一瞥，冷冷地道：「你知道我找你多久了嗎？」

她身上搖搖顫顫，恍如有一道寒風從她心底拂過，乃掩藏不住那冷酷的語氣，施韻珠只覺通體一顫，她寒悚地向那青年一望，不覺嚇得她神色大變。

她冷叱道：「你找我做什麼？」

那青年絲毫不為她的怒色所動，他冷漠至極地朝四周略略一掃，在那薄薄的嘴角上露出一絲冷酷的笑意。

他冷笑道：「我找你一定要有事嗎？」

施韻珠一怔，竟愕住不知該說什麼！

「嘿！」千毒郎君身形如電躍起，他低喝一聲，向那青年身前斜跨兩步，目中碧光盪漾，泛射出一道冷寒的綠光，他嘿嘿笑道：「小子，你是什麼東西！」

那青年雙眉緊蹙，在冷漠的神情裡顯露出一種極不屑的神色，他朝千毒郎君斜睨了一眼，不屑地大笑道：「你又是什麼東西？」

「嘿！」千毒郎君臉色大變，怒喝道：「你找死？」

他向來非常自負，在當今武林中也算得上是頂尖的人物，何曾被一個青年這樣侮辱過，頓時一股怒氣湧上心頭，氣得身上綠袍隆隆的鼓了起來。

他大喝一聲，綠影閃動裡，千毒郎君身形筆直地射了過來，只見他大手一揚，一股威金裂石的掌風急劈而出。

那青年身形輕閃，冷笑道：「你這個老毒物，不給你一點厲害，你……。」

氣勁旋激的掌風掩去了他的話聲，這個年輕人手腕在那掌風撲面的一瞬間裡，突然朝外面一翻，掌刃斜伸五寸，電快地劈了出來。

「砰！」

空中發出一聲沉悶的大響，千毒郎君一陣抖動，連著倒退了幾步，他臉色一片鐵青，在倒退中雙足深陷沙泥之中，沒及足踝。

而那年輕人僅是身形略略一晃，宛如峙立的山嶽穩當地絲毫不動，他臉上笑意盎然，舒捲的濃眉條地一揚，嘿嘿笑道：「你差得太遠，回去還得練上幾年。」

「嘿！」千毒郎君氣得幾乎要吐出血來，目中綠光一寒，一股煞意濃濃罩滿臉上，他怒吼一聲，掄起手掌在空中劃起一道掌弧，快捷地拍了出來。

那青年冷冷一笑，在閃動的掌影裡穿射躍過，單臂揮動斜斜推出一掌，把

第九章　玉面笛聖

千毒郎君又震退了數步。

石砥中看到這遍野黃沙裡，接連出現這麼多高手，不僅功力奇高，而且又是這樣年輕，心裡頓時充滿無限感慨。

他見這青年每次出手，都是博大深奧，逼得千毒郎君閃避急退，不禁暗中大吃一驚，在電光石火間忖道：「他的內力好強！」

這個意念在他腦海中一閃而逝，他急忙收回目光斜睨施韻珠一眼，想問問這個功力奇高的青年到底是誰？

當目光才瞥及施韻珠的臉上，心神陡地一顫，只見這命運多舛的女子，此刻神色大變，在她眸中及臉靨上所浮現出來的煞氣，好像是凶殘暴戾的魔頭一樣令人恐怖。

這種從未見過的神情，劇烈地震盪石砥中的心神，使他詫異得不知到底是怎麼回事。

他緩緩移至施韻珠側邊，輕輕道：「韻珠，你怎麼啦？」

施韻珠目光緊緊逼射在那個冷漠的青年身上，雖然她和石砥中尚隔數步之遙，石砥中已自感到她的身軀正在劇烈顫抖著，恍如見到鬼魅似的。

她嘴唇輕輕顫動，望著動手的兩人，顫悚地自語道：「我要報仇，這個可恨的東西，我決不假手於人。」

石砥中見她那種憤怒的神情，心裡突然蕩起一陣寒瑟的意味，她好像完全陷於一種深深的痛苦裡，根本沒有聽見石砥中的話聲，他深知一個人在悲傷時那種淒涼的感覺，不覺不敢再出聲驚動她。

晶瑩的淚珠自她臉上滴落下來，被那冷寒的夜風拂過，有種冰涼的感覺，施韻珠突然仰天一聲大喝，道：「我要殺死他，我要殺死他！」

她好像神智已經模糊，陷於非常痛苦的境地，她狂亂地一陣怒吼，身形突然拔高起來，向那正在搏鬥的兩人撲去！

「韻珠，韻珠！」石砥中神情大變，急忙伸手在身形甫動的剎那抓住她的手臂，他焦急地道：「你這是幹什麼？」

在這天人一線之間，施韻珠胸中烈火般的仇恨燃燒著，那股怒恨經過這陣衝動之後，神智漸漸冷靜下來，可是在衝動過後，她心裡只覺空空蕩蕩的，整個人恍如是個空洞，沒有一絲靈智。

她淒涼一嘆，那一點靈智自空洞中轉了回來，她滿臉痛苦倒在石砥中的懷裡，顫聲道：「砥中，你知道我是多麼恨他！」

一種從未有過的溫馨從他的懷裡傳進她的心裡，她在這雙有力的手臂裡，還是初次體會出愛人懷抱中那種令她沉醉的快感，她清晰地聽見石砥中心臟跳動的聲音，頓時，一股甜蜜而溫馨的感覺泛過她的心頭。

石砥中驟然抱著一個豐滿而柔軟的軀體，心裡突然漾起一縷迴思，他深深吸了一口氣，一縷清幽的髮香飄進他的鼻息裡，他凝望懷中的少女，腦海迴盪起好些不同的念頭，那留存於心中的縷縷情絲忽然串織成一個極大的情網，幾乎吞噬了他。

她那輕顫的濃密的睫毛，挺秀的翕動著的鼻翼，及那兩片薄薄紅唇，都是那麼有力的吸引住他，他喘了兩口氣，那湮沒的神智立時從飄渺中回到現實。

他緩緩移開視線，道：「他是誰？」

施韻珠此刻有如抓住那幻滅的生命燈火，握緊這一束快要閃過的微光，她自沉醉中清醒過來，憂傷地嘆了口氣，淒涼地顫聲道：「他就是玉面笛聖！」

頓時，一股憤怒的烈焰自石砥中的心底蕩起，殺意充塞他的心胸，那一縷幽思立時被沖淡不少，飛快消逝無影無蹤。

「砰！」的一聲巨響，沙塵瀰漫，空中迴音不絕，那沉重的擊掌之聲，震得各人耳中嗡嗡直響。

千毒郎君步履踉蹌，連著倒退兩大步，一縷血漬自嘴角汩汩流出，只氣得他髮絲根根豎起，在那雙碧綠的眸瞳中射出的凶光，似要生吞對方一樣。

他大吼道：「小子，我們不死不休！」

說著，那蓄滿功力的雙掌斜斜豎立在胸前，繞著這個令他駭顫的年輕人不

停遊走，這時雙方純以內力相拚，各自準備伺機給對方致命的一擊。

那青年已收斂起剛才那種狂傲的態度。

冷冷地笑道：「老毒物，你剛才連施三種毒功都沒有毒死我，看來千毒郎君之名該換換了。」

原來剛才千毒郎君和他動手時，在受傷的情形下，他已經施出兩種極為厲害的毒技，但對方似乎也是個玩毒的大行家，竟然沒有受到絲毫損傷。

這青年冷酷地嘲笑激起千毒郎君無限殺意，他雖然氣得有些受不了，但這時是生命之搏，不可輕易使沉凝的氣血浮動，他收斂心神，壓制幾乎要爆發的怒火，冷冷望著對方。

這青年嘿嘿笑道：「你怎麼不說話，敢情變成了啞巴！」

「嘿！」千毒郎君閃身劈出一掌，只見勁風激盪，「咻咻！」的掌風好像撕裂靜謐的夜空般劈了過來。

那青年身形一側，身軀迅速無比移了過去。

石砥中這時被一股怒火刺激得他滿臉殺意，他輕輕把懷裡的施韻珠推了開來，目光在玉面笛聖的臉上一瞧，冷哼一聲，道：「閣下給我滾過來！」

當石砥中想到一個美麗的少女竟毀在這個年輕人的手裡時，心中的恨意陡地湧出，他冷煞地注視著玉面笛聖，在那薄薄的嘴角上逐漸綻出一絲冷酷

第九章 玉面笛聖

的笑意。

玉面笛聖神情一怔，疾快地捨去千毒郎君，疾退兩步，他側首望了望石砥中，冷冷地哼了一聲。

他嘿嘿冷笑道：「你是對誰說話，怎麼這樣沒有禮貌。」

石砥中身形一動，斜躍過去，冷冷地道：「對於你這種人根本不需要客氣。」

玉面笛聖冷冷地笑道：「對於沒有禮貌的人我可不理會。」

說完，他身子幻化的一閃，在電光石火間溜到施韻珠的身前，伸出一手，道：「拿出來！」

施韻珠見這個心腸至毒的年輕人向自己身前欺來，登時一股殺氣湧上，她斜斜劈出一掌，叱道：「你找死！」

玉面笛聖在對方手掌掄揮出的剎那，冷笑一聲，突然伸手向那劈來的手掌抓去，施韻珠只覺腕脈一麻，全身勁道頓失，氣得她連話都說不出來。

玉面笛聖冷笑道：「識相點，趕快拿出那本『滅音神功』秘笈！」

施韻珠臉色驟變，顫道：「你原來是那個……。」

玉面笛聖咯咯一笑，道：「當然，那秘笈關係我一生至巨，我自然要追回來，想不到那老東西臨死還留了一手……哼！」

石砥中和千毒郎君驟見施韻珠竟已落到他手裡，兩人同時大驚，雙雙晃身撲了過去。

石砥中身形甫落，冷冷地道：「閣下最好放了她！」

玉面笛聖斜睨了他一眼，怒叱道：「你滾，這裡沒有你的事！」

語音未落，他突然覺得有一股冷寒的目光射進自己心裡，這道無情的目光使他全身驚顫，竟有駭然的感覺，他詫異地望了石砥中一眼，臉上那絲狂態陡地收斂不少。

石砥中怒道：「衝著這句話，將註定你的命運，你得知道誰是命運的主宰者！」

「哼！」玉面笛聖甫出江湖還沒有遇上真正的對手，他見石砥中那種冷淡漠然的樣子，登時一股怒火湧上心頭，只見他雙眉緊皺，寒著臉道：「這麼說來，閣下是個有頭有臉的人物了？」

石砥中冷笑道：「可以這麼說，回天劍客石砥中便是在下。」

玉面笛聖聞言大驚，沒有料到眼前這個冷漠的男子，便是那名震天下的一代高手回天劍客，他神情略略一變，嘿嘿笑道：「這太好了！」語聲一頓，又陰沉地道：「我正想找不著你，想不到我甫進大漠就遇上你了，石砥中，你可是當真進了那傳聞中的大漠鵬城？

第九章 玉面笛聖

回天劍客石砥中心頭劇震，冷冷地道：「這與閣下有什麼關係？」

玉面笛聖變色道：「當然有關係，你若是鵬城得主，必曉得進那鵬城之法，在下對神秘之城嚮往已久，希望閣下老實的把那鵬城通路告訴在下。」

「你在做夢！」

千毒郎君在旁邊聽了，不屑地清叱一聲。

玉面笛聖怨恨地望了他一眼，低喝一聲，怒聲道：「你滾開，這裡哪有你說話的地方。」

說罷，陡然斜掌劈了過去。

「呃！」這一掌出得太過快速，連石砥中都沒有看清楚他是如何劈出來的，千毒郎君在猝不及防之下，低哼一聲，竟被那威猛的掌風劈得倒翻出數尺之外。

哇的一聲，一道血箭自千毒郎君嘴裡灑出，他痛苦地從地上爬了起來，在那鐵青的臉上泛起陣陣痙攣，他怒吼一聲，又向玉面笛聖身前撲了過來。

石砥中晃身向前一擋，道：「毒君，你等一下！」

千毒郎君愣了愣，憤憤地退了下去。

石砥中目中寒光上湧，將視線投落在玉面笛聖的身上，在那冷漠的臉上看不出任何表情，他深吸口氣，道：「你認為武力可解決一切的事情嗎？」

玉面笛聖冷冷地道：「當然，至少在江湖上是如此。」

石砥中氣得仰天狂笑，怒喝道：「你真是個不可寬恕的小子！」他身形如電射起，真氣一提，右掌疾拍而出，一蓬青濛濛的勁氣，直往玉面笛聖的胸上擊去。

玉面笛聖驟見一蓬氣勁向自己的前胸推來，他神色大變，身子急急一躍，但在這種情形之下，他又不願意輕易放了施韻珠，暗自咬了咬牙，提起全身真力，迎向那蓬青濛濛的勁氣劈出！

「砰！」玉面笛聖的掌力與對方的掌勁一觸之下，心頭頓時一震，緊接著那層層氣勁洶湧而來，好似永無遏止似的。

他狂叫一聲，趕忙鬆了施韻珠，身軀捷快地飄退五、六步，這時他心搖膽落，不禁打了個寒噤，他神情慘然，冷哼道：「你果然不錯！」就在他語音甫落的剎那，他突然怒吼一聲，整個身子帶著一股無比的勁道洶湧地向回天劍客石砥中撲過來。

石砥中虎唇緊抵，冷哼一聲，左手飛快地往前一推，一股炙人的熱浪，似是在空氣中燃燒起來的烈焰，轟然迎向玉面笛聖的無儔掌勁。

「砰！」的一聲震耳巨響，震盪了整個夜空。

氣勁旋激，翻捲地下的沙泥，瞬息布滿整個空中，在沙幕瀰漫之中，但見

第九章　玉面笛聖

對方各自一退，又猛撲而上。

玉面笛聖大喝一聲，向前連踏數步，右手一掌拍出，這一掌是集平生功力所集聚，但見掌心一片烏光，泛射出來的勁氣竟然躍日生輝，哪知他剛將掌力擊出，便碰到石砥中擊來的「斷銀手」神功，兩股勁力一觸，頓時有如熱湯潑雪，玉面笛聖的寒煞氣勁，竟然消逝無存。

他這時欲退不能，只得集全身功力硬拚下去，兩股掌力相撞，他的身子如受大力猛擊，好似脫線紙鳶似的，倒飛出去。

玉面笛聖在空中連翻數個筋斗，方始脫開那洶湧的掌勁，落在地上。

他暗中一運真氣，發覺自己內腑並沒有受傷，正在慶幸之餘，一眼瞥見石砥中又伸出一掌，臉上布滿無邊的殺氣，使得他寒慄地一顫。

急忙間，他滑步撤招，「鏘！」的一響，在他手中多了一支墨綠色的玉笛，兩眼緊緊盯著即將發掌劈出的回天劍客石砥中。

突然，施韻珠顫聲道：「砥中！你不要殺了他。」

玉面笛聖聞聲怒叱道：「賤婦，你認為他能殺得了我嗎？」

石砥中聞聲，緩緩回過頭來，斜睨兩眼正望著自己的施韻珠，他吁了口氣，道：「為什麼？」

說完，他將右掌緩緩放了下來，而那高高鼓起的衣袍，此時也恢復了原

狀，好像沒有發生這事一般。

施韻珠怨恨地怒視玉面笛聖一眼，道：「這個可恨的賊子，我得親手殺死他。」

「嘿嘿！」玉面笛聖氣得一陣嘿嘿冷笑，他見自己連鬥回天劍客石砥中並沒有落敗的跡象，不覺更加狂傲，笑聲倏斂，在那冷酷的嘴角上忽然露出詫異之色。

他雙目寒光一湧，叱道：「賤婦，你說什麼？」

石砥中冷冷地道：「她說要親手殺了你，閣下如果害怕，不妨馬上自盡，或許還能留個全屍。」

「氣死我了！」玉面笛聖想不到今夜在這裡連遭如此大的侮辱，他氣得怪吼一聲，把手中墨綠色的玉笛一揚，喝道：「石砥中，你可敢聽我一曲『天魔引』？」

石砥中這時雖然恨怒填胸，極想殺了這個滅絕人性、逆師輕佻的少年，由於礙於施韻珠和他的恩仇，石砥中只得強自壓制住那股憤恨的怒火，他望著那支玉笛，冷冷地道：「你認為靠這支破笛子，便能打遍天下？」

玉面笛聖冷冷地一笑，沒有說話，盤膝坐在沙地上，輕輕將那玉笛攝在嘴唇上，深深地吸了口氣。

第九章　玉面笛聖

施韻珠深知玉面笛聖的笛技冠及天下，她領略過這要命笛子的厲害，驟見石砥中要以本身的修為和這傾絕天下的笛音相抗，不禁急得花容失色，全身驚顫。

她寒悚地抬起眼來，顫聲道：「砥中，你不要上他的當！」

石砥中朗聲大笑，道：「你快退出十丈之外！」

鏗鏘的語聲縷縷飄出數丈之外，靜謐的晴空驟地罩上了無邊的殺機，施韻珠幽怨地一嘆，她搖頭道：「不，我要陪你！」

石砥中正色道：「韻珠，你再不走，我要生氣了！」

施韻珠驟見他那種令人畏懼的神色，不禁嚇得一愣，她深知他倔強的性格是不容許自己共赴死難的約會，她眸中噙滿眼淚，深情瞥了石砥中一眼，和千毒郎君踏著沉痛的步伐往外行去。

×　×　×

一縷笛音破空而出，迴盪在深黑的漠野中，絲絲縷縷的笛聲，似要穿破人心似的，威金裂石般地響著⋯⋯。

施韻珠雖然已退出十丈之外，依然清晰聞見那令人心悸駭顫的笛聲，強烈

刺激她的心神，剎那間，使她又沉湎於無涯往事裡，在她眼前幻化出來的景象，都是那麼令她心碎。

千毒郎君因為受不了這陣笛音的催激，急忙盤膝坐在地上，運起本門內功心法，抗拒和那鏗鏘撩人心志的笛聲，從他臉上滾落顆顆豆大的汗珠，他悲痛地大吼一聲，心裡氣血澎湃往外翻湧，哇地噴出一蓬血雨。

施韻珠只覺心神一顫，立時被千毒郎君那聲大吼震醒，她神智一清，不覺顫道：「大舅，大舅！」

千毒郎君深吸了口氣道：「好厲害的笛聲，我們退出十丈以外尚且抗拒不了這殺人於無形的笛音，石砥中若非功力神通，此刻恐怕非死即傷。」

施韻珠寒悚地朝遠方一望，只見冷清的月光底下，有道激湧的沙幕正向四處翻捲，在這濛濛的塵沙裡，她只覺自己那顆跳躍的心早已經飛到正在對陣的石砥身旁，她恍如見到石砥中口吐鮮血而死。

她焦急地等待了一會，那尖細如絲的笛音忽然消逝，穹空沒有一絲聲音，她顫聲道：「大舅，我們過去！」

千毒郎君搖搖頭道：「不行！玉面笛聖此時正在施展『無相神音』，我們縱是去了也於事無補，說不定你我都得死在當場。」

施韻珠淒涼道：「要死，我也要和他死在一起。」

第九章 玉面笛聖

雖然她的心已經片片碎了,可是那蘊藏於心底的愛卻沒有絲毫改變,她悲悽的一聲大笑,拚命向前奔去,在奔馳的沙影中,她的心神完全陷於沉痛的回憶裡。

只聽她顫聲吼道:「吾愛,你不能死!」

千毒郎君驟見施韻珠瘋狂奔去,心頭頓時急得一陣難過,他自地上斜躍而起,大聲道:「韻珠,大舅的命也交給你了!」

這個身負重傷的老人忘記了自身的傷勢,他愛韻珠有如自己的生命,為了她,他願意陪伴她死。

一切都靜止了,連翻捲的沙塵也恢復了靜止,石砥中和玉面笛聖靜靜坐在地上,兩人互相對峙,皆低垂雙目不言不動靜坐在那裡。

施韻珠跑上前去,顫抖的聲音道:「砥中,砥中!」

石砥中深深吸了口氣,在那冷漠的臉上帶有淚痕,他無力地睜開雙目,低聲道:「我很好!」

玉面笛聖自地上站了起來,他面如死灰,氣道:「你果然能接得下我一曲『天魔引』!石砥中,我會把你撕成碎片,總有那麼一天。」

說完,便躍上了駱駝如飛馳去。

石砥中苦澀地笑了笑,望著他的背影道:「我會等你的!」

語音未逝，那激盪的氣血忽然上湧，他神色大變，哇地吐出一口鮮血，他痛苦地緊緊撫著胸口，道：「我竟抗拒不了那一曲『天魔引』！」

施韻珠驚道：「砥中，你……。」

石砥中苦笑道：「我不要緊，你不用擔心。走吧，我們還要去落魂宮取丹呢！」

夜輕輕溜走了，東方又露出一片朝霞……。

第十章 心有靈犀

白雲悠悠，蒼空晴朗，輕風拂過後，那遍野的黃沙捲起了一道淡淡的薄霧，恍如是晨間的雲霧茫茫的一片。

在大漠的邊緣上，那遍地金黃色的漠野一望無垠，遠處突然響起一片銅鈴聲，朝向這神秘之地飄來。

唐山客抬頭遠眺，歡呼道：「看，那就是大漠！」

東方萍冷淡地嗯了一聲，幽怨地望著那遍野黃沙的大地，她黛眉深鎖，有一片淡淡愁雲罩滿她的容顏，在那深邃的眸子裡隱隱泛出淚影。

唐山客望著她那沒有一絲笑意的臉靨，心裡突然泛起一陣妒意，他痛苦地哼了一聲，忖道：「唉！我雖然得到她的人，卻始終得不到她的心，這次我帶她進入大漠，她好像更加憂鬱了，這是為什麼？難道石砥中真的值得萍萍這樣

死心塌地地去愛他!」

他忖念未逝,心頭那怒火烈焰有如激浪般的衝擊他的心靈,他憤恨地揚起拳頭,在空中搗了一拳,方始發洩出心裡那股積鬱的悶氣。

東方萍詫異地望了他一眼,冷冷地道:「你幹什麼?」

唐山客一驚,慌亂地道:「沒有!沒有什麼。」

不可否認,唐山客深深愛著東方萍,他雖然心懷無限的怒火,卻不敢在東方萍面前表露出來。在她的面前,他總顯得是那麼懦弱,那初來大漠時的豪情與雄心,在這一瞬間通通消逝無形。

東方萍輕嘆了口氣,幽幽地道:「你來大漠的真正目的是什麼?」

唐山客一呆,囁嚅道:「這!萍萍,大娘不是交代明白,這次遠進大漠,主要是要到這裡找尋師叔。」

「哼!」東方萍沒有表情地冷哼一聲,道:「你不要騙我,這次你堅持要來這裡,還不是想找石砥中報仇,你以為當著我的面擊敗石砥中,便能得到我的愛情嗎?告訴你,這一著你錯了,東方萍的心中只有一個人,你永遠也佔據不了我心中的地位。」

這些冷酷的話語有如一柄銳利的長劍刺傷唐山客的心,他自信在任何方面都不比石砥中差,可是在他妻子眼中,他處處都不如石砥中。

第十章　心有靈犀

他曾試著讓東方萍接受自己的愛情，但是他失敗了，不管如何去討好她，她始終冷冰冰地對待他，沒有一絲情意。記得從結婚那天開始，東方萍就失去往昔的笑容，她從不關心他，也不關心他是否愛她……。

唐山客痛苦地道：「萍萍，我知道你不愛我，不管你待我如何，我愛你的心永遠不變，直到天荒地老……萍萍，我求你不要這樣對我！」

東方萍驚愕地睨了他一眼，她的心恍如受了針戳一樣，那幻滅的影子清晰地顯現在她的腦海裡，她眸中閃動著淚影，霎時沉湎於無涯的回憶中。

石砥中的影子在她的腦海中不停地晃動著，每當悽清的夜晚，她獨坐在那搖曳的燈影下，便會讓那一縷幽思輕靈地溜進自己心底，讓回憶湮滅痛苦的現實。

她輕輕嘆了口氣，道：「你要我怎樣對你？」

唐山客淒涼地道：「我不敢過分要求，只希望你能稍稍給我一點溫暖，讓我享受一下相愛的滋味，這就足夠了。」

東方萍冷冷地道：「這個辦法不到，我愛的不是你，沒有辦法把我的愛給一個自己不愛的人，你得到的僅是我的軀體，我的靈魂永遠都縈繫在石砥中不身上。」

唐山客氣得大吼道：「我非殺了石砥中不可！」

東方萍冷笑道：「你只會這樣做，我早知道你有這一著。」

唐山客失望地嘆了口氣，他沒有想到自己的婚姻是這樣的悽慘，那美麗的夢境有如燃燒後的灰燼散逝在茫茫天際，他手裡所抓到的僅是一個沒有生命的軀殼。

他悲痛地呃了一聲，那生命的火花僅在空中輕閃即逝，他曉得自己將永遠活在孤獨的歲月裡，雖然他有妻子，但她的心不屬於他，他僅獲得一副軀體。

他悲愴地道：「萍萍，你給我的僅有這些！」

東方萍見他目光裡那種絕望的神色，心底突然湧起一陣感傷，她沒有說話，只是幽怨地哼了一聲，她不願再勾起心中沉痛的回憶，策著健騎如飛地向前馳去！

她只想儘快進入大漠，讓自己死在這片大沙漠中，雖然唐山客在身後不停呼喚，她都裝著沒有聽見一樣，任那匹健騎載著她奔馳。

唐山客急得大叫道：「萍萍，你等一下，我們還要換駱駝。」

東方萍深知馬匹是不能在沙漠中長途跋涉，她對自己的生命已沒有多大留戀，在她那空蕩的心湖裡，沒有一絲漣漪，剩下的僅是那些無涯的惆悵。

她黯然神傷淒涼一嘆，腦海中在電光石火間湧起一個意念，疾快忖道：

第十章　心有靈犀

「但願我能就此死去，了卻一切煩惱。」

這個意念在她腦海中一閃即逝，當她自幽思中清醒過來的時候，她眼前突然出現四個剽悍的大漢，一字排開擋在她的身前，作勢要撲上前來。

她神情一變，叱道：「讓開，你們是哪裡來的？」

這四個身背長劍的漢子俱冷笑一聲，各晃身形撲向正在奔馳的健騎身上，那威猛的黑馬驟見數條人影斜撲而來，不禁低嘶一聲，倏地煞住去勢。

「你們要幹什麼？」

唐山客隨後追趕上來，身形在空中一擰，自那奔馳的馬背上斜斜躍了過來，他雙目凶光一湧，對著那四個各踞一隅的漢子，怒喝道：「哪個叫你們攔她的？」

凝立於左側的那個濃眉環眼的漢子，目光在唐山客臉上一掃，滿臉不屑的樣子，他嘿嘿笑道：「朋友，你走吧，這個女子我要留下了！」

唐山客怒叱道：「胡說，你知道她是誰？」

那漢子冷哼一聲道：「她是東方萍，我們打聽得很清楚，閣下如果再不知趣，只會自取其辱。」

唐山客和東方萍俱是一愣，沒有料到這二人竟然早已知道她就是東方萍，這二人出現得太過突然，為何他們要留下東方萍，這個問題同時盤旋在兩人的

腦海裡？

東方萍飄身落地，雙眉緊皺道：「你怎麼知道我是東方萍？」

那漢子嘿嘿笑道：「姑娘名滿天下，誰不知道你是回天劍客的愛人，我等只是奉命行事，請東方姑娘移駕敝幫。」

這句話當著唐山客面前說出來，無疑刺傷了他的心。他氣得大吼一聲，對那漢子劈出一掌，喝道：「胡說，你敢侮辱我妻子？」

「砰！」的一聲巨響，那漢子居然沒有躲避，硬接這沉重的一掌。他低呃一聲，在地上連翻了數個筋斗，嘴裡鮮血一湧，連噴數口血水，從地上搖搖顫顫爬了起來，怨毒地望著唐山客。

凝立於一旁的另外三個大漢驟見自己人受了如此慘重的傷勢，登時怒喝一聲，紛紛拔出兵刃向唐山客撲來。

「住手！」

這聲大喝恍如平地疾雷似的響了起來，喝聲甫逝，一個英姿倜儻的英俊少年踏著大步，向這裡緩緩走了過來，在那彎彎的嘴角上隱隱現出一絲淡淡的笑意。

東方萍驟見羅戟出現在這裡，心神突然一顫，她輕輕拂理額前散亂的幾綹髮絲，問道：「羅副幫主，有什麼事？」

第十章　心有靈犀

羅戟神情略異，苦笑道：「敝幫主想和東方姑娘談一談，請隨在下向前一會如何？」

唐山客沒好氣地道：「你們幫主是什麼東西，也配我們去見他！」

羅戟神色大變，冷漠地斜睨了他一眼，道：「這位是誰，怎麼這樣沒有禮貌！」

他身為海神幫的副幫主，從沒有一個人敢如此當面看不起他，羅戟目中神光逼射，在那冷漠的臉上立時泛現出一層濃濃的殺意。

唐山客見這少年比自己還要狂傲幾分，心頭頓時有一股怒火極待發洩出來，驟見羅戟那種囂張的樣子，他此時正因得不到東方萍的愛而有滿腹委屈，不禁冷哼一聲，怒喝道：「小子，你找死！」

一縷劍光自他手中震顫而起，這一劍快得令人看不出他是如何出手的，只覺劍光一閃，已劈向羅戟的身上。

羅戟暗中大駭，嚇得連退了幾步，唐山客一連幾劍快攻，竟然使他沒有回手的機會，他氣得長笑一聲，身形掠空飛起，「鏘！」的一聲，一道寒光脫鞘而出，剎那間兩道冷寒的劍氣在空中交織在一起。

東方萍見兩人在轉瞬間動上手了，她淒涼一嘆，只覺心中空空蕩蕩，連僅有的一縷思念都不知溜向何處。

雖然唐山客是她的丈夫，她卻絲毫不關心他的生死，她寧願活在美麗的回憶裡，也不願再提起那件令她傷心的事，尤其是她的婚姻。

一陣沉重又急促的步履聲傳進她的耳中，使她詫異地抬起頭來，只見一面罩黑紗的女子，在眾人簇擁下向她走來。

這面罩黑紗的女子有一雙冷寒的眸子，東方萍和她的目光一接，心頭忽然微顫，竟不知為何會有一股涼意自心底冒了上來。

她心神一顫，疾快忖道：「這女子是誰，怎麼會那麼怨毒地望著自己？」

這面罩黑紗的女子率領二十幾個身配兵刃的大漢，在東方萍的身前分散開來，把她重重圍困在中間。

海神幫主何小媛神情淒涼望著自己，心底忽然湧起莫名的悲傷，她清晰記得自己在剛失去石砥中時，不也是這樣悲傷的嗎？

東方萍見她向自己走來，幽幽地道：「你是誰？」

何小媛冷冷地道：「你不要問我是誰，石砥中呢？他怎麼沒有和你在一起？」

冷澀的話語裡含有太多的傷感，這個殺人不眨眼的紅粉佳人，當她提起自己愛人的時候也禁不住眸中含淚，通體竟泛起一陣輕微的顫抖。

東方萍黯然低下頭去，悽傷地道：「他永遠不會和我在一起了！」

第十章　心有靈犀

何小媛心頭劇震，問道：「為什麼？」

東方萍悲傷地顫道：「我已不屬於他了，那個正和羅副幫主決鬥的人，便是我的丈夫。」

「哼！」何小媛冷哼一聲，目光漫不經意斜睨唐山客一眼，她突然揚起一連串的大笑，在她心底有股積藏的醋意迸發出來，她笑聲條斂，在那清澈的眸子裡像霧一樣的閃過一絲殺意。

她冷哼道：「東方萍，不管你怎麼說，我恨你的心永遠不變，只要我一日不死，我就要毀滅在他心中佔有地位的任何一個女孩子。」

這個紅粉佳人只因得不到回天劍客石砥中的愛，而嫉恨所有認識石砥中的女孩子。所以說，愛能創造一個人，也能毀滅一個人，何小媛因愛生恨，竟要不擇手段去報復東方萍的奪情之恨。

東方萍悽然笑道：「你也那麼愛他。」

何小媛心頭一顫，悲傷地道：「他是一個值得人愛的男人，若不是因為你，我相信我會得到的⋯⋯。」

當她苦澀地說到這裡的時候，心裡那股恨意愈來愈濃，竟使她抑制不住那股衝動，她幾次都幾乎想要出手，但當她望見東方萍臉龐上那股聖潔的樣子後，她竟然不敢動手。

東方萍臉上沒有絲毫的表情，憂鬱的眸子更加憂鬱了。

她是個女人，自然瞭解一個女人在愛情方面的感受，女人凡事都能容忍，就是不能容忍有人奪去她的愛，東方萍只覺心頭一酸，兩顆淚珠自腮頰滾落下來，她顫聲道：「你要怎麼樣？」

何小媛冷漠地笑道：「我要你留下，讓石砥中向我乞求、向我懺悔……我要讓他曉得女人是何等重視她的愛情，得不到就該毀去，最後，我會殺了你。」

東方萍聞言一愣，料不到何小媛的心腸會這樣惡毒，竟會如此滅絕人性的對付自己，一股怒火自她心底燃燒開來。

她怒聲叱道：「你認為這樣便能得到石砥中的愛情嗎？告訴你，女人最大的本錢是溫柔，你的佔有欲太強，不知自己是個女人，在愛情上，你將永遠是失敗者！」

「嘿！」

一聲冷喝之聲傳來，使她的話戛然中斷，只見唐山客斜斜劈出一劍，逼得羅戟揮劍在空中顫出數個劍花，快速至極地擊出幻化的一劍。

「叮！」

兩個劍中高手只覺對方擊來這劍，輕靈中透著狠勁，快捷中又含著潑辣，兩人手臂同時一震，各自飄退數尺，將手中兵刃斜立胸前，伺機給對方致命一

第十章 心有靈犀

擊，東方萍看得雙眉一蹙，道：「山客，你過來！」

唐山客在電光石火間，劍刃斜挑五寸，一縷劍光破空而出，直往羅戟的胸前穿射而出！

他身形緊接著向前一躍，大喝道：「不行，我非殺了他不可！」

羅戟目注那電快劈來的一縷劍光，冷哼一聲，手腕在這劍氣罩體的一髮之間，忽然奇快地往外一翻，自對方劍影之中脫空削去！

他冷笑道：「你以為我會怕你！」

雙方身形都快得令人不能捉摸，在身形交錯間，兩人已連換了七、八招，一時誰也不知鹿死誰手？

東方萍驟見唐山客不肯退下，不禁氣得冷冷一笑，這一笑，使站在對面的海神幫幫主看得一呆，只覺她這回眸一笑，含著一種嫵媚高雅令人心醉的神采。

何小媛看得妒恨之念叢生，不禁忖道：「怪不得她和石砥中會有那麼轟轟烈烈的愛情呢！原來她是那麼美，美得連我都覺得心神搖晃，被她的姿色所動。」

她冷酷地笑道：「你的丈夫好像不聽你的話？」

「哼！」女人都有一種善妒的天性，不管這個男人愛不愛她，東方萍雖不

覺得怎樣，心裡卻是極為不是滋味，她冷哼一聲道：「那也未必見得！」語聲一轉，又對唐山客叫道：「山客！」

唐山客雖然極欲殺死羅戟，這一次他卻不敢再賭氣下去，身形連閃之下揮出七劍，把羅戟逼得手忙腳亂，幾乎立時傷在他的劍下，唐山客嘿嘿一笑，忙斜點地面，躍回東方萍的身邊，畏懼地望著她那生氣的臉龐上。

東方萍斜睨何小媛，冷笑道：「怎麼樣？」

這一著深深刺傷了何小媛，她臉上在一瞬間連變數種不同的顏色，一股濃濃的煞氣盈聚於眉宇之間，只是東方萍無視於她的存在而已。

何小媛厲聲一笑，大喝道：「我非殺了你不可！」

說罷，輕輕抬起掌來，在掌心連擊三下，清脆的擊掌聲細碎地傳了開來，四周羅列的漢子身形一動，各自拔出自己的兵刃，向唐山客和東方萍圍攏來。

羅戟神色大變，道：「幫主，我們不能這樣做！」

何小媛眸中寒光大熾，冷漠地道：「我為什麼要生存在這荒瘠的大漠裡，還不是為了要報復石砥中給予我的痛苦，今天無論如何都要拿下那個賤人，我要叫石砥中在我面前低頭哀求，讓天下人都曉得海神幫的厲害，連回天劍客都敗在我的手裡。」

羅戟懷疑地道：「你真的忘了石砥中嗎？恐怕一見到石砥中，你的感情就

第十章 心有靈犀

要崩潰了,而融化在他的愛情裡。」

何小媛顫慄地望著羅戟,一件無法否認的事實擺在她的面前,的確,當她真正遇到石砥中的時候,她能狠心地對待他嗎?這恐怕辦不到。

她曉得自己感情實在太脆弱了,雖然她現在擁有龐大的實力,但是她的心裡卻是空虛的,在大漠裡,她因為是海神幫的領袖而名聲日隆,美好盛譽暫時滿足了她的欲望,可是,她青春的美麗時光卻無情地消逝了。

她眸中突然浮現出晶瑩的淚水,堅決地道:「我會的,羅戟,他再也沒有辦法使我動心了!」

羅戟知道一個陷入感情糾纏的女人是痛苦的,他默默退向一邊,手中的長劍忽然斜指空中,目光冷寒凝望著唐山客。

唐山客驟見那麼多人向他們圍攏過來,心裡不由著急,他並非擔心自己的生命,實在是怕東方萍受到些微損傷,他雙目寒光逼射,緊緊和東方萍靠在一起。

他惶悚地道:「萍萍,你要小心!」

東方萍冷漠地道:「你儘管出手,手下不必留情。」

唐山客歡愉地一笑,道:「萍萍,我們施出『淬厲寒心』合璧劍法。」

東方萍臉色大寒,叱道:「胡說!白龍派神功豈能輕易施出來,這些東西

都微不足道，你先去衝殺一陣。」

唐山客雖然受氣，卻覺得心甘情願，躍起來，衝進人群裡，連傷了七、八個漢子。

羅戟一見大怒，喝道：「殺了他！」

唐山客身形如飛，喝道：「殺了他！」

唐山客身形如飛，海神幫雖然人多，卻奈何不了他倆。

何小媛得大聲叫道：「你們都走開！」

她冷冷地喝退眾人，突然揚起一陣銀鈴似的笑聲，朝東方萍走了過來，兩人都是當今頂尖的高手，海神幫雖然人多，連傷數人之後又回到東方萍的身邊，兩人都是當今頂尖的高手。

笑聲一斂，冷酷地道：「東方萍！」

東方萍淒涼笑道：「為了我的愛，我會和你一拚！」

何小媛幽幽地道：「好，我們不死不休！」

說完，一掌斜斜劈了過來。

東方萍全身忽地一顫，身子往後微仰，竟然不避不閃硬接了這一掌，她呢了一聲顫道：「你該滿足了吧！」

何小媛一愣，沒有想到東方萍會毫不抵抗硬接自己一下重擊。

唐山客看得心頭大寒，顫聲道：「萍萍，你為什麼不還手？」

東方萍一拭嘴角的血漬，悽然道：「我愛石砥中，我要替他承受一切

第十章　心有靈犀

罪過。」

×　　×　　×

嬝嬝語聲霎時傳遍漠野，傳進一個人的心中。正在大漠長途跋涉的石砥中，忽然自汗血寶馬背上翻滾下來，他緊撫胸前，痛苦地道：「我的心，你在哪裡！」

施韻珠驚顫道：「砥中，你怎麼啦！」

石砥中自地上騰空斜躍而起，道：「快去，萍萍在那裡！」

靈犀一點通，東方萍受傷時，石砥中心頭突然一痛，這些事也許太過玄妙，但在芸芸天地間，不知有多少事情都發生得令人不敢相信。

這也許是命運安排，兩個在感情上歷經波折的青年，竟會又巧妙的遇在一起。

石砥中拚命奔馳，在那遙遠的大漠盡頭，他看見東方萍倒在唐山客的懷裡，而何小媛和羅戟正冷酷地站在一旁，把他倆重重圍困起來。

第十一章 情傷智昏

石砥中經過一陣狂亂的奔馳後,那激動的情緒仍然無法平靜下來,在他背後不時傳來施韻珠和千毒郎君的喚聲,但他卻置之不顧,依然向前奔馳,使得石砥中神智漸漸清醒過來,他茫然煞住步子,竟沒有勇氣再向前踏出一步。

突然,腦海中浮現唐山客那種痛苦的表情,在石砥中激動又痛苦的臉上,呈現出從未有過的肅穆沉凝,他像是在追憶什麼,也像是在冥想什麼,一動也不動地站在那裡,孤寂地望著倒在唐山客懷裡的東方萍。

在那雙深陷而熠亮的眸子裡充滿痛苦,他嘴唇顫動,有力的聲調彷彿來自遙遠的空際,他痛苦地捫心自問道:「我能見她嗎?我該見她嗎?」

那股先前渴望見她的勇氣,這時竟像晨間的雲霧似的,絲絲縷縷消逝在心

第十一章 情傷智昏

，他像一葉在驚濤駭浪中載沉載浮的扁舟，痛苦不安無情地啃囓他，心靈永遠沒有平靜的時候，不知不覺中淚水自眼角滲出。

「讓痛苦充滿我的心吧！我不能再涉身萍萍和唐山客之間，那樣會勾起萍萍痛苦的回憶，擾亂她剛才撫平的心湖……。我的愛！你離我太遠了。」

他默默承受心靈上的折磨煎熬，在那薄薄弧形的嘴角上泛現出一絲淒涼的笑意，娘娘低語迴繞在他的耳際，一種從未有過的痛苦與悲傷紛至沓來湧進他的心靈。

他悲涼地嘆了口氣，低聲自語道：「走吧，我留在這裡做什麼？」

當他正躊躇離去之時，施韻珠已悄悄走到他的身後，她驟見石砥中那種痛苦的神情，不禁幽幽嘆息一聲，顫聲道：「你不想見她嗎？」

石砥中自失神中清醒過來，他落寞地一笑，斜睨了施韻珠一眼，她羞紅了臉，嘴唇囁動，一時之間竟不知該說些什麼，也不知該拿什麼話去安慰他。

突然，羅戟向石砥中這個方向一指，大聲道：「石砥中！」

這三個字有如金石似的響徹整個大漠，在一剎那間，那些與石砥中有關聯的人同時向這邊望來。

石砥中恍如一個玉砌的石像，茫然凝立在那兒，他又好像一個孤獨的劍

客，任那些熟悉的目光聚落在自己身上。

在這些晃動的人群中，東方萍那張清麗豔俏的臉龐尤其使他動情。

東方萍在唐山客懷裡輕輕顫動，嬌弱無力地睜開了那半寐的雙眸，她痴痴凝視著悄悄而來的石砥中，一縷幽思自心底泛起，不覺中兩滴淚水從眸眶湧出，這個雄偉瀟灑的男子給予她的魅力竟是那麼大，連自己此刻是什麼身分都忘了。

她驚惶地避開石砥中那雙有如利刃似的目光，臉色嚇得蒼白，一股心酸從心底渲湧而出，暗暗啜泣起來。

她想到昔日兩人儷影成雙遊山玩水種種情景，不禁更加悲傷，她幾乎想頃刻間死去，可是唐山客那雙有力的手臂正緊緊摟住她。

濛濛沙影，濛濛淚眼，滾滾流動的熱淚和嘴角溢出的血漬交織在一起，連她自己都不曉得這到底是什麼滋味，只覺濃濃的悲愁無情地聚滿心中，在她心底漾動的情感，使她那薄弱的意志竟搖動起來。

在那繚繞的雲霞中，她又憶起那段不平凡的夢，那夢裡有清脆的笑聲和輕歌曼舞，也有淚水和感傷。

唐山客目中閃過一絲異樣的神色，他惶恐地道：「萍萍，萍萍！」

東方萍只覺全身一顫，從悲傷中清醒過來，她掙脫唐山客的擁抱，搖搖晃

第十一章 情傷智昏

晃起身向前走了幾步，顫道：「砥中，你怎麼不願意見我？」

石砥中避開她那令人心碎的目光，一股衝動使他失去原有的平靜，他斜身向前一躍，痛苦地道：「萍萍！」

簡短的字音透出無限淒涼，待他身形躍至東方萍的身前，唐山客橫移數步，攔路擋住石砥中的身子，冷煞地問道：「你幹什麼？她是我的妻子！」

石砥中心裡驟地一痛，不覺退後兩步，道：「是的，她是你的妻子。」

他能說什麼？往昔的愛情已是昨日黃花，在他心田裡留下的僅是無限惆悵與寂寞，命運註定他將孤老江湖，誰又能和命運相抗拒呢！

東方萍神色大變，氣得鐵青著臉，道：「唐山客，你這是幹什麼？」

她驟覺胸中氣血上湧，身上的掌傷頓時加深幾許，一縷殷紅的血漬從嘴角汩汩地流出，俏豔的臉龐上這時一片蒼白，恍如大病初癒的人。

唐山客回頭斜睨東方萍一眼，心神突然一顫，在那冷煞的雙目中閃現出一片柔和之色，他急忙扶著東方萍的手臂，非常體貼地問道：「你千萬不要動氣，當心傷了身子。」

東方萍輕輕把他的手掌甩開，冷冷地道：「你滾，我不要你來關心！」

唐山客愕立半晌，沒有料到自己的愛妻竟會這樣無情當眾叱喝自己。若是別人，他可能早就發作起來，可是在東方萍的面前，他顯得那麼脆弱，居然連

抗拒的勇氣都沒有。

他尷尬地僵立在那兒,訕訕笑道:「你真的要我走?」

東方萍不知從哪裡來的一股衝動,她幽怨地望向唐山客,她那淒涼的臉上,掠過一層憤怒的顏色,她恍如要殺人似的大喝道:「你滾,我永遠不要再見你。」

唐山客悽然淚下,他深吸口氣,嘆道:「我自以為得到你了,其實我並沒有得到你,每當石砥中出現的時候,你都會不顧我而去。也許我倆的結合是錯誤的,萍萍,總有一天你或許會曉得我的痛苦。」

他現在才真正體會出沒有感情的結合是件多麼痛苦的事情,這層悔意像一道餘光溜過,瞬息被一股憤恨的情緒掩過,他怨恨地望了石砥中一眼,嘴角上逐漸浮現出一絲殘酷的笑意。

「哈哈……。」

這冷嘲熱諷的笑聲,有如銳利的長劍,穿進唐山客的胸臆。

他冷哼一聲,一股從未有過的羞辱感在他心底化散開來,他怨毒地望著正在不停冷笑的海神幫幫主一眼,向她身前大步一走了過去,怒聲道:「你笑什麼?」

海神幫幫主何小媛笑聲一緩,不屑地道:「我笑你這個沒有骨頭的人,自

第十一章　情傷智昏

己老婆都看管不住，還枉為一個大男人。」

唐山客實在忍受不了對方這種無情的羞辱，他怒喝一聲，驀地拂起左掌，斜斜劈向何小媛。

「你找死！」

何小媛輕輕一閃，避過來掌，叱道：「你要頂著綠帽子見人又怪得了誰！自己不敢找回天劍客拚命，竟找我出氣……呸！我看你綠帽子戴定了，天生沒有霸氣的賤骨頭。」

石砥中沒有料到何小媛會這樣陰損，故意挑起他和唐山客間的仇恨，他氣得神情大變，怒道：「你……。」

唐山客見何小媛愈說愈不像話，氣得他狂吼數聲，連著劈出數掌，這時他急怒攻心，那存於腦際的一點靈智早已不知溜到何處。但是，何小媛身形一閃便脫出那劈來的掌影，唐山客一時根本傷不了她。

何小媛瞥見石砥中生氣的樣子，故意轉至他身前，對追躡而來的唐山客一笑，含著火藥味道：「賤骨頭，你別不自量力了，人家還不屑理會你呢！」

唐山客一聲不吭當頭劈出一掌，何小媛又輕靈地閃了開去，但那股渾厚的掌勁卻悉數向回天劍客石砥中身上湧去，逼得石砥中不得不揮掌抗拒。

「砰！」

空中響起一聲沉重的巨響，激得地上陷出一個深深的大坑，流射的沙塵很快地逸散於空際。

唐山客身軀猛震連退兩步，他正愁沒有理由和石砥中作殊死一鬥，以解決兩人在感情上錯綜複雜的關係，他冷哼一聲，怒吼道：「姓石的，我倆可以解決了！」

石砥中深知自己墜入何小媛的圈套中，他冷冷地看了她一眼，只見這時也正迷惘地望著自己，在那雙含夢的眸子裡，連著幻化出幾種令人不解的神情，那雙好像會說話的眸瞳，恍如在說：「你這個薄情的男人，我恨死你了！」

他急忙收回視線，冷冷看著唐山客道：「在這種情形下，我不願和你動手。」

唐山客聞言一怔，覺得他那低沉的話語裡含有太多不屑與嘲笑，他像是被作弄了一樣的難過，怒吼道：「你不敢！」

「山客！」

東方萍狂怒地一聲叱喝，含著滿眶的淚水向唐山客行來。

只見她黛眉深鎖，嘴唇蒼白，淒涼中有一絲怒氣湧出，冷冷地道：「你的氣量那麼小，人家幾句話就值得你拚命嗎？你不要忘了，名分上我雖是你的妻

「子，我可是一派之主，你還得聽我的！」

唐山客低下頭去，他不敢和對方那雙幽怨的眸光相接。

在他心目中，她是一個聖潔無比的女神，而他只是一個守護女神的使者。

為了他心目中的女神，他願意為她死、流血、拚命……惟有這樣才能顯出他對她的愛慕，但他卻不能容任何人奪去他的愛。

他悽然一聲大笑，心中感觸良多幾乎要泫然淚下，嘴唇顫動卻一句話也說不出來。

他悄悄地偷窺她一眼，那股令人血脈賁張的勇氣，幾乎被對方冰冷的目光瞅視得蕩然無存。

在他眼前只覺茫然一片，過去與未來離他竟是同等遙遠，恍如整個人活在不真實之中，因為他深愛的妻子從沒有給他一絲感情。

他畏懼地倒退幾步，失望與憤怒齊齊湧現心頭，當他瞥見羅戟以嘲笑的眼光在他臉上不停地轉動時，心中的怒火又復燃燒起來，對著石砥中發出重重地一聲冷哼。

誰也沒有料到石砥中這時竟會出奇的平靜，他好像是一個雕塑的石像一般，站在那兒紋風不動，只是痴痴凝視著東方萍，在那豐朗如玉的臉上沒有一絲表情。

令人稱奇的，東方萍也是這樣地望著他，僅僅在兩人的目光裡交換了幾種不同的表情，好像有許多話在這交視的目光中表達出來。

過了半晌，石砥中長長舒了口氣，道：「萍萍，我們這次的見面是錯誤的，我要走了。」

東方萍輕拭嘴角上的血漬，顫聲道：「錯吧，讓它永遠的錯下去！」

石砥中深怕觸動雙方的傷感，急忙移轉身子，他身軀才動，忽然瞥見千毒郎君和施韻珠同時站在何小媛的面前，只見何小媛嘴唇輕輕蠕動，不知在說些什麼。

他愕了一愕，腦中飛快地湧起一個念頭，電忖道：「這是怎麼一回事？千毒郎君名列三君之一，為何會和何小媛打交道？」

他身子才動，凝立於一旁的羅戟斜劍向前一指，寒冷的劍芒顫出數個光弧，不讓石砥中走上前去，羅戟目中凶光畢露，沉聲喝道：「站住！」

石砥中冷漠地望了他一眼，羅戟目中煞氣地道：「你還想要和我動手？」

羅戟自忖目前尚不是石砥中的對手，雖然他憎恨石砥中深入骨髓，但在這時他卻不敢貿然出手，他儘量壓制替羅盈報仇的那股衝動，冷叱道：「你不要神氣，總有一天我會殺了你……。」

語聲一轉，回頭向海神幫幫主何小媛問道：「幫主，這些人該如何處理？」

何小媛故意低頭沉思一會，冷冷道：「放了石砥中和東方萍，留下唐山客。」

語聲甫逝，隨手輕輕一揮，千毒郎君和施韻珠向後退了兩步，她冷煞地往石砥中一掃，眸中泛現出一種使人極難察的幽怨之色。

石砥中臉上一怔，道：「何姑娘，你這是什麼意思？」

何小媛冷冷地道：「誰不知道你和東方萍的偉大情史，本幫主願權充紅線女，讓你倆私下約會，有什麼不對嗎？」

石砥中天生異稟，並非那些大愚之人，他心念一轉，頓時猜測出何小媛心懷詭計，欲引起他和唐山客之間一場火拚，他深吸口氣，痛苦地道：「這些都是過去的事，你的心機白費了。」

當他想起這連日來的相思之情時，他真想和東方萍尋覓一處無人之地，傾訴雙方離別後的相思之苦，但東方萍此時已屬他人，他豈能做出大逆倫常的行徑。雖然他深愛東方萍之心沒有絲毫改變，可是他卻不能因為兒女私情招致天下人恥笑。

哪知東方萍身軀向前一移，落在石砥中身旁，臉上忽然湧出一片堅毅的神色，她顫聲道：「砥中，我們走！」

石砥中一呆，吶吶道：「這⋯⋯。」

東方萍心頭一酸,輕泣道:「只要我們心比日月,何懼那些世俗的約束,我倆相愛為何不能愛得更深一點,我縱是被人罵作蕩婦淫婦也要跟著你,是是非非留待後人去評判吧!」

石砥中不敢接觸對方那企求的眸子,他只覺一陣痛苦湧進心底,在那些幻化的往事裡,留給他的永遠是那麼多的悲傷,他痛苦地呻吟一聲,竟沒有勇氣拒絕東方萍的要求。

他嘆了口氣道:「不能,我不能再繼續下去!萍萍,請你原諒我,我不能害你,唐山客雖非你所愛的人,卻是你的丈夫。」

他肝腸寸斷說至此處,禁不住內心哀傷,急忙向左側移開數步,唯恐東方萍頭上沁發出來的髮香擾亂他的心智。他深深吸了口氣,對凝立遠方的施韻珠苦笑道:「韻珠,我們走吧!」

施韻珠眸子裡泛現出一種極為痛苦的神色,她似乎是無法答覆這個問題,為難地望了千毒郎君一眼,哪知千毒郎君雙眉緊皺,長嘆了一口氣。

何小嫒目中寒光大熾,冷冷地道:「他們兩個已是我海神幫的人,關於施韻珠往『落魂宮』求藥之事,自然該由我海神幫出面。」

「呃!」

唐山客再也忍受不了這種精神上的痛苦,他低吟一聲,臉上掛著滿腮淚

第十一章 情傷智昏

水，全身氣得泛起一陣顫抖，抽搐雙肩手持長劍朝石砥中筆直撲來。

他氣得紫青了臉，大吼道：「我實在不能再容忍了！」

他手腕一沉，劍刃斜劃而出，一點劍光跳出，直奔石砥中胸前的「玄機」大穴而去，這一劍快逾電光石火，端是出人意料之外。

石砥中閃身一讓，冷哼道：「你瘋了？」

唐山客運劍如風，一連數劍劈出，全指向石砥中身上要害之處，他這時只覺氣憤填胸，悲憤異常，一股烈火逼使他非殺了對方不可。

他淚水滾滾流下，大笑道：「石砥中，我們今天是不死不休，你殺了我也好，我殺了你也好，反正萍萍只能屬於一個人的。」

石砥中嘴角一抿，神色逐漸凝重起來，他目中神光炯炯，目注對方那急劈而落的冷寒劍刃，自嘴角上隱隱泛現出一絲笑意，他冷冷地道：「你那麼愛萍萍？」

唐山客一怔，手下攻勢略緩，顫聲道：「當然，我愛她之心，天荒地老永不改變。」

石砥中神色一黯，飄身退出劍光之外，道：「好，唐山客，萍萍是你的！」

他驟然覺得東方萍是個幸福的女人，她雖然不能和自己所愛的人相聚，但卻有那麼一個人去愛她，石砥中一念至此，強自壓抑心中的激動，黯然退後

唐山客掄起手中長劍追躡而來，大吼道：「不行！我不能讓她心裡有你，非殺了你不可，惟有殺死你，她才能真正屬於我。石砥中，你出手呀！」

一縷劍光顫湧射出，在那手肘一沉一浮之間，劍尖寒芒大盛，冷寒的劍氣響起尖銳的嘯聲。

石砥中目中神光一冷，叱道：「你簡直是不識抬舉！」

他見唐山客苦苦糾纏，心底頓時湧起一股怒火，望著斜劈而來的顫動劍刃，忽然伸出一指彈出一縷指風。

「噹！」

清脆的劍刃彈擊聲盪漾開來，嫋嫋餘音夾雜著一聲驚呼。

唐山客只覺手腕一震，身形連著倒退幾步，他滿臉驚駭之色，畏懼地道：「你這是什麼功夫？」

語音甫落，高指穹空的長劍這時忽然彎下來，好像是受到高熱溶化後一樣，堅硬的劍刃變得柔軟地垂落下來，唐山客駭得滿臉詫異之色，他抖了抖手中長劍，劍刃突然一裂斷為兩截，沒入泥沙之中。

他望著手中剩下的半截劍身，愣愣地發不出一言來，羞辱與駭懼同時塞滿胸臆，他氣得大吼一聲，將手中半截短劍朝向石砥中射了過來。

七、八步，深情瞥了東方萍一眼。

第十一章 情傷智昏

石砥中袍袖一揚，憤怒地道：「你不要不識趣！」

只見在這袍袖微引之間，一股大力隨著湧了出來，那斷劍有如遇上一道鐵牆似的倏然掉落地上。

他這時只覺愈快離開愈好，神情冷漠地望了望凝立四處滿面驚訝的各人一眼，傲然大步向前行去，他走得決絕異常，好像與這裡的人沒有任何關係一樣。

全場的人都被這手罕有的神功震懾住了，竟沒有一個人敢上前攔阻他，連那受傷的東方萍都驚得忘記自己的傷勢，怔怔望著他離去的背影，心中竟不知是何種滋味。

唐山客等石砥中走出了七、八步，方自失神中驚醒過來。他目中凶光大熾，身形霍地躍上前去，向石砥中背後劈出一掌，大吼道：「你不要走！」這一掌是他畢生功力所聚，掌上含蘊的勁氣渾厚得能夠粉石枯木，只見掌風瀰漫，勁氣旋激迸濺，氣勢驚人。

迸激的掌風泛體生寒，石砥中驀然回身，右掌陡地一翻，一股無形的氣勁洶湧而出，迎了上去。

「砰！」

空中氣勁相觸，暴出一聲沉重大響，激得周遭空氣迴盪成渦。唐山客痛得

哼了一聲，一雙手腕已被震斷，在他額上立時泛射出顆顆汗粒，滾滾流下。

石砥中冷漠地回頭笑道：「這是給你一點教訓。」說罷飄身向前躍去，連頭都不回。

東方萍掩面掠過，似不忍卒睹唐山客受傷時的慘相，隨著石砥中身後奔了過去。

× × ×

唐山客雙腕齊肘而斷，痛澈心扉，咬緊牙關，追著石砥中奔去。

強忍著心理和生理雙重創痛，他怒吼道：「我忘不了今日之仇。」

他狂怒的大吼一聲，一道血箭噴灑而出，身子一陣劇烈的搖顫，頓時暈死了過去。

何小媛目注這場悲劇的發生與收場，感慨叢生，在那冷澈的眸子裡瞬息幻化出好幾種不同的表情，她緩緩走到唐山客的面前，望著他那張平凡的面龐，突然發出一聲幽幽的嘆息。

她理了理散亂的髮絲，嘆道：「你雖然擁有不平凡的武功，卻沒他那種令人折服的氣魄，難怪得不到東方萍的心呢！」

第十一章 情傷智昏

羅戟望著石砥中遠去的身影，上前道：「幫主，我們要不要追？」

何小嫒抬頭望了望天色，道：「不要追了，他那身罕見的武功沒有人能制得了，你快拿袋水來，我們先把他弄醒。」

羅戟一愣，道：「救他，你……。」

何小嫒淒涼地笑道：「我得不到他便要設法毀了他，這個罪已夠他受了。」

羅戟大驚，石砥中奪走他妻子，又傷了他，這麼說，今日的結果已在幫主預料之中。

何小嫒頷首道：「我正希望他能有如此結果，想那石砥中一身是膽，我們沒有辦法傷得了他，現在東方萍跟他一走，江湖上將不恥他這種行為，至少在大漠上他將不能安身。」

羅戟心下駭然，料不到何小嫒用心至毒，他暗暗地嘆了口氣，接過遞來的水袋，向唐山客頭上灑去。

經過冷水一淋，唐山客頓時清醒過來，他目光含淚向四處望一望，痛苦地顫動一下道：「那狂徒呢？我要和他再拚一場！」

何小嫒冷冷道：「他走了，現在有兩條路，一條是我殺了你，你永遠不能報仇；一條是你加入海神幫，我負責把石砥中的頭顱拿下來，替你出口氣。」

唐山客沉思一會，道：「我選第二條。」

何小媛冷冷笑道：「很好，我們的目標是一致的，你想要他的人頭，我卻要他的心，只要我們合作，我相信必可如願。」

凝立一旁的施韻珠聽得心驚膽顫，她深深嘆口氣，她以手肘輕輕碰了千毒郎君一下，千毒郎君搖搖頭，輕輕道：「我們認命吧，誰叫我們師門的令牌握在她的手中呢！」

語音甫落，何小媛已揚起一陣得意的大笑，她恍如大漠的主宰者，帶領海神幫的人向漠野行進。

第十二章　神火怪劍

蒼茫的暮色層層灑瀉下來，石砥中搖晃身軀，沉默地邁著蹣跚的步子。

他恍如沒有一絲靈智存在，連自己要走到哪裡去都不知道。汗血寶馬緊緊跟隨在他的身後，惟有這匹神駒才能瞭解他的痛苦，也惟有牠能給他無比的慰藉。

我必須掙脫感情的囚籠，永遠忘了她，否則我將沒有任何作為，而辜負了我這身絕世武功！

一股豪情自心底湧出，暫時忘卻心頭的悲慟，他好像抖落身外一切的煩憂，在那堅毅的嘴角上又復現出那倔強的笑意。

「砥中，砥中，你等等我！」

他的笑意有如一片脫落的枯葉似的，隨著這聲呼喚而消褪了，這熟悉的聲

音好像一柄劍刃似的刺進了他的心裡，使得他豪情壯志急快地又幻滅了。

他淒涼地一聲大笑，回身吼道：「你還跟著我做什麼？你還纏著我做什麼？」

他沉痛地說出心中的悲傷，希望能藉著這嚴厲的責難把一路跟蹤而來的東方萍喝退，可是當他瞥見東方萍驚惶地站在那裡時，他的心不禁又軟了。

東方萍眼中湧著淚水，顫聲道：「砥中，請你不要以這種態度對待我，請你不要用那種目光望我，我怕……。」

石砥中以堅強的毅力忍受人世間最大的痛苦，他深深吸了一口氣，在那冷靜的臉龐上泛起一陣陣劇烈的抽搐，他以極低沉的語調，緩緩地道：「萍萍，我們的愛已告一段落，我不願揹負那不仁不義的惡名，你跟著我將會痛苦一輩子。」

東方萍搖搖頭，道：「我不要回去，我不要回去！」

石砥中冷靜地道：「你必須回去，否則我們將要被人誤會，這個罪名我受不起，對於你也沒有好處，可能會有更難聽的話傳出來。」

東方萍睜含奇光，泣道：「你可以帶我走，天涯海角我都跟著你，我們躲到沒有人的地方，讓我們找回那些失落的愛情！」

石砥中不敢和她那幽怨如夢的眸子相接，他惟恐自己那分尚未癒合的情傷又被她的眸光融化，他仰天長嘆口氣，腦海中疾快湧出一個念頭，忖道：

他落寞地苦笑道：「那些不中聽的話會傷害你，況且天地雖大，卻沒有我們容身的地方，我們自以為脫離煩憂，卻不知正陷進痛苦的深淵。」

東方萍含著晶瑩的淚水，驀地昂起頭來，她此時什麼事都不放在心上，只希望能和石砥中長相廝守，世人對她的一切批評，她根本不放在心上。

她搖晃身軀向前連走幾步，顫道：「我不管，他們罵我賤婦、淫婦、偷漢子、偕情郎私奔，我都不在乎，只要能和你在一起，我什麼也不怕。」

她一連說出這些難聽的字眼，一點也不覺得難為情，石砥中一愕，沒有想到東方萍會變成這個樣子，說出這些不堪入耳的話來。

他哪知一個追求愛情的女子的心，何等渴望能和自己所屬意的情人在一起，對於世間一切羞辱都可以置之不顧。

石砥中心神劇顫，腦海中疾快忖思道：「聖潔如蘭的萍萍，你怎會變成這個樣子，難道愛情真能毀滅一個人嗎？是的，我不是也變了嗎！」

他驀然覺得此刻她變得非常可憐，自己實在欠這個女孩子太多的感情，若不是因為自己，她哪會變得如此。一時羞愧齊泛心頭。

「萍萍，你要知道我和你一樣的痛苦，可是我不敢使那快要熄滅的感情再燃燒起來呀！萍萍，我愛你，誰曉得我是怎麼活著的……快離開我吧，否則我會受不了！」

他只覺有一股沉悶壓得自己喘不過氣來，黯然搖搖頭，目中閃現出一大片淚水，他痛苦地道：「萍萍，我害了你！」

東方萍搖搖頭，顫聲道：「是我害了你，我不該給你那麼多煩惱！」

她奔馳了遙遠的路途，身上又受了一掌之傷，來時全憑一股精神力量支持，這時驟見石砥中，精神頓時一鬆，她身子微顫向前一傾，倒進石砥中的懷裡。

一縷幽蘭芳馥的髮香飄進石砥中的鼻息裡，他不禁深吸數口氣，只覺那已熄滅的愛情之火在這剎那又燃燒起來。

當他那些飛快轉動的意念尚未消逝的時候，他突然發現有幾個人影正向這裡移動，但這時他已沒有心思去注意身外的事情，因為東方萍的雙臂緊緊抱住了他，使他整個的心神都融化在對方的愛情裡。

時光默默流逝，兩人只覺生命短暫，在這僅有的溫馨片刻，誰也不願意輕易破壞這富於詩意的情調，連那飛馳來的數人到了身旁都不曉得。

× × ×

「嘿！」

第十二章 神火怪劍

石砥中正閉起雙目沉思過去,突然被這聲冷喝驚醒過來,他雙目才睜,便見一道閃亮的劍芒在自己的眼前跳動,泛射出一片刺眼的寒光。

他大吃一驚,順著那柄顫動的長劍望去,只見一個身著大紅衣袍的青年,臉上浮現陰狠的笑意,正滿懷敵意望著自己。

石砥中大驚,冷冷道:「你是誰?」

那身穿大紅衣袍的青年,嘿嘿笑道:「烏睛火爪紫金龍,駕劍雲山落碧空……我是『神火怪劍』,閣下大概也該知道我是誰了。」

石砥中暗暗一駭,滿面驚異望著對方,在三仙六隱中,他深知神火怪劍的劍法是當世最詭異難纏的一種奇特的路子,頓時他對這青年多打量了幾眼。

他急忙推了推東方萍,道:「萍萍,有人找上門來啦!」

東方萍恍如正熟睡似的,整個面頰蒼白中透出紅暈,她抓住石砥中緊緊不放,嚶嚀一聲,道:「不要理他們!」

石砥中正要說話,耳際又響起另一個聲音道:「雁自南飛,翅分東西頭向北。石砥中,你當不會忘了我南雁這個老朋友吧!」

石砥中沒有料到一連來了這麼多高手,連南海孤雁也到了,他回頭向身後一瞧,只見南海孤雁和弱水飛龍並排凝立在他身後,他淡淡笑道:「原來還有兩位!」

弱水飛龍嘿嘿笑道：「龍從海起，眼視日月口朝天……難得閣下尚記得在下，我們可得好好敘敘別後的相思。」

石砥中只感到臉上一熱，他心裡驚覺危機四伏，頓時有一個意念如電光石火般的湧進腦海之中，疾快忖思道：「這三個高手為何會湊巧一起出現在這裡？我和他們一個對一個當然不會怎樣，若一個對三個那就準敗無疑了，看樣子，這三個人應該沒有聯手之意。」

石砥中今非昔比，經過的陣仗也夠多了，他此刻雖然還沉醉在一種溫柔幸福的感覺中，但他仍能以最快的速度忖思出對付這三個人的方法，把利害得失全都算計出來。

他緩緩回過頭來，神火怪劍手上那柄冷寒的長劍，依然在他眼前晃動，幾乎在這一回頭劃中他的鼻尖。

他神色大變，狠狠地瞪了神火怪劍一眼，吼道：「拿開你的破劍，我石砥中豈會受你這種侮辱，倘若你不識趣，我殺的第一個就是你！」

他自己也不明白何以在這三個人出現的剎那，那原本平靜的心緒會突然煩躁起來。他歷經無數的死劫，會戰不計其數的英雄豪傑，卻沒有像今天這樣惶惑不安，恍如即將大難臨頭一樣，竟覺得世間原來是這樣的恐怖。

東方萍的身軀在他懷裡突然一陣抖動，她星眸緊閉，潔白如玉的臉上顯得

第十二章　神火怪劍

更加蒼白，只聽她痛苦地呻吟了數聲，忽然翕動嘴唇，以一種非常虛幻的聲音顫聲道：「我快要死了，砥中，你不要離開我！」

石砥中僅能聽清楚這幾個字，底下的話含糊不清，他分不出她到底在說些什麼，他的心神驟然一驚，目中淚水幾乎要泉湧出來，那股不祥的預感愈來愈濃，他怕東方萍會真的死在眼前，使他含恨終生。

神火怪劍被石砥中那狂傲的話語激得大吼一聲，向前大步踏出，他面上肌肉抽顫，氣得怒喝道：「你有種和大爺拚拚看，看是我殺了你，還是你殺了我？」

石砥中對神火怪劍的瘋狂厲吼充耳不聞，他摟得她緊緊的，只覺她的生命正在生死一線上，他長嘆一聲，惟恐她那一縷芳魂此刻從他手上溜走。

他低頭自語道：「萍萍，你不能死啊！我將抱著你尋遍天下的名醫，醫好你身上的重傷。倘如你因不能等待而死去，我就和你同時死去，在黃泉路上，我倆依然一對。」

南海孤雁和弱水飛龍雖覺石砥中今日行徑怪異，聽到那陣肝腸寸斷的低語，卻深深感動了他們，他們對回天劍客和天龍大帝之女間那段迴腸盪氣的偉大情史早有耳聞，這時陡見兩人如此情深，不禁也有些黯然。

神火怪劍可不懂什麼兒女情長，他只知練成蓋世無敵之藝，以雄霸天

下。這時見石砥中對自己不理不睬，盡和一個滿頭白髮的女子擁抱在一起，眉頭不禁一皺，有些不屑地忖道：「人人都說石砥中是何等的英雄蓋世，哪知也是這樣的不要臉，抱著一個老太婆也當寶貝，我真不知道他怎麼會看上一個老太婆！」

由於東方萍面向石砥中懷裡，他無法看清她那俏麗丰豔的臉龐，只能見到那流瀉在石砥中臂上的滿頭銀髮，頓時還以為她是一個白髮老太婆，故有這種想法。

神火怪劍斜指劍尖微點石砥中肩頭一下，只見石砥中滿臉怒氣瞪著自己，他看得心頭一顫，料不到對方眼中射出來的眸光那麼冷寒。

他冷哼一聲，吼道：「你若沒有女人，我可以給你找一個黃花大閨女，抱著一個骨頭都硬了的老太婆有啥意思！」

「你敢惹我回天劍客，大概是活得不耐煩了！」

石砥中氣顫的一聲大笑，身形在電光石火間疾立而起。他懷裡抱著一個人，行動極是不便，只見他臉上怒氣已發，急忙把東方萍挾在左臂，右手緩緩拔出那柄金鵬墨劍。

神火怪劍神色凝重地倒退一步，將手中長劍斜平胸指向穹空。他深吸一口氣，目光緩緩投落在對方那柄金鵬墨劍身上。

第十二章 神火怪劍

他腦中一閃，陡地湧出一個意念，忖道：「傳聞金鵬墨劍是一柄天地間最凶煞的神器，有避邪震魔之能，倘若我神火怪劍能奪得此劍，再配上我那身詭異莫測的劍招，天下將沒有人是我的敵手！」

他詭異的怪笑，冷冷地道：「閣下注意了，我這一劍將點你的府臺穴！」

說罷，那大紅衣袍陡然一閃，一道燦亮的劍光條地化作一縷青芒，詭奇莫測地向石砥中肩上攻來。

哪知劍式遞進不及一半，劍光忽然一陣顫動，神火怪劍右手將長劍斜斜一拋，長劍已經換到左手之上，一個碩大的光弧，快捷無倫地射向石砥中的「府臺穴」上。

石砥中沒有料到對方可以隨意變換左右手執劍，驟見對方一劍幻化詭譎地攻來，急忙挫腰輕靈的一撐身，移開數尺，劍芒閃動間，斜斜劈出一劍。

神火怪劍沒有料到石砥中反應竟會這樣的快，自己劍勢甫動，對方便劈了回來，他嚇得連退了幾步，大聲吼道：「好一招『流電金虹』！」

「嘿！」一聲冷笑自空中傳來，在濃濃暮色下，西門熊長髯拂動，曳著袍角躍空而落，冷峻的目光在石砥中臉上輕輕一瞥，抵著嘴唇，嘿嘿冷笑道：

「我們又見面了，這一次見面，恐怕是最後一面了！」

石砥中驟見幽靈大帝西門熊突然出現，心頭頓時一驚，他濃眉緊蹙，冷漠

地道：「不錯，因為你將立刻死在我的劍下。」

西門熊斜睨那環峙在石砥中四周的三大年輕高手一眼，在他那陰沉的臉上立時布滿濃濃的殺氣，他嘿嘿冷笑道：「沒有這個可能吧！你將死在他們三個人的劍下！」

語聲一轉，他對其他三人道：「動手吧！唯一能和你們爭那天下第一高手之譽的便是石砥中，今天若不動手，就永遠沒有機會了。」

南海孤雁斜跨一步，長劍已擎在手中，他冷冷地道：「石砥中，我敬你是一位英雄，希望你能將手中那個女子放下，免得說我們和你的決鬥不公平。」

石砥中豪邁地朗聲一笑，在那豐朗的玉面上瀰漫起一股許久未曾浮現過的自信，他目光如電，注視凝立於身前的三大高手，腦海中飛快忖思道：

「我自從活著走出大漠鵬城後，尚未真正遇到一個堪與自己匹敵的高手，在這死神將要來臨之前，我若能力敵這三大高手，江湖上不知要如何傳頌這件事情，但是我即使能擊敗這三個高手，最後還是免不了會死在西門熊的手中，那時我筋疲力竭，恐怕連他一掌之力都承受不住。」

忖念未逝，一股豪勇之情盤旋在他腦海中，他深知這一戰將是武林中空前盛舉，他輕輕移動身軀將東方萍放在地上，緩緩走了過來。

他輕輕一彈那柄千古神劍的利刃，一縷清越的聲響嗡嗡響了起來，迴盪在靜謐的漠野。

他淡淡笑道：「這還算公平嗎？三對一怎能說是公平！」

西門熊似乎不甘寂寞，不屑地道：「對付你這種萬惡不赦的凶徒，還談什麼公平不公平，只要將你殺死就是一件無上的功德。」

「哼！」石砥中冷哼一聲，寒著臉道：「閣下何不也一塊加入！」

西門熊搖搖頭道：「你們年輕人的玩意，我加進去就太不像話了！」

這個人當真陰狠異常，他嘴上說得漂亮至極，心裡卻恨不得石砥中在一剎那間死在自己眼前，要知幽靈大帝生平罕遇敵手，惟有回天劍客屢屢使他頭痛，好幾次他都栽在這個後輩手裡。

「嘿！」弱水飛龍趁著石砥中疏神之際，突然大喝一聲，身子向前一躍，悄悄向石砥中劈出一掌，逼得石砥中急忙閃身迎上劍去。

這兩人方一動手，南海孤雁和神火怪劍雙雙猛撲了過來，這三人都是劍道中的高手，聯手起來當真是驚天動地，劍氣繚繞中，三劍同時指向三個不同地方，每一處都足以致命。

上來幾招，石砥中還可以應付，時間一久，他額角微現汗珠，最令他頭痛的是神火怪劍的劍路怪異絕倫，不按武術常規，往往這一招看似劈向肩頭實是

橫腰削至，使得他防不勝防，疲於奔命。

西門熊浮現在臉上的笑意愈來愈濃，他見石砥中劍流已亂，不禁得意今日自己的安排，高聲叫道：「手下再加點勁，我不信他會飛了！」

神火怪劍狂吼道：「你放心，我已不行了！」

回天劍客石砥中遭受對方的冷嘲熱諷，一股濃聚眉宇的殺氣隱隱透出，他一溜劍光運到半途條又一跳，他的劍背剛好敲在弱水飛龍的劍尖上，順著一抖之勢，頓時將弱水飛龍的長劍挑飛，墜落塵埃中。

「呃！」弱水飛龍低哼一聲，身形疾快地飄退五、六尺，他狠毒地怒喝一聲，自背後拔出一柄巨斧，又攻上去。

低喝一聲，一道劍光顫起，銀虹陡然大熾，往前猛劈而來。

幾乎是在石砥中擊退弱水飛龍的同時，南海孤雁和神火怪劍雙雙斜劍自左右劈到，石砥中奮起全身功力，電快地劈出二劍，大喝道：「我們拚了！」

「嗤！」他雖然將這兩人的劍勢暫時阻遏住，身上依然被神火怪劍那詭異的劍勢刺傷，一股血水自左臂上汩汩流出，痛得他冷哼一聲。

一個意念忽然躍進他的腦海中，他身形陡然一退，腦海中疾快忖思道：「今日之戰，眼前我將不敵，為了我回天劍客之名，我只得發出劍罡了，否則……」

時間已不容許他多去思考了，他嘴唇一抿，雙目寒光大熾，長嘯一聲，銀

第十二章 神火怪劍

虹經天掠起，吞吐不定的光芒纏繞劍身，向南海孤雁和神火怪劍落去。

西門熊看得心頭大寒，大呼道：「劍罡！你們小心！」

「噹！」

空中立時閃起一聲清脆的音響，那冷寒的劍芒閃動，南海孤雁發出一聲驚呼，嚇得晃身疾退，而神火怪劍卻悶哼一聲，手上的長劍只剩下半截，愕愕立在地上，胸前並被劃破一條大口子，鮮血直湧流出。

神火怪劍臉上一陣痛抽動，顫道：「你好厲害！」

石砥中驟見對方那種痛苦的樣子，心中大為震動，斜睨愕立的南海孤雁一眼，頓時那些歷歷往事紛亂地泛上他的心頭。一時之間，他神思恍惚，再也不能凝神馭劍運足全力了。

他茫然靜立，眼睛閃爍著淚水，腦海裡翻翻滾滾的都是那些傷心往事。

弱水飛龍輕輕移動身軀，連續至他的身後都沒被察覺，只見弱水飛龍嘴角泛現陰毒的笑意，他斜舉那柄開天巨斧，緩緩向石砥中的背後落去。

「砥中！」

這聲驚呼發自剛剛啟開星眸的東方萍的嘴裡，石砥中心神劇顫，立時從懷想裡清醒過來，他猛地一個大旋身，神劍在間不容髮之時揮出。

「呃！」弱水飛龍斧刃甫落，驟覺劍光顫動而來，尚未看清對方激射而

至的劍式，他已低呃一聲，一蓬血雨挾著撲鼻的腥風灑落，整條大臂被劈了下來。

他痛得臉上一陣抽搐，全身泛起劇烈地顫抖，身子搖搖晃晃，怨毒地望著斜舉長劍於胸前的石砥中，顫聲吼道：「石砥中，我將報回這一劍之仇！」

他似是在強忍那痛入心脾的痛苦，將那被劈落在地上的斷臂拾起，拿著血淋淋的手臂向外面奔去。

石砥中暗暗低嘆，冷冷地道：「我結仇遍及天下，再加上你一個，也算不了什麼！」

「嘿！」西門熊在旁邊不停冷喝，憤怒地道：「石砥中，你可敢和老夫一搏？」

幽靈大帝西門熊自恃身分已列武林至尊，在這時不好意思趁石砥中疲憊的關頭動手，他斜睨石砥中一眼，在那陰毒的目光裡，剎那間泛現出一片殺機。

石砥中心中大凜，腦海中疾快忖道：「果然不出我所料，他竟想要趁我真力消耗一大半的時候向我動手，幽靈大帝此舉顯然有所安排，此刻萍萍身負嚴重的傷勢急待醫救，我怎能多拖時間！」

他一想到東方萍立時向她倒臥的地方望了一眼，哪知這一眼竟使他驚出一身冷汗，只見伊人芳蹤已杳，哪有東方萍的影子！

這一驚當真非同小可，他極目遠眺，只見在深濃的夜色下，弱水飛龍已跨上一騎如飛馳去，隱隱約約中，有一個女人俏麗的背影躍進他的眼簾。

石砥中急得全身大顫，急喝道：「大紅！」

汗血寶馬聞言，長鳴一聲，疾快自空中躍了過來，落在牠主人身邊。

石砥中正要跨上馬背，西門熊突然閃身向前撲來，陡然劈出一掌，喝道：

「快攔住他！」

激盪的掌氣旋激•洶湧襲來，石砥中冷哼一聲，身形如電避過一旁，神劍輕輕一顫，數個冷寒的劍花迎空劃出，對著那疾撲而來的神火怪劍和南海孤雁劈去。

石砥中怒吼道：「西門熊，你簡直不是人！」

西門熊連劈二掌，冷喝道：「對敵人寬大就是對自己殘忍，石砥中，你急也沒有用，東方萍命如游絲，你追上去也只能看到她的屍體。」

這無異晴天霹靂似的擊得石砥中全身劇晃，整個心神都幾乎要片片裂碎開來，他痛苦地怒吼一聲，幾乎連出手的力量都沒有了。

在那充滿無邊恨意的心裡，正憤怒的狂吼道：「萍萍，你不能死！假如你真不顧我撒手而去，我必拿西門熊的頭顱替你報仇，終生陪伴在你的墓前。」

在他眼前如夢如幻浮現出披頭散髮的東方萍，死在寂寂的山谷之間，正有

無數的野鷹啄食她的身體，片片撕裂著。

他目中隱隱透出淚水，大吼道：「萍萍，你等等我！」

回天劍客石砥中恍如發瘋一般，他不避不閃，同時自三方面攻來的掌勁和劍勢，揮動手中神劍，和這三個一流的頂尖高手作殊死之鬥。

「砰！」他在精神無法貫注之下，左肩結實地捱了西門熊一掌，這一掌打得他身形一晃，神智卻不由一清。

他怒吼數聲，劍式突然平胸推出，還聽他喃喃道：「在這種情形下，我只有第二次發出劍罡。」

他深吸口氣，將身上殘餘的功力全部凝聚在劍尖之上，只見劍光一顫，立時響起一片破空之聲。

西門熊臉色大變，急喝道：「我們快退──」

劍芒甫動，三條人影如電飄退，石砥中揚劍一聲長嘯，身形筆直落向汗血寶馬的身上。

他望向那三個滿面駭懼的江湖高手，陡地有一種得意的快慰湧上心頭，他朗聲大笑道：「西門熊，我會踏平你的幽靈宮！」

朗朗笑聲愈來愈遠，僅留下三個高手尚在回味剛才對方發出劍罡的一幕，他們幾乎不敢相信石砥中能連續發出第二次劍罡。

第十三章 大理段氏

晴朗的穹空沒有一絲雲朵飄過，滿天星斗像美人的明眸浮掛在半空中，彎彎的眉月斜斜橫臥在藍色的海天裡。

「萍萍，你在哪裡？」

石砥中經過一陣狂亂的奔馳，整個心神都浸淫於那一縷相思裡。

剎那間，東方萍俏麗的影子閃現在他眼前，他痛苦地悲吟一聲，嘴裡輕輕呼喚著她的名字。

急驟的蹄聲傳遍大漠，石砥中循著弱水飛龍遁走的方向直追而下，一路上竟沒有發現東方萍和弱水飛龍的影子。茫茫夜色，混亂的心緒，石砥中像是一葉載沉載浮的孤舟，竟不知如何去追尋。

突然，一束微弱的燈光在遙遠的地方搖曳而過，石砥中好像發現異寶一

樣,急忙揮鞭奔馳而去。

奔馳了約有盞茶時分,石砥中忽然覺得自己早已馳離了遍地黃沙的大漠,而來到了大漠盡頭處。

那一束搖曳的燈火,便是從靜伏在暗夜裡的一棟茅屋裡射散出來的,他身形如電躍了過去,在屋前遲疑一會,就待敲門。

屋裡傳來一聲冷峻的女子聲音,門扉輕輕啟開,一個全身黑色羅衫的中年婦女,沒有表情地擋在門前。

她未等石砥中開口,清脆地道:「我是馬寡婦,專做牛皮生意的,你這麼晚來找我,有什麼事嗎?」

石砥中歉然一笑,道:「大娘請原諒,在下是個過路人,請問大娘是否看見一個斷臂人帶著一個女子經過這兒?」

馬寡婦冷冷地道:「路過我這裡的,每天至少有幾十個人,我哪能記得這麼多!」

石砥中心念東方萍的安危,惶悚地急問道:「你再想一想,我那位仇家——」

馬寡婦眸中閃過一絲詭異之色,想了想道:「我好像記得有這麼一個人,他滿身是血,抱著一個滿頭銀髮的姑娘,朝這條路上奔去。」

第十三章 大理段氏

石砥中沒有等她說完，身形有若旋風似的跨上汗血寶馬，如飛地向馬寡婦指示的方向馳去，馬寡婦冷哼一聲，在那嘴角上隱隱浮現出一絲詭異的笑意，她輕輕拂理被風吹亂的髮絲，回身向屋裡行去。

房裡的西門熊哈哈一聲狂笑，道：「好，馬寡婦，真有你的！」

馬寡婦冷煞地說道：「你先不要高興，那小子好像不太簡單！」

西門熊捋鬚大笑道：「放心，放心，大理段皇爺是出了名的難纏人物，這一次他帶著小孫子遠來大漠，正好讓石砥中去碰碰，我相信石砥中絕無法抵擋住段皇爺的一記『碎玉功』，非當場濺血而死不可！」

說完嘿嘿一陣陰笑，撐開粗大的手臂輕輕摟住馬寡婦的纖腰，而馬寡婦立時媚態蕩漾，眉角上含著一股濃濃的春意，對著西門熊嫣然一笑。

他吹熄了那盞跳躍的孤燈，茅屋裡頓時一片黑暗，不時有嗯嗯低語和淫笑聲傳出，使這冷清的寒夜點綴一片狂亂的驚顫……。

×　　×　　×

石砥中一路急馳，連自己都不知道到了什麼地方，他見夜色下的大草原就在自己的腳底，心神頓時一舒，那藏鬱於胸中的那口沉悶之氣深長地吐了

出來。

他追蹤許久，忽然瞥見一座殘破的廟宇有燈光透出，在那廟門之前，兩個身穿錦緞長袍的漢子，守護在大門前，不時來回巡行，行動甚是詭秘怪異。

石砥中輕輕飄身而落，腦海中有如電光石火般的湧出一個意念，他斜睨了廟門一眼，疾快忖思道：「看這裡戒備森嚴，廟裡不知住的什麼人，莫不是幽靈宮的人……若是西門熊也在這兒，我要搶救萍萍就困難十分了。」

他雙目寒光一湧，自嘴角弧線上顯現出一絲冷傲的笑意，撿起一顆石子抖手向左側倒塌的石牆上射去。

「啪！」

那兩個錦袍漢子驟聞夜中傳來一聲輕響，手按劍柄，身形快捷地向發聲處撲去，石砥中趁著兩人身形挪動的剎那，輕靈地好像一道輕煙閃進廟裡。

他隱伏於廟門後的黑暗角落，凝神默查一會，見沒有人發現自己，方移動身軀向大殿滑進。

在那殘碎的神龕前，一個身穿金黃緞子龍袍的老人斜倚在軟榻上，在他身旁坐著一個身穿紅袍的小孩子，那孩子低著頭正玩弄一串琉璃珠子，清瘦的小臉上，那閃動的大眼睛給人深刻的印象。

此刻小孩子緩緩抬起頭來望著那個老人，道：「爹爹，你說要給紅兒一座

第十三章 大理段氏

世界上最大的金城，為什麼還不給我？」

那老人慈愛地撫摸這孩子的頭頂，笑道：「當然要給，爹爹這次帶著你從大理遠來大漠，正是要尋找那座大漠金城，因為那是我們段家的……將來你就是金城的主人。」

那小孩子幼稚的臉上忽然綻現出一片笑意，只見他烏溜溜的眸瞳裡泛現淚影，他翹起小嘴，非常傷心地道：「我媽媽說紅兒聰明外露，是會不長命的。」

「胡說！」那老人非常震怒地道：「段氏一脈自大理滅國之後代代單傳，你將來要復國登基親政，怎可說出這般喪氣的話，爺爺真是白疼你了！」

這小孩嚇得臉色蒼白，顫抖道：「紅兒下次再也不敢說了，爺爺你不要生氣，生氣紅兒就不敢親你了！」

這孩子當真是聰明俐伶，急忙側過頭去輕輕吻了那老人的面頰，惹得那人哈哈大笑。

老人輕輕一揮手，道：「你去吧，爺爺要休息了。」

這孩子答應一聲，不解地望著他祖父轉身離去，老人望著孩子的背影輕嘆一聲，輕輕拍了一下掌。

一個中年儒服的文士應聲走了出來，他躬身跪下道：「皇爺！臣供差遣！」

段皇爺嗯了一聲，道：「你快去注意小皇爺，當心被他那狠心的娘害死。」

那文士搖搖頭道：「臣追隨皇爺快十年了，不知太妃為何會這樣憎恨段家的人，她難道會謀殺自己的兒子？」

段皇爺一直搖頭，中年文士不敢多問，急忙轉身行去，段皇爺深深嘆口氣，茫然望著屋頂出神。

「你不知道，你不知道！」

段皇爺隱於黑暗之中，把這一切都瞧在眼裡，他沒料到這個老人便是聞名武林的段皇爺，心頭頓時一震，正想悄悄退出的時候，背後忽然有一縷勁風襲來。

石砥中身形疾閃，避過急劈而來的一掌，身形輕靈地一個大盤旋，只見剛才那個中年文士冷峭地站在他身後。

中年文士滿臉詫異道：「你是崑崙門人？」

石砥中剛才在閃避之間施出崑崙門法，想不到這個中年文士一眼便認出來了，他心裡一驚，冷冷地道：「閣下果然好眼力，看來大理段氏之名果非虛語。」

斜倚在軟榻上的段皇爺目中寒光畢露，沉聲喝道：「你是誰？」

石砥中深知段皇爺在武林中是頂尖的高手，功力不在二帝三君之下，濃眉

段皇爺想了一想，道：「穆念祖，你查查中原武林可有這一號人物！」

中年文士應了一聲，自懷中拿出一本小冊子來，翻了兩頁，忽然念道：「石砥中，父親寒心秀士，出身天山派，善陣法八卦之學，曾得常敗將軍公孫無忌手笈『將軍紀事』，連鬥天龍大帝硬闖幽靈宮，是年輕輩中第一高手。」

段皇爺雙眉深鎖，冷哼道：「怪不得他敢偷窺段家的事情呢！原來是江湖上譽為回天劍客的便是你，本皇爺今天可要領教。」

石砥中沒有料到對方調查他如此詳細，竟連自己出生門派都瞭若指掌，他深覺段皇爺怪異非常，不禁對他留意起來。只見這個老人神威異常，電目開合間，自有一股神威發出，令人不敢逼視。

他冷漠地笑道：「你們調查得這麼詳細！」

穆念祖訝異地望了石砥中斜插於肩後的金鵬墨劍一眼，急忙走至段皇爺身邊，在他耳邊低低說了幾句話，只見段皇爺滿面驚疑之色，驚訝地道：「有這種事！」

石砥中不知穆念祖向段皇爺說了些什麼，但確知穆念祖所說的必與自己有關，他再要說話，段皇爺身形已如閃電般撲了過來。

段皇爺寒著臉道：「我聽說你就是大漠鵬城的得主，是也不是？」

石砥中冷冷地道：「不錯！」

他曉得段皇爺突然和他談起大漠鵬城的事，必然和段氏遠來大漠有關，他見段皇爺目泛凶光，急忙把全身的功力蓄於雙掌之上，頓時全身勁力布滿手臂上。

段皇爺冷峭地哼了一聲，道：「在三百年前，正當朱元璋揮兵南下征討雲南諸州郡，準備一舉攻滅大理國時，我先祖段明請蒙古先知博洛塔里建造了這座大漠鵬城，以埋藏大理國庫中的金銀財寶，博洛塔里將大理國庫的金銀全部拿走後，便獨佔這座寶城，深藏在大漠裡，先祖段明知道受騙後，才曉得博洛塔里把這座金城運用機械的技巧建築在地底下，但那地我段氏門人因不知如何才能進入鵬城，而不得不放棄尋找工作。」

石砥中搖搖頭，道：「我不信！」

段皇爺目泛殺機，冷冷地道：「我問你，博洛塔里以一平凡之人從何拿來這麼多金銀鑄建寶城？舉世之中除了我們大理段氏外，我相信還沒有人有這麼多財富，僅憑這一點你就該相信。」

石砥中見他說得合情合理，倒也想不出適當理由反駁，他雖然無法相信這事情的真實性，可是對於博洛塔里以個人財富建造那座金色鵬城的事也漸漸開始懷疑，頓時，種種令人困惑的疑團盤旋在他的腦海裡，使得這個鵬城之主迷

亂起來。

段皇爺見石砥中沉思不語，在那張老臉上立時布起一層寒霜，他激動地一聲大笑，大聲喝道：「皇天有眼，大漠金城又將回到我段氏手中了！」語音甫逝，他的身形突然向石砥中的身前欺近，左手五指箕張，在空中顫泛出五縷指影，疾快地向回天劍客石砥中的身上抓來！

石砥中料不到對方功力如此深厚，一揮手間便有一股大力湧出，他曉得段皇爺有意擒住自己，逼他說出大漠鵬城沒入地底的位置以及進城的方法，當下冷哼一聲，斜斜劈出一掌，將段皇爺的身子逼得勢子一緩。

段皇爺滿臉詫異的神色，他冷笑道：「你的功夫不錯嘛！」當下化指為掌，步下輕輕一錯，疾快躍前一步，陡然一掌削出，掌緣如刃，一股勁氣澎湃擊出。

石砥中大喝一聲道：「我倆無怨無仇，你竟要置我於死地。」他心中暴怒，朗聲吐聲，將蘊集於右掌上的勁力悉數全力擊出，頓時掌勁湧起，迎上對方的那股大力。

「砰！」

氣勁旋激的兩股大力一接觸，頓時發出一聲沉重巨響，兩人身形各自一退，互相逼視對方臉上。

石砥中深吸口氣，只覺胸前的氣血向上直湧，幾乎要吐出血來。

他心頭大震，不由道：「段皇爺的功力好深厚，隨意揮出一掌，我便有些承受不住，看來我不使出『斷銀手』絕無法離開這裡。」

段皇爺冷冷笑道：「年輕人，你雖然有一身傲世的武功，但也走不出這大廟一步，倘若你想苟全活命，希望你老實告訴本皇爺。」

石砥中未等他說完，冷笑道：「真的嗎？我倒要試試。」

他環顧四周輕輕一瞥，只見大殿周圍站著七名持劍的錦袍漢子，他雙眉深皺，一個意念霍地跳進自己的腦海，不由疾快地道：「一個段皇爺已夠我應付了，再加上這麼多的劍道高手，還有一個穆念祖，也是一個不容輕視的勁敵，我想要衝出去的機會實在太渺茫了。」

忖念未逝，那個身著紅袍的小皇爺突然從後殿跑出來，他好奇地望了石砥中，大聲問道：「喂！你是從哪裡來的？是我爹爹的朋友，我怎麼從沒見過你？」

這孩子雖然非常的瘦弱，卻有一種帝王獨特的氣質，那雙大眼睛一眨一眨的，倒也蠻惹人喜歡。

石砥中見他一連問了幾個問題，不禁笑道：「我和誰都不是朋友，小朋友你幾歲？」

第十三章 大理段氏

那孩子搖搖頭，笑道：「我不告訴你。」

段皇爺聽見紅兒出來，心頭頓時大驚，凝重地哼了一聲，大步跨前，對著小皇爺喝道：「紅兒，你快給我回去！」

石砥中趁他心神注意在那孩子身上的時候，突然揚掌將大殿上燃燒的燈火一掌擊熄，段皇爺怒吼道：「快點燈，快點燈！」

石砥中身形有如一縷輕煙，在這四周如墨一樣的大殿裡，疾快地向大殿後面躍了過去。

他身形甫動，背後風聲颯颯，兩個持劍高手揮劍朝他身上劈了過來。

石砥中曉得機會難再，回身劈出一掌，身子如電拔起，只聽悶哼兩聲，這兩個漢子連著倒退而去。

「爹爹，那人跑了！」黑暗中傳來小皇爺驚顫的聲音。

段皇爺這次估計錯了，他以為石砥中猝起發難，必欲生擒小皇爺，所以趕忙抱起他唯一的孫子閃在一邊，而穆念祖也晃身擋在段皇爺身前，惟恐小皇爺遇難。

段皇爺見四周沒有任何聲音發出，鼻孔裡發出一聲輕微的冷哼，忙運起「天地視聽」大法，默默查看石砥中隱身於大殿中的什麼地方。

石砥中雖然僥倖避過那幾個劍手的追擊，而藏身在神龕後面，卻也不敢發

出一點聲音，他深知段皇爺功力深厚，時間一久必知自己藏身之處，急忙施出「龜息大法」，連大氣都不敢透出。

突然，一片碎瓦落地聲從左側的牆角傳了過來，那幾個劍手怒吼數聲，身形在電光石火的剎那連袂撲了過去，由於這瓦碎之聲非常輕微，好像有人走在上面踩碎了一樣，是故連段皇爺都給蒙在鼓裡。

只見一個俏麗的女子單指按唇，暗示他不要發出聲音來，向他招手向前一躍，身影疾快一閃而逝。

石砥中一愕，正在猜測之間，肩上忽然有人輕輕拍了一下，他驀然回頭，

石砥中不解地一愕，趁著大殿紛亂的剎那，身形化作一縷輕煙尾隨在那不知來歷的女子身後。

那女子對這兒熟悉異常，領著他連續幾圈，兩人相接奔出數里之外，那女子突然停下身來，一張如水漾出俏麗的臉龐跳進他的眼裡，他沒有料到這個陌生的女子竟這樣的美麗，登時一愣。

那俏豔的女子冷冷地問道：「你真是那鵬城之主？」

石砥中聞言一怔，道：「姑娘難道不相信？」

「唉！」這女子幽怨地嘆了口氣，道：「我不是不相信，這事關係大理段氏一族至大，我不過是問問而已。你如果真是鵬城之主，我請求你不要說出它

的位置，段皇爺有財有勢，那些財帛難免使他動心，我雖是段皇爺的媳婦，可是段家和我有一段深不可解的仇恨，有時候我連自己的骨肉都想殺死，使段氏絕後。」

石砥中沒有想到這個豔麗的婦人竟會是段皇爺的兒媳，在那充滿仇恨烈火的眸子裡，閃動著清瑩的淚影。

他惑然凝視她臉上，輕嘆一聲，腦海中疾快忖思道：「怪不得段皇爺說她會殺死小皇爺呢！原來她當真有這個可怕的念頭，一個人連自己的親身骨肉都想殺死，若不是有深仇大恨的人，是沒有辦法做出來的！」

他搖搖頭道：「我不懂你的意思。」

「你當然不會懂！」她淒涼地笑道：「當初段仁玉想娶我之時，由於我已經和別人訂了親而回拒了他。段皇爺一怒之下，就殺了我未婚夫全家，並脅迫我一家十五口的性命，而強逼我嫁給他的寶貝兒子段仁玉。你想想，我那未婚夫到底身犯何罪竟遭此慘禍，我……。」

「我」字說了半天，她忽然掩面輕泣起來，只見她香肩震顫，清瑩的淚珠顆顆自腮頰上流瀉下來。那種悽楚幽怨的樣子，忽然觸動了石砥中的哀愁，黯然搖了搖頭，在他眼前又浮現出東方萍憂傷的神情。

「嘿！」

漫長的黑夜裡突然傳來段皇爺的怒吼聲，接著便響起一連串的蹄聲，只見一排數騎風馳電閃的向這裡馳來。

那女子神色大變，道：「我叫倩倩，你快走吧！日後我會和你聯絡，但願你拿出仁義之心幫助我報此大仇，你要多少酬勞，我會如數付出。」

石砥中恍如受到極大侮辱一樣，冷哼一聲，在那豐朗的面上湧出一片不悅的神色，他冷冷地道：「你或許永遠得不到幫助。」

倩倩冷笑道：「往後是敵是友，全在你一念之間，如果你對我有不利的行動，首先遭到報復的就是你，凡是知道我秘密的人都必須服從我，否則我一定先毀滅他。」

石砥中冷漠地笑道：「我等待你的報復！」

他斜睨了急馳而來的數騎一眼，輕嘯一聲，汗血寶馬如風奔來，身形急拔而起，落向寶馬的背上！

倩倩輕叱一聲，道：「你太惡劣了！」

石砥中揮掌一掃，道：「我們後會有期了！」

「砰！」石砥中只覺全身劇震，幾乎從馬上震落下來，他沒有料到這個女

女人心當真是瞬息萬變，這俏麗美豔的婦人先前是泫然淚下，現在突然翻臉沒有一絲情意，她將眼角淚水拭去，一股濃濃殺意自眉梢隱隱透出。

人的功力比幽靈大帝還要高強數分，不禁暗暗留意起來，詫異地大喝道：「想不到你是深藏不露！」

「嘿！」

一聲冷笑自空中急響而起，段皇爺恍如一個遊天巨神似的當空躍下，身在空中已先大喝道：「倩倩，你退下！」

石砥中見這麼多的頂尖高手如風馳至，心裡頓時一驚，他回手一掌擊出，立時將段皇爺的身子逼得自空中墜落下來。

段皇爺怒吼道：「石砥中，你可敢接我一記『碎玉功』？」

石砥中冷笑道：「改日自當奉陪，我相信我的『斷銀手』不會比你差勁！」

語音未落，汗血寶馬身形疾射躍起，恍如一隻大鳥一樣，很快就消逝在黑夜裡。

段皇爺憤怒地對空擊出一掌，氣得仰天一陣高亢的狂笑。

第十四章 神手天尊

清晨繚繞的白雲似帶,圍繞插拔的山峰,嶙峋的怪石在深幽的峽谷裡靜靜躺著,叢叢白荻遍布幽澗,隨著一陣秋風吹過,搖曳著如霜的荻花,四散開去。

一股山風迴盪在深長的峽谷中,帶起白色的荻花,飄得滿山遍野都是。

懶散的陽光淡淡灑下,投落在幽靈大帝西門熊的身上。

他手捻長髯,踏著飄落的荻花,望向緩緩馳來的西門錡,輕笑道:「錡兒,一切都布署好了嗎?」

西門錡領首答道:「爹!孩兒都照你的話做了,凡是要進入『情人谷』的通路,都有我們瞭望的人,只要這些枉自送死的人一來,準讓他們有進無出。」

第十四章 神手天尊

西門熊凝重地嗯了一聲，道：「孩子，你不要太大意，這次我們雖然設計的天衣無縫，難免還有疏漏之處，萬一在最後一刹那那裡出了事情，我的心血便算白費了。」

「是。」西門錡唯唯諾諾答應，臉上有一種奇特的表情，不知他心裡正在盤算什麼。

西門熊斜睨了愛子一眼，道：「現在有什麼人進來這裡了？」

西門錡正色道：「石砥中的蹤跡還沒有發現，海神幫的正副幫主已往『日月風雷洞』尋去了，其他只不過是二三流的角色。」

西門熊恨得全身骨骼一陣密響，道：「這個可惡的女人！你想辦法把她引開，不要讓她摸進『日月風雷洞』裡去，至於其他人倒不要管！」

「咻！」

一道尖銳的響聲劃過靜謐的峽谷，只見一支響箭向西門熊疾射而至，西門熊伸手一抓，從箭簇尾羽上拿出一個紙卷，他展開一看，冷哼道：「大理段皇爺已經來了，你快把他倆引進洞裡。」

西門錡急得大聲道：「可是石砥中還沒有來！」

西門熊陰沉地笑道：「你放心，石砥中是唯一曾經進入大漠鵬城的人，他只要一得到消息，知悉『情人谷』發現通往鵬城的密道，還不快馬趕來查看一

下究竟。你要知道,鵬城的得主,絕不希望其他人發現鵬城的秘密,石砥中一定會來阻止這些來探尋的人,那時石砥中縱是不死在我們的手裡,也會死在別人手中!」

西門錡聽得大樂,笑道:「爹爹,你想得真周到,那小子,我恨死他了!」

×　　×　　×

一連串蹄聲自「情人谷」底清澈傳了過來,在那繚繞的薄霧中,一個孤獨的騎士緩緩馳行。

他落寞地發抒出一聲長嘆,望著搖曳的荻花蘆草,目光緩緩流過斜傾於路旁那塊石碑上面「情人谷」三個大字。

他苦澀地一笑,腦海中疾快忖思道:「好特別的名字,看來這深幽的長谷,應曾葬過一對歷經患難的戀人朽骨,否則這個深谷不配稱得『情人谷』三個字⋯⋯那樣簡直是冒瀆了神聖的愛情!」

石砥中一個人孤獨地忖思著,在那無限遙遠的回憶裡,正像那褪逝的薄霧一樣,在他心底留下的僅是苦痛以及不盡的惆悵與悲傷,往日的豪情和風華,早已隨著時間消逝,連一絲痕跡都沒留下。

第十四章 神手天尊

西門錡望見石砥中踏進深谷,他緊張地凝視對方的側影,一股濃重的殺氣霎時瀰漫在四周,他恨得緊緊握住拳頭,喃喃道:「石砥中,你上當了,我要殺死你!」

西門熊陰沉地笑了笑,目中輕輕掠過一絲凶光,他低喝一聲,在那蒼老的臉上陡然布起一層寒霜,冷笑道:「孩子,你等的人已經來了,我們該去準備了。」

這對詭譎奸詐的父子互相得意地施了個眼色,肩頭晃動,雙雙消逝於山谷中。

× × ×

石砥中在情人谷中奔馳了一會,身形輕輕飄落在地上,他望了望對面長滿了金錢苔的大岩石,一條流瀉的大瀑布湍急地自山頂流了下來,那渾圓的水珠映照金色的陽光泛射出晶瑩的光束,一條溪流從他腳底緩緩流過,他只覺臉上清涼,濺落的水珠顆顆灑落在他身上。

石砥中深長地吸了口氣,那雙踏在大岩石上的靴子沾滿了濕濡的水漬。望著這個幽靜的地方,不禁把多日來的煩憂通通拋諸腦後,任那撲面的水珠濺向

自己身上。

流濺湍急的大瀑布好像一條張牙舞爪的銀龍傾瀉而下，石砥中在晨風的沐浴下，不自覺地向大瀑布躍去。

突然，在那怪石嵯峨、斜岩陡壁間，快捷地閃過兩條人影。

石砥中心頭一震，腦海中疾快忖思道：「是的，這些人必是趕來探索大漠鵬城的進口，我雖不相信神秘鵬城會在這裡出現，但這件事繪聲繪影地傳遍了整個大漠，我只得親自跑來一趟。」

他身形晃動，彷彿一隻大鳥一般撲向峰頂，陡然發現四個錦袍配劍的漢子佇立在一個大洞之前，神色凝重面朝洞外，冷煞望著身形甫落的石砥中。

「什麼人？」

自那黝黑的大洞裡突然響起一聲沉重的大喝，只見追隨大理段皇爺的那個中年文士穆念祖從洞裡走出來，他驟見石砥中傲然凝立在洞口，不禁略略一怔，旋即一層怒色布滿臉上。

他怒哼一聲，冷冷地道：「閣下消息真是靈通，居然讓你找到這裡！」

石砥中心神一顫，道：「什麼？這就是『日月風雷洞』？」

穆念祖不屑地道：「不錯，我們大理已經先占其間，誰都不可踏進洞裡一步，否則……。」

石砥中冷漠地道：「大理段皇爺在大理做土皇帝便罷，要想在情人谷施其皇威，恐怕沒有人會聽他這一套的。」

穆念祖向前欺身，冷冷地道：「這麼說，閣下是一定要硬闖了！」說著，神色凝重地斜掌在胸，目光炯炯注視著石砥中。

他深知這個男子藝業造詣不凡，雙方真要動起手來，當真是個勁敵，但今夜穆念祖奉命死守洞外，由段皇爺隻身涉險尋找那鵬城的秘道，在段皇爺沒有退出來之前，任誰都不准踏進洞口一步。

石砥中知道穆念祖定不會輕易放自己進入石洞裡面，他深吸一口氣，全身功力陡然蓄集於雙掌之中，濃密的斜眉深深一皺，頷首道：「是的，我要出手了，你準備吧！」

穆念祖身形疾快地往後一閃，道：「好！」

「好！」字方出口，那凝立於洞口的四個漢子陡然欺身向前，「鏘」然聲中，四柄寒光耀目的長劍如水灑出，立時布成一道劍幕，擋住了洞口。

石砥中料不到這四個持劍漢子的功力如此渾厚，在一剎那間便能巧妙地布成一個劍陣，他冷哼一聲，一掌斜斜劈將過來，擊出一道掌風。

「嘿！」那四個漢子同時一聲暴喝，劍勢驟然改變，四道劍氣瀰然布起，罩向石砥中身上各處要害。

石砥中雖然功力已達天人合一的地步，但要在一瞬間破去這四個絕強高手的劍勢也非易事，他身形如電穿梭於劍光之中，趁劍勢甫動的剎那，連著擊出四掌。

「砰！砰！砰！砰！」接連四響。

這四掌有如羚羊掛角，飛爪留痕，那四個漢子竟捉摸不出這幻化無形的快掌是如何擊將出來的，他們只覺身子一顫，竟被渾厚的掌勁震得倒退而去。

穆念祖見多識廣，一看石砥中攻出掌法，立時認出那是一種頗為罕見的奇絕掌法。

他全身大寒，身形急掠而前，斜掌單立，冷冷地道：「閣下施出西域的獨門手法，起先我還不相信你真的進過大漠鵬城，這樣看來，我不得不信了。」

要知穆念祖這人個性古怪，鮮有朋友，生平只有大理段皇爺能夠降服他。

他驟見石砥中年歲不大，卻身懷武林絕技，這使穆念祖想起自己當年被逐出中原武林的時候，也正是這般年齡。

時光流轉，世事變幻無常，誰又知道當年那曾經叱吒風雲的一代英雄，會在大理一耽擱就是數十年，如今雖然鬢髮未斑，卻也不復當年美少年，早已遠離那些幻化的歲月。穆念祖偶而因事憶及自己年輕時候那段歲月往事，不禁對石砥中略存好感。

第十四章 神手天尊

一個生性怪癖，不喜歡和人交往的人，其內心蘊藏的感情通常較常人豐富深重，穆念祖一生中沒有朋友，這時見石砥中豪氣干雲，頗像自己年輕之時，倒也存了結納之心。

石砥中見對方一眼就辨識出自己在大漠鵬城所習的西域武功，心下也是暗自敬佩，忖道：「此人果然見多識廣，武學深博，僅在一式中便認出西域掌法。」

但他生性高傲，當下一挺胸，笑道：「天下武學本屬一源，無知世人把它分成派別門戶，這無非別具用心，在下武功博雜淵廣，但並非出自西域。」

穆念祖聞言一怔，冷哼道：「好大的口氣，姓穆的好意相問，你倒信口雌黃，今日如不讓你受點教訓，你還不知天下能人多如泥沙。」

陡然欺身直上，斜斜劈出一掌。

石砥中突感一股怒火，自胸中直衝上來，大喝一聲，右手斜舉，「天王托塔」硬接了穆念祖沉猛的一掌。

兩人正在這裡做殊死鬥，卻不知海神幫何小媛正好從別處繞了過來。

何小媛驟見石砥中硬接穆念祖劈下的掌勢，神色突然大變，忖道：「好蠻橫的打法，以己之短，對人之長，看來石砥中今日定然凶多吉少，這一掌接下來，不死也得重傷。」

她在進入情人谷之前，已對各種參加探索大漠鵬城的人物做了一番詳細的調查，深知穆念祖的掌力雄厚稱雄大理，連段皇爺都不敢硬接他的掌力，衝動好強的石砥中因為對方守住洞口，竟逞一時之氣，不避地硬接對方一掌。

穆念祖目睹石砥中狂妄之氣，登時心頭大怒，暗道：「此人這等狂妄，簡直不把武林前輩放在眼裡，如不讓他嚐嚐苦頭，受點教訓，只怕他目空四海。」

忖念一了，暗運真氣，擊下的掌勢又加了幾分勁力。

「砰！」雙掌接實，轟然一聲大響，激蕩的掌力渦漩成風，威力直如碎玉裂石，但石砥中卻仍屹立未動，冷漠地望著身形搖晃的穆念祖。

穆念祖臉色慘白，胸前氣血往上一陣翻湧，他痛苦地發出一聲低吼，登時衣袍高高鼓起，凶惡地向石砥中突然閃過一絲怨毒令人駭懼的眼色。

石砥中驟見穆念祖猙獰的神態，心裡頓時暗暗一驚，不覺倒吸口氣，料不到一個被觸怒的人會有這種令人驚顫的模樣，不禁將左掌斜斜抬起。

他冷冷地喝道：「你想做什麼？」

穆念祖對這聲沉重的大喝充耳不聞，他身形緩緩移動，筆直地走了過來，

第十四章 神手天尊

石砥中正待一掌擊出，穆念祖身形突然加速，向石砥中身後撲去。

石砥中一愕，正在忖思間，穆念祖已落至一塊巨石之上，身形一蹲，左掌橫削，有如裂帛般喝道：「滾出來！」

「你敢！」

只聽一聲清叱，人影晃動，何小媛和羅戟雙雙躍了出來。

穆念祖一掌落空，快捷地退回洞口，狠狠地望著何小媛，冷然道：「你想坐收漁翁之利，那可辦不到！」

何小媛冷笑道：「你果然不愧是『神手天尊』！」

穆念祖心神陡地一震，料不到在這邊陲之地，會有人曉得他當年在中原道上的渾號，這「神手天尊」四字，他已數十年沒有聽到過，驟然有人道出他的名字，一股從未有過的豪情突然在他臉上顯現出來。

他嘿嘿笑道：「老夫的底細，你怎麼知道得這樣清楚？」

何小媛有意無意之中瞥了石砥中一眼，在那薄薄的唇角漾起一絲冷傲的笑意，她不屑地大笑道：「我不但知道你是『神手天尊』，還知道你如何被江湖英雄趕出中原，狼狠地亡命大理，如何向段皇爺屈服，姓穆的，這些事你不會忘了吧！」

穆念祖臉色鐵青，適才臉上浮現出來的豪邁神情頓時斂隱而去，氣得他大

吼一聲,厲喝道:「胡說,胡說!」

何小媛恍如抓住可藉以攻擊對方的弱點,非但不怒反笑得更厲害,她全身直顫,喘呼道:「你神手天尊雖自命是英雄,卻只會亡命逃跑,連踏進中原一步的本領都沒有,還敢在這些人面前耀武揚威。」

穆念祖像是驟然被人道破心中隱痛一樣,直氣得髮絲根根倒豎而起,全身骨骼一陣密響,在那眉宇間霎時布滿一層濃厚的殺氣,他獰笑道:「你再說,我就殺了你!」

何小媛聳了聳肩,做出無可奈何的表情,冷冷地道:「恐怕你還沒有那種本領。」

穆念祖雖然連連被海神幫幫主何小媛所激怒,但他一想到責任重大要堅守住洞口,頓時將那快要爆發的怒火強自壓了下去。

他鼻子裡重重地透出一聲冷哼,將頭偏過一邊,連看都不看向何小媛一眼,可是在他腦海裡卻極快地忖思道:「只要他們不進洞來,我何必連樹這麼多強敵!這女子看來城府極深,比回天劍客還要難纏,眼前大敵接踵而至,我得趕快設法將他們引開。」

他正在沉思如何將回天劍客石砥中和何小媛等引開這裡的時候,忽然瞥見幽靈大帝西門熊帶領六個幽靈騎士正向這裡飛奔而來。

第十四章 神手天尊

穆念祖暗中駭然,沒想到連幽靈宮的人也要插上一腳,他曉得幽靈大帝功力神通,是出了名的難惹人物,神色大變之下,冷冷地問道:「西門兄,你也想和老夫過不去嗎?」

這人心機才智當真是高人一等,他不願和幽靈大帝發生衝突,口氣間並沒有臉上表情那樣冰冷,只是有些責備的意味。

西門熊暗中冷哼一聲,忖道:「你不要臭美,我若不是要將你們這些東西一網打盡,才懶得和你鬼扯呢!」

他面上毫不動聲色,臉上顯現出淡淡的笑容,道:「哪裡,哪裡,段皇爺和老夫私誼頗篤,本大帝臉皮再厚也不好意思和段皇爺爭奪那個洞口,縱使裡面珍珠財帛堆積成山,老夫也不會心動。」

穆念祖急忙拱手謝道:「如此老夫先謝了,只要西門兄不擅越洞口一步,將來老夫必以萬顆珍珠相謝。」

西門熊陰沉地笑道:「是的,是的,本大帝仁義為懷,你放心。」

說完一揮手那六個幽靈騎士身形同時向前一撲,各自拔出一柄銳利的巨斧,對著洞口左側的一塊泥壁劈去,只見沙泥斜濺飛落,不多時就劈出一個大洞來。

西門熊捋髯大笑,對穆念祖道:「那個洞是你佔的,這個洞是我開的,我

你兩家河水不犯井水，你那萬顆珍珠可得依時送來。」

說罷，閃身躍進洞裡，傳出一陣朗朗笑聲，僅留下那六個幽靈騎士守在洞口。

穆念祖殊出意外，何曾想到這裡原有兩個進口直通地底下，西門熊棋高一著，先將另一洞口封閉，看來幽靈大帝早就來過這裡了。

石砥中始終冷漠地看著這一切的變化，由於西門熊突然出現，他連續想著幾個不同的問題，突然一個意念陡地躍進他的腦海，在電光石火間忖道：「幽靈大帝故意鑿洞不和大理段家發生衝突，莫非是別有用意？」

正在忖思的時候，幽靈大帝忽然自洞裡走了出來，雙手捧著無數顆有龍眼般大的晶瑩珍珠，得意地暢聲大笑。

西門熊對穆念祖笑道：「穆兄，你那萬顆珍珠倒不必送來了，這裡面多得你不敢想像，天下財富就屬大理段家和老夫了。」

穆念祖聽得心動，目中忽然露出貪求之色，他急地問道：「西門兄，段皇爺你可曾看見他⋯⋯。」

西門熊目光一轉，笑道：「看見，看見，他等一下就會請你進去幫忙。」

西門熊嘿嘿笑道：「三位有意思，不妨隨老夫進來。」說完身形一閃，又

西門熊目光緩緩掃過石砥中，此時何小媛和羅戟都神色大變，目光全落在西門熊手中那些珍珠上。

第十四章　神手天尊

沒入黝黑的石洞裡面。

羅戟反手將長劍拔了出來，昂然朝那持著巨斧的三個靈騎士欺去，何小媛急切間向前一攔，道：「去不得，我們走這一條。」

羅戟一怔道：「為什麼？」

何小媛冷笑道：「西門熊是什麼東西，他還會將那無盡的財富輕易拱手易人？我們只要一進去，準遭毒手。眼下之計只有向姓穆的進攻，也惟有這條路最安全。」

說罷，一掌斜劈而出，一股冷寒的掌勁陰柔地襲向穆念祖身上，穆念祖單掌拂出一道氣功，臉色慘變道：「這是幽靈功，你到底和幽靈大帝有何關係？」

他猜測不出何小媛為何也會幽靈大帝的獨門神功，他哪知何小媛早先曾化身西門熊的妻子，以處子之身騙取幽靈大帝的神功，而羅升為武林頂尖高手。

何小媛這裡甫發動攻勢，羅戟也晃身挾劍向那四個橫劍而立的劍手攻至，他大喝一聲，一縷劍光破空射出，對著左側那個漢子左臂削去。

這四個段皇爺身邊的一等侍衛都是大理出名的神勇武士，他們只知忠心於段皇爺，對於己身生命毫不珍惜，這時驟見羅戟晃身揮劍而來，冷喝數聲，撩劍搶攻而出。

劍芒顫動湧起，羅戟目光一凜，長嘯一聲，劍刃顫出一片冷芒，「噹」地一聲，那斜劈而來的長劍立時被震了開去。

何小媛和穆念祖各換一掌，雙方身形疾退，俱神色凝重望著對方，可是兩人的防守都極為嚴密，幾乎無懈可擊。

突然，自那黝黑的石洞裡傳來一聲大吼，這沉重的吼聲來自穆念祖的身後，他一聽就知是段皇爺的聲音，登時一股涼意泛上心頭，不由暗中忖道：「聽段皇爺那種急怒的吼聲，莫非他遇上了危險。」

這個念頭在他腦海中一閃而逝，他身形陡地後退，額上頓時有股冷汗沁出，他強自鎮定深吸口氣，回頭向大洞裡喝問道：「皇爺，你好嗎？」

這聲喝問過後，靜悄悄的洞裡迴盪起他的聲音，卻沒有任何段皇爺的聲音傳出，那繚繞的餘音尚在洞裡嗡嗡作響。

何小媛不屑地道：「那個老東西恐怕已經死了，你還守在這兒做什麼？」

穆念祖神色大變，一股濃聚的煞氣條地布滿臉上，他陰沉地笑了一笑，憤怒地咆哮道：「你這個毒婦，我們再拚上一場。」

何小媛冷然道：「我要殺死你。」

這幾個字有如寒冰似的自她嘴裡迸發出來，好像不是出自一個女人。

穆念祖聞言大駭，竟覺得這種冷冰冰的聲音有著無比恐怖的力量，恍如他真要死在她手裡。

這恍如野獸發出的痛吟之聲衝破了劍拔弩張的緊張局面，石砥中茫然自沉思中清醒過來。

「呃！」

只見羅戟面色蒼白，一股鮮紅的血液從左臂上汩汩流下，他緩緩從一個漢子胸口拔出長劍，雖然殺死了一個神勇的大理武士，他自己卻也受到嚴重的臂傷。

何小媛動容地問道：「羅副幫主，你傷得重不重？」

羅戟臉色蒼白，喘息道：「沒什麼了不起，只是不能再妄用真力。」

何小媛放心地笑道：「沒有關係，我會替你把這些討厭的東西通通殺死，然後再找段皇爺理論。」說罷，緩緩抬起手掌向穆念祖身前逼去。

石砥中身子一震，斜睨了石砥中一眼，道：「何姑娘，請你退開。」

何小媛身子向前一躍，道：「怎麼，我們的大劍客願意效身海神幫？」

影，她淒冷地笑道：「哼！」石砥中沒有想到何小媛在這個關頭還會嘲弄自己，他不悅地冷哼

一聲，冷漠地道：「你說得好輕鬆，我可不是為了你。」

他曉得何小媛必然會受不了這句話的刺激，說完急忙大步地向前踏去，目中神光如電射出，投落在穆念祖的臉上，冷冷地道：「你還要堅守洞口嗎？」

穆念祖深知這個年輕人是自己生平的最大勁敵，他若要硬闖洞口，絕沒有人能擋得住他，但穆念祖既然奉命死守這裡，自然不敢讓石砥中闖進洞裡。

他神情肅默地道：「只要我有一口氣在，誰都不准越雷池一步。」

「唉！」一聲幽幽的嘆息清晰的傳了過來，一股清幽的異香從她身上散發出來，石砥中皇爺媳婦倩倩冉冉落在他身旁，石砥中正在猜疑之間，只見段皇爺搖忙退後兩步，不敢再多聞一下那種香味。

倩倩輕輕撩撥一下飄拂在額頭上的髮絲道：「穆念祖，放他進去。」

「這……」穆念祖非常為難地道：「不行，皇爺交代的事，我不敢作主。」

倩倩冷笑道：「我敢作主，一切由我承擔。」

石砥中冷漠地看了倩倩一眼，昂然向洞裡行去，消逝於黑暗中。

穆念祖雖然有些不情願，卻禁不住倩倩那雙嚴厲的眸光瞅視，他黯然嘆道：「為什麼要放他進去，皇爺會責怪的。」

「哼！」倩倩冷哼道：「你懂什麼！西門熊居心詭測，皇爺恐怕正遭遇到最大的危難，若讓回天劍客進去，情勢可能立時改觀，也許還有得到大漠鵬城

何小媛拉著羅戟走上前道：「我們也進去。」

倩倩冷冷地道：「我並沒有不讓你們進去，多進去一個多死一個，若要活命，還是乖乖退回來好。」

何小媛恍如沒有聽見一樣，她只想早些進入洞裡，找尋那座神秘鵬城的入口，毫不停留地急行而去。

第十五章　滅絕靈智

　　黝黑的石洞裡伸手不見五指，石砥中順著石階步下，只覺一股潮濕混濁的空氣吸進鼻孔裡，在那洞壁上沾滿了水珠，不時滴落在地上，發出輕微的響聲。

　　石砥中沿著長長的石階摸索前進，心頭突然湧起一股莫名的緊張，他目光緩緩流轉，看見深長的洞穴裡長滿了鐘乳石，恍如萬千影像浮在半空，垂落的鐘乳石在這黑暗的大洞裡有如人影，顯得神秘恐怖。

　　「嘿！」

　　石砥中正在出神顧盼間，一聲低冷的喝聲自空中傳來，石砥中暗中大驚，閃身躍至洞中黑暗的一隅。

　　他目光四下仔細一掃，竟沒有發現一絲人跡，心中駭然，一個意念陡然躍

第十五章 滅絕靈智

進腦海裡，疾快忖道：「這冷喝之聲明明是發自人口，為何不見一絲人跡，我若貿然走去，定會遭到這隱藏在黑暗中人的偷襲，在這種黑暗的地方動手，將對我十分不利。」

他屏住呼吸運極目力，也沒有發現任何值得懷疑的地方，沉默良久，忽然有一陣鼻息飄進耳際，他連忙運起「天地視聽」功夫，默察這人隱藏的地方，只見他臉色微變，暗驚道：「怎麼，這裡竟隱藏了三、四個人之多！」

他冷哼一聲，大聲道：「朋友是誰？該出來一會了。」

「嘿！」暗中傳來低喝之聲，語音甫落，冷喝之聲不斷傳來，石砥中大吼一聲，身形猝然暴射而起，身在空中，金鵬神劍驟地騰空飛出，喳的一聲大響，一條斜斜垂落的鐘乳石斷碎而落。

劍芒顫動，石洞突然大亮，那條條垂掛在空中的鐘乳石，在劍光閃耀下，泛現出瑰麗的景象，霎時五顏六色種種罕有的奇異美景呈現在石砥中的眼前，他不禁感嘆造物者的神奇，深深被這種瑰麗的景象吸引住。

濺落的石屑飄射中，一條幽靈似的黑影輕靈地躍了過來，石砥中深吸口氣，將手中長劍緩緩舉了起來，在那彎彎的嘴角上顯現出一絲不屑的笑意，冷冷地道：「原來是你！」

西門錡目中凶光畢露，冷笑道：「你如果早想到是我，就不會來這裡送死了。」

石砥中只覺一股怒火自胸間衝了上來，他又一次落在幽靈宮的算計裡，這時驟見西門錡隱藏在這個洞穴之中，頓知他們父子必將有什麼毒計要施展出來，頓時無數念頭在他腦海中盤旋。

他不禁想起西門錡害死羅盈及鐵掌金婆的陰毒手段，兩次事件都嫁禍在他頭上，使得他含受不白之冤，至今未能洗刷。

他目泛殺機，冷冷地道：「若閣下僅一個人，恐怕也沒這種本事，你們父子形影不離，你的老子恐怕也早就在這裡了。」

西門錡冷笑數聲，道：「對付你這種人，哪要我父親動手。石砥中，如果你曉得這洞裡的一切，你將會知道我如何對付你。」

語音甫落，他手勢緩緩一揮，立時有六個幽靈騎士從黑暗中走出來，這些幽靈騎士木然僵立在那裡，手中握著長劍，背上插著巨斧。

石砥中心神劇震，忙將全身功力運集於劍刃上，立時劍光閃顫，一股青濛濛的劍氣泛射出來，繚繞在劍刃之上，緩緩散開。

他恍如一個巨神似的凝立在地上，不屑地道：「幽靈宮的精華大概都出來了。」

第十五章 滅絕靈智

西門錡揚眉冷哼道：「當然，對付你一個人出動這麼多高手，似乎太不值得了。」

石砥中這時只覺全身血液沸騰，那股深藏於心底的豪氣隨著血液奔湧，他深知在這洞穴裡尚不知有多少武林高手隱藏於其中，自己若不施出煞手是很難闖過這些沒有人性的幽靈騎士。

他凝重地長吸口氣，那凝聚在劍刃上的真力更見旺盛，寒冷的劍光陡然一顫，一道劍芒在空中一閃而逝，西門錡只覺寒氣襲體，駭得連退數步。

石砥中哈哈笑道：「閣下注意了，我將要出手了。」

西門錡目中凶光大盛，喝道：「閣下不要太猖狂了。」

他身子甫動，長嘯一聲，那些幽靈騎士驀地撩起手中長劍向石砥中劈來，這些幽靈騎士功力恍如又增強不少，身形躍動間，劍嘯之聲嗡嗡直鳴。

石砥中驟見這六個幽靈騎士以渾厚的真力催動劍刃，顫泛出六道令人駭懼的劍光，攻向自己身上各處重要的地方，心頭頓時一震，他豪邁地朗聲大笑道：「西門錡，你有種也過來！」

劍勢緩緩轉動，一蓬劍氣如水灑出，恍如銀練瀉地，繚繞在空中的銀虹，竟將幽靈騎士所發的劍勢阻得一緩，威勢頓時大減。

西門錡神色陰沉，冷哼道：「你如果能闖過幽靈騎士這一關，本盟主自然

陪你走上幾招，只怕那時你力不從心，先死在他們劍下。」

他見石砥中力鬥幽靈騎士毫無敗象，心中不由驚駭，雖然說今日是有計劃將石砥中劈死於劍下，但對方神勇蓋世，眼看幽靈騎士很難奏功。

他目光緩緩流轉，腦海中不禁疾快忖思道：「石砥中全神全意對付幽靈騎士，一定不敢稍有鬆懈，我何不故意和他胡扯，分散他的注意力，等到他精疲神弛的時候，再和他拚命一鬥，那時他定很難接下我要命三擊。」

這個意念在他腦海中如電光石火般一閃而逝，他胸有成竹，揚聲嘿嘿一陣大笑，笑聲微斂，他得意地道：「石砥中，你曉得宇文慧珠現在怎樣了嗎？」

石砥中連著劈出兩劍，淡淡地道：「她的事不需要你告訴我。」

這兩劍是他功力所聚，有如浩潮江河深不見底，那六個喪失神智的幽靈騎士大吼數聲，竟被逼得連退數步，他們咆哮幾聲後，又撲了過去。

西門錡沒有料到石砥中竟會這樣沉著，絲毫不受外力干擾而分散心神，他陰沉地低喝一聲，疾快地忖道：「宇文慧珠居然無法分散他的注意力，我只有使出下一個殺招來了，倘如他再不上當，那爹爹的判斷將完全被推翻了。」

他故意提高嗓門，大聲道：「石砥中，你可知道東方萍現在怎麼樣了嗎？」

果然這一句話影響力極大，石砥中身形一陣搖晃，那即將遞出的劍勢驟然發不出一點威力來。

第十五章 滅絕靈智

石砥中定力雖然極為深厚，但東方萍的影子清晰的浮現在他眼前，使他心神劇顫，回頭問道：「她怎麼了？」

他原本貫注的精神突然四散，只覺胸中有一股沉濁的鬱悶讓他喘不過氣來，他悲愴嘆了口氣，背後已響起二縷破空之聲，快逾閃電向他身上襲到。

石砥中急忙掠空拔起，勉強避過那斜劈而來的兩支長劍，他的全副精神都在等著聆聽西門錡的答話。

西門錡見這一著已分散了石砥中的注意力，他卻不打算立刻告訴他東方萍究竟如何了，等石砥中和幽靈騎士又鬥了幾個回合，他才慢吞吞地道：「我告訴你，你可不要急死了，東方萍現在生命已經快至油枯燈盡的時候，僅有薄弱的呼吸尚且維持她那一縷芳……唉！可憐！」

他像是非常沉痛的樣子一字一字的說出來，那語氣中也滿含悲哀之意，恍如他也非常傷心，使人絕不會料到他此刻正以無比的心機和石砥中搏鬥。

「呃！」

石砥中只覺全身抖顫，一股氣血自胸中湧出，他痛苦地低吟了一聲，在他臉上浮現出來的痛苦之色，當真是令人同情憐憫。他幾乎連抵抗幽靈騎士的力量都沒有了，步履一陣凌亂，又勉強避過劈來的幾劍。

他目中含著淒涼的淚水，大吼道：「西門錡，你告訴我，你可憐什麼？」

西門錡知道石砥中愈來愈不濟了，他內心雖然極端得意，面上卻絲毫也不敢表露出來。

在那陰沉的臉上忽然作出一片茫然之色，長嘆口氣，淒聲道：「可憐她一代美人在臨死之前，還不時呼喚你的名字，那種念念不能忘情的淒涼景象當真令人不忍目睹⋯⋯石兄，老實說，當時我在她榻前真是妒恨死了，那時我恨不得立時將你殺了，從你手中將她給你的那份感情搶過來，可惜萍萍愛的不是我⋯⋯唉！她多麼盼望你能看她最後一眼，或者陪伴在她的身旁，唉！」

他連著幾聲嘆息，真是表演逼真，絕對使人想不到他正以人類最大的弱點在愚弄石砥中，使得石砥中喪失神智，連僅有的思考力都沒有了。

石砥中恍如奔雷擊頂一樣，腦海裡凌亂的抓不住一點思緒，他痛苦地一陣大笑，沉聲喝道：「不要說了！」

那六個幽靈騎士驟然被他這有如巨雷似的一聲大喝，震得全身驚顫，攻勢立時放緩，他們那久已絕滅的人性恍如也被這聲巨喝所喚醒，那呆滯的目光竟然轉動起來，好像恢復了一些記憶，但這只是一刹那的事情，不多時又都恢復那種茫然的神情。

人影晃動，幽靈騎士又攻了過來。

西門錡也被幽靈騎士剛才這種奇怪的樣子驚愕住了，他神色微變，驚疑的

第十五章 滅絕靈智

忖思道：「這是怎麼一回事，爹爹訓練的幽靈騎士難道還會恢復那滅絕的靈智，若真是如此，幽靈騎士豈不是極為危險的東西，萬一有一天……。」

他不敢再想下去，忙道：「石砥中，你為什麼不讓我說下去，莫非你愧對萍萍，辜負她的感情，這樣說來，你也太沒有良心了。」

石砥中此刻沒有心情再和幽靈騎士動手，他神智已亂，根本不知如何對付眼前的巨變，六道濛濛的劍雨在他身上要害之處飛繞，他僅靠身體的自然反應來閃避這聯手的攻擊。

突然，一縷劍光破空撩出，筆直削向他的手臂，石砥中這時完全陷於遐思中，居然不知自己已陷入死亡邊緣上。

「哼！」

石砥中只覺手臂上一痛，那混亂的神智不禁清醒過來，他冷哼連聲，只見手臂上殷紅一片，鮮紅的血液汩汩流出，他怒吼一聲，大聲道：「西門錡，我要殺死你！」

「嘿！」西門錡驟見石砥中化除積於胸中的悲哀，自痛苦中清醒過來，心中登時大駭，他見石砥中運劍搏殺幽靈騎士，不禁大聲道：「石砥中，你簡直

一股濃濃的殺氣隨著他的話聲在臉上布起，他高亢地大笑一聲，身形電快拔起，劍光顫動，對著那六個幽靈騎士射去。

「不是人!」

石砥中被罵得一怔,一時竟未想出話中的意思,他悲戚地怒吼一聲,在電光石火間,斜劍朝向撲來的一個幽靈騎士胸前刺去。

一蓬血雨自空中倒灑而落,那個幽靈騎士慘嗥一聲,那柄金鵬墨劍登時穿胸透過,石砥中電快地抽出神劍,突然化作一縷白光馭空而去。

「呃!」

他身在空中,已大喝道:「西門錡,馬上輪到你了。」

劍光在那五個亡命撲來的幽靈騎士身上一繞,他們竟通通釘立在地上,連吭都不吭一聲,握著兵刃望著威武冷煞的石砥中。

他緩緩回過身來,對西門錡冷冷地道:「現在該換你了。」

西門錡驟見幽靈騎士木然僵立在地上,不禁愣了一愣,他想不出幽靈騎士為什麼會突然停手不攻擊,急忙拿出一個銀笛吹起來,哪知這些沒有人性的幽靈騎士動也不動地立在那裡,銀笛對他們根本不發生絲毫效力。

石砥中冷漠地道:「你就是吹斷了笛子,他們也不會聽見你的。」

西門錡難以置信的走到幽靈騎士身邊,他目光才瞥見幽靈騎士的腰際,忽然發出一聲驚呼,顫道:「你——」

只見那些幽靈騎士腰際俱流出一股黑色的血水,西門錡憤怒地推出一掌,

第十五章 滅絕靈智

那些幽靈騎士砰然倒地,上半身和下半身竟被銳利的劍刃削為兩截,那種令人驚悚變色的慘狀頓時把西門錡驚呆了。

石砥中以劍道無上絕技連斃五個幽靈騎士,會有如此高的造詣,他哪知自己的功夫天天在無形中進步,僅憑現在的身手在江湖上已鮮有敵手,況且適才是在悲傷憤怒的時候化劍為氣,將身體全部的潛力都發揮出來。

他冷冷地道:「我說過,現在該輪到你了。」

西門錡全身顫抖,竟不知怎地會產生出一種駭懼的心情,他想到石砥中連劈六個幽靈騎士那種威勢,通體居然會泛起一陣強烈的顫抖。

他目中凶光盡失,腦海中疾快忖思道:「我得趕快設法和爹爹聯絡,否則我也會死在石砥中手中,反正這裡一切我都很熟悉,必要的時候⋯⋯。」

他腦中盡是些如何逃離這裡的念頭,臉上緊張之色頓時緩和不少,他故意裝得非常冷靜的樣子,道:「你不要神氣,還敢大言不慚地硬逞英雄,他冷笑一聲,萍萍現在石砥中見他面臨死亡的剎那,劍指向西門錡的胸膛,道:「在我殺死你之前,我要你告訴我,萍萍現在哪裡?」

西門錡嘿嘿冷笑數聲,道:「你認為我會告訴你嗎?」

石砥中怒吼道：「不要囉嗦，快點說！」

一道冷寒的劍氣在西門錡臉上輕輕一晃，他感覺有種泛體生寒的恐怖情緒湧進心裡，登時在他臉上顯現出數種變化不同的表情出來。

西門錡心念電轉，疾忖道：「爹爹此刻正全力對付段皇爺，我何不將他騙進那機關密布的隧道之中，讓爹爹發動機關。」

他陰沉地冷笑一聲，道：「你若想要知道萍萍在哪裡，有種就跟我來吧！」說罷身軀疾晃，向洞穴深處疾撲而去。

他身形如電，去時如風，石砥中起步較遲，兩人相跟竟有一段很長的距離。

石砥中冷笑一聲，追蹤而至，怒道：「你別想暗中搗鬼，當心我馭劍取你的腦袋⋯⋯。」

西門錡對這個石洞熟悉異常，他在這曲折迂迴的大洞裡連續數匝，發覺石砥中緊追不捨，不由冷笑道：「閣下太狂了吧！」

他驀然一個翻身，雙掌在電光石火間陡地劈向尾隨於身後的石砥中身上，這一著出乎任何人意料之外，氣勁旋激的掌風迸發而出，浩瀚的罩向石砥中身上各處。

「哼！」石砥中冷哼一聲，大喝道：「你這卑鄙的東西！」

第十五章 滅絕靈智

在這刻不容緩的一剎那，他急煞去勢，左掌疾快往外一圈，衣袖拂動，一股氣勁顫拂而出，迎向襲來的掌勁。

「砰！」

西門錡低哼一聲，恍如受到嚴重的內傷，在漆黑的洞穴裡傳來凌亂的足步聲，霎時便沒入一片黑暗裡，不知他如何遁離而去。

×　　×　　×

石砥中沒有料到西門錡會突然逃走隱藏起來，連他躲到什麼地方都不易追查出來，他氣得大吼一聲，怒道：「你就是躲到天邊，我也要把你抓出來。」

朗朗的語聲在洞穴裡瞬息間傳遍開來，他踏在泥濘的地上，向看不見盡頭的洞穴深處走去，一股陰森森的冷風從前面拂來，吹得衣袂簌簌作響。

突然，一線光亮自洞壁穿射而出，洞裡景物頓見開朗，石砥中緩緩移動身軀，順著微弱的亮光行去，眼前忽然又出現一個大石門。

他心中一愣，竟沒想到在這個洞穴裡會有這樣大的石門，他不知道這門裡是什麼地方，正在沉思的時候，那石門忽然緩緩啟開，一副奇特景象霎時躍進他的眼裡。

只見石門之後又是一個瓦古未見的大石洞，在這潮濕陰暗的大洞中，有一個老人正在費盡力氣半蹲身子，雙手高高托著一個渾圓的巨大岩石。

那塊大岩石恍如從空中降落下來一樣，壓得那老人喘聲如牛，正在努力掙扎著，但他卻沒有辦法將那塊大岩石拋落或者放下，那老人好像已經支持了不少時間，足踝已經深深陷進泥中，幾乎快沒入雙膝之處。

石砥中驟見這個老人的背影不由一怔，暗忖道：「這不是大理段皇爺嗎？他怎會無故舉著這塊大岩石？看他那種痛苦的樣子，又不像是在練功。」

他在旁怔怔呆立了一會，居然無法決定是否要走進這個石洞去。

石砥中默思了一會，才逕自大步往石洞裡行去，他身子才踏進門檻之中，那石門忽然又自動關閉起來。

石砥中還沒來得及查看石門關起來的原因，段皇爺突然緩緩移動身軀，回過身來，他臉上青筋根根暴起，豆大的汗珠顆顆自額上滾落，他發出沉重的喘息之聲，嘴唇緊抿，竟不敢開口說話。

那塊渾圓的大岩石恍如重逾萬斤，憑段皇爺那樣的功力都承受不住，石砥中心裡雖然有些吃驚，卻不動絲毫聲色，只是冷漠地望著段皇爺。

一種求助的目光在段皇爺眼裡泛現出來，但是他臉上卻仍然布滿傲氣，好像是不願向別人求助的樣子，石砥中冷冷一笑，繞過段皇爺身邊走去。

第十五章　滅絕靈智

段皇爺見這個令人憎恨的男子沒有幫助自己的意思，登時急得雙眉緊鎖，嘴唇顫動一句話也說不出來。

他深長的吸了口氣，將那剩餘的真力貫注在雙臂上，渾圓的大岩石立時上升了數寸，他喘息數聲，大吼道：「喂，幫我一個忙！」

他這一開口說話，那蓄滿的功力突然一鬆，大岩石驟地下降數寸，只累得他緊咬牙關，勉力支撐著，卻再也不敢鬆懈下來。

石砥中冷冷地道：「你請人幫忙，都是這種命令的口氣嗎？」

他對段皇爺本來就沒有什麼好印象，口氣裡不免有種冷漠的意味，使得這個大理尊貴的皇爺不由得一怔，愣愣地默思了一會。

大理段皇爺怔怔出了會神，沒有想到回天劍客石砥中會比自己還要高傲倔強，他身為皇門世家之主，雖然涉身武林，對江湖奇人怪客的行徑，有著非常深刻的瞭解，但卻沒有任何人會如此的當面給他難堪，他自覺顏面無光，有失皇爺身分，不禁憤恨地瞪了石砥中一眼。

這一眼使他又是一怔，段皇爺思緒疾快流轉，不禁忖思道：「回天劍客看來儀表不凡，若非在大漠相遇，我定會以為他也是一個皇族後裔，在他臉上竟會泛出一代帝王的特有氣質。」

他善看星相之學，雖無法捉摸出這個男子是屬於哪一類型的人物，但對石

砥中那種一派宗師獨有的氣質深深凜懼，暗暗驚疑這個男子的超人異稟。在忖思之間，段皇爺只覺雙臂上的壓力愈來愈重，他耗數十年的修行也沒有辦法將大岩石放下來，因為那大岩石之上的力道絕非一個普通人所能承擔得起。

段皇爺急喘如牛，嘴唇翕動，急呼道：「好，石砥中，本皇爺請你出手幫忙！」

這幾個字方才吐出，身形接連幾個搖晃，那陷落的足踝又陷下一分，石砥中看得心中大震，腦海中疾快忖道：「段皇爺乃一代宗師，怎會連萬斤巨石都承擔不起，看他那種瀕臨崩潰的樣子，當真是無法再支持下去。」

這個意念在他腦海中一閃而逝，他冷冷地道：「你不會將石頭擲落地上。」

他終究是俠義之人，嘴裡雖然說得冷漠，還是伸出雙掌將大岩石的一角托住，登時一股奇大的壓力從大岩石上傳來，這才使石砥中相信這大岩石的重量令人不敢相信。

石砥中這一援手，段皇爺頓時覺得壓力一鬆，他連吸數口氣，痛苦之色大減，他喘息數聲才道：「剛才你若能將它拋掉，早就拋掉了，只怕我把它一擲，整個洞穴便會坍塌下來，那時你我都休想活命。」

語聲一頓，又喘息道：「你先接住，我換個手把它放下。」

第十五章 滅絕靈智

石砥中沒有料到對方會突然施出詭計，正在說話的時候，驀覺大岩石向前一傾，整個的壓力都落在自己身上，他急忙奮起天生神力，將這沉重如山的大岩石托在半空。

段皇爺伸了伸僵直的雙臂，緩緩拔出深深陷落在泥地中的足踝，他拭了拭額上滾落的汗珠，哈哈笑道：「怎麼樣，這石上的重力如何？」

石砥中的臉色逐漸凝重起來，他自從再現江湖之後，還沒有見過比自己神力還要渾厚的高手，但在此刻，他卻覺得這個大岩石比一座小山還沉重，霎時額上泛現汗珠，身子也漸漸向下陷落。

他大吃一驚，急忙道：「你快幫我放下它！」

段皇爺冷哼一聲，道：「我已舉了一個多時辰，幾乎要了本皇爺的命，我們一代傳一代，你也等著下一個接替你的人吧！」

石砥中怒吼一聲，道：「老奸賊，我上你的當了！」

段皇爺回頭冷冷笑道：「你是唯一堪與我爭奪大漠鵬城的勁敵，我不這樣怎能整你一頓。回天劍客，你還是乖乖站在這裡吧！倘若你想拋掉它，死的將是你自己。」

石砥中氣得全身一陣顫抖，望著段皇爺那逝去的身影，腦海中疾快忖道：「我知道無法支持太久的時間，與其在這裡等死，倒不如拚著洞穴塌落下來，

「冒險一擲。」

他奮起全身勁力，大喝一聲，將舉在空中的大岩石猛力往外推去，大岩石如飛地朝洞壁上撞去。

「轟！」

一陣天顫地搖，洞穴裡響起一連串的巨響，在碎石濺射中，那碎裂的石塊紛紛飄落，堅硬如鐵的石壁立時被大岩石撞出一個大洞。

石砥中身形疾快地退向洞壁一角，望著濺落的石屑以及壁上被擊破的大洞，不禁喃喃道：「我真是幸運，居然沒有將這洞穴震垮。」

他的目光突然被那撞破的大洞所吸引住了。

第十六章　四面楚歌

在那瀰漫的泥霧中，隱隱約約看見洞中現出一個墨玉砌成的大石像，這個大石像深深嵌進白色的大理石壁，黑白分明顯得特別醒目，這壁上石像竟是一個俏豔秀絕的美麗少女，栩栩如生睜著明媚的眸子望著石砥。

那蓬散的髮髻，烏黑的眸子，薄紗似的羅衫，都是那麼惟妙惟肖。

石砥中看得一愣，陡然暗思道：「世間竟有那樣美麗的女子，若非是我親眼看見，我真不相信天地間會有這樣高明的雕匠，竟能將一個石像琢磨得如此逼真，連臉上那種天真的表情都完全表現出來了。」

他乍見這個令人遐思的美麗少女，全副注意力都被她吸引住了，不知不覺中將剛才力舉巨石的辛苦都拋諸腦後，他深深嘆了一口氣，驚嘆天地間竟有如此高明的雕匠，連那少女的一絲一髮都沒遺漏。

石砥中踏著殘碎的石屑慢步走向這石像之前，他身子方踏進石室，身後突然響起一連串的巨響，石砥中回頭一望，只見石屑飛揚，巨石滾落，方才立足的地方竟坍塌下來，滾落的石塊霎時將通道堵塞起來。

他深吸口氣，苦笑道：「我又逃過一次致命的厄運，若不是這個石像將我引來這裡，此刻我恐怕變成石下之鬼了。」

他想到若真是厄運降臨，任誰都不能倖免於厄運加諸身上的苦楚，心下便坦然了。

他情不自禁又瞥了那石壁上的少女一眼，傾慕地笑了笑，大步向裡走去。

穿過這個石室，眼前呈現一片滿植花卉的大花園，石砥中一愕，做夢也沒料到會有這樣美麗的地方，那馥鬱的幽香陣陣飄進鼻息之中，使得他心曠神怡，恍如置身在幻化的仙境裡。

他緩緩移動身軀，正要向花園走去，忽然瞥見有四個身穿翠綠羅衫的少女向他這裡行來，他急忙隱起身子窺視這四個少女。

這四個少女長衫飄拂，有若四個凌波仙女，她們在花園採擷那正在盛開的花朵，裝在一個大竹籃裡。

這四個少女雖然俏豔美麗，在臉上卻看不出一絲快樂的神色，只聽其中一個少女幽幽嘆道：「唉！沒有自由的日子，何時才能過去！」

第十六章 四面楚歌

沒有其他少女回答她的話，她們只是惶恐不安地望著發話的少女，四個人採滿了一大籃各色各樣美豔的花朵，抬著竹籃緩緩走去。

石砥中目注這四個美麗少女的背影，陡地一個念頭掠過腦際，他疾快忖思道：「這是什麼地方？我若想離開這裡就趕快跟著她們，萬一不幸遇上她們的主人，我一個大男子豈不被人家誤會！」

這個意念在他腦海中一閃而逝，他晃身斜躍而去，緊緊跟隨在這四個少女的身後，竟然沒有被她們發現。

這四個明豔的少女繞過花園裡碎石鋪就的徑道，緩緩來到一個荷花池畔，那拱起的竹橋直通池中央的小坪上，在那碧綠的小坪上，建築了一座非常講究的屋子。

這四個少女越過拱橋走到屋前，輕輕推開竹條編織的垂簾走了進去。

石砥中見四下無人，輕輕躍過荷池，隱身在屋子竹簾的外面，偷偷向裡面望去，只見羅幔輕衾，一個身著粉紅色羅衫的少婦靜靜躺在軟榻上，那四個少女將採擷來的花朵散放在那榻上女子的身上，然後替她梳理烏黑的髮絲。

石砥中看不清那少婦的面容，不知她到底長得什麼模樣，看她屋裡擺設氣派，心想這屋主必定達官巨賈，否則普通人家哪有這樣大的花園。

最令石砥中迷惑的是，這榻上少婦始終沒有移動過一下身子，恍如睡著了

清脆的鈴聲從屋裡非常悅耳地傳了過來，那四個少女急忙匍伏在地下，連頭都不敢抬起來，只聽一聲輕咳聲後，西門熊和西門錡不知從什麼地方走了出來。

「叮噹！」

石砥中心頭劇震，沒有料到幽靈大帝竟會在這兒出現，他神情緊張地望著這兩個頭號大敵，不知他們和這屋裡的少婦有什麼關係。

西門熊無限愛憐地走至榻前少婦的身旁，深情凝望在她的臉上，他默默注視了一會後，以非常低沉的聲音道：「錡兒的媽，你寂寞嗎？我和孩子又來看你了，希望你天上英靈有知，該曉得我和孩子是多麼地想念你，我知道你因為婕兒不在你身邊而傷心，美麗的妻，我定會把你最疼愛的女兒找回來。」

淒涼的語聲媳媳消逝在空中，這個詭譎心辣的一代武學宗師在自己死去的妻子面前，流露出內心真摯的感情。

他那低沉有力的聲調，彷彿穿透了心靈深處一樣，連隱藏在屋外的回天劍客都有些感動。

西門錡低聲喊了一聲「媽！」輕顫地道：「媽，我已長大成人了，就快要和宇文慧珠成親了，你聽到這個消息會很高興吧！」

第十六章 四面楚歌

西門熊熊輕輕嘆了口氣，抓著西門錡的手道：「慧琴，今天我特地來告訴你這件事情，你不會反對錡兒娶一個不是漢族的少女吧！宇文姑娘長得很美，你一定會喜歡她的……。」

說完，又往他妻子臉上深情地看了一會，才和西門錡不捨地離去。

石砥中有些意外，沒想到這榻上少婦必有暗道通路。

他恍如幽靈似的疾快閃進屋內，那四個少女驚呼一聲，石砥中運指如風，電光石火間連點四個少女身上的穴道，使得她們立時通通無法動彈。

石砥中斜睨了榻上少婦一眼，心神陡地一顫，疾忖道：「這不是那石壁上雕刻的少女嗎？原來這個美麗的女人竟會是西門熊的妻子……。一個俏麗如花的女子嫁給一個這樣邪惡的魔頭丈夫，她的幸福實在很難論定。」

正在忖思之間，突然屋外有人大喝道：「石砥中，你這次還能逃得了嗎？」

回天劍客石砥中只覺屋子一陣搖晃，那屋裡突然冒起一陣黑煙，剎那間自四周噴出炙熱的火焰，濃密的煙霧使得他喘不過氣來，一股熱浪直襲身上。

他神色連續數變，冷哼一聲，大喝道：「西門熊，我又中了你的詭計！」

一股濃聚的煞氣自他臉上布起，他將全身的勁氣逼至右掌上，對著石壁擊出一掌。

砰的一聲，石屑揚處，石砥中身形已穿出屋外。

他身子甫出屋外，心中登時一冷，只見這荷花池四周站滿各門派，俱冷漠地望著他，正等待他向彼岸躍去。

石砥中恨恨地道：「西門熊，你果然有本事，居然將各派人物都請來了。」

西門熊身在對岸嘿嘿一陣冷笑，道：「這些都是當今各派的高手，你和他們之間的恩怨早晚要解決的，本大帝替你請他們來一併解決還不好！」

石砥中冷哼一聲，緩緩從那拱形橋上走了過去。

各派高手乍見這個隻手掀起江湖動盪的男子竟是如此的鎮定，俱都暗自喝彩一聲，紛紛倒退幾步。

石砥中目中寒光大熾，冷煞地往這些人面上一掃，緩緩地目光又落在西門熊的身上，他滿臉煞氣道：「我首先要殺的是你！」

西門熊訕訕笑道：「恐怕辦不到，他們都恨不得將你分屍，我倆要動手，只能在你和他們的事解決過後，才能再捨命一搏，如何？」

石砥中怒叱一聲：「不要臉！」

各派高手臉上神色俱是一變，想不到名傾江湖的回天劍客石砥中口出惡言，他們自認為都是武學名家，雖然石砥中罵的不是他們，也覺得面上非常難看。

第十六章 四面楚歌

一個彪形大漢閃身而出，哈哈狂笑道：「閣下口齒伶俐，說話竟這樣沒有分寸。」

石砥中斜睨這漢子一眼，冷冷道：「你是誰？」

那彪形漢子濃眉一聳，得意地道：「區區是谷雲飛，崆峒派……。」

石砥中冷冷笑道：「沒有聽過，看來閣下並不怎麼樣！」

雲飛子在崆峒是第二代高手，在江湖上早已博得一個極響亮的名聲，他見回天劍客竟是如此地看不起自己，心裡頓時有一股怒火燃燒起來，氣得仰天一陣狂笑。

他略斂笑聲，全身抖顫，大吼道：「小子，你太瞧不起人了！」

他向前連跨幾步，朝向石砥中當胸一拳搗去，這一拳勢快勁猛，一股呼嘯的拳風如戟撞來。

石砥中身形輕輕一晃，驀地單掌奇怪地向谷雲飛的腕脈上拍去，谷雲飛只覺腕脈一陣疼痛，自對方湧來的掌力震得他身形跟蹌，滿臉駭懼睜望著石砥中。

谷雲飛顫聲道：「各位，我們還在等什麼？」

西門熊在旁邊推波助瀾道：「是時候了，再等下去若讓那小子跑了，可沒老夫的事。」

那八、九個各派高手受不了西門熊的挑撥，同時大吼一聲，將身上的兵刃拿了出來，緩緩向石砥中逼去。

石砥中不願意和各派高手發生衝突，使仇怨愈結愈深，他凝重地深吸口氣，忖思如何應付這個場面。

他對西門熊淡淡一笑，道：「西門熊，你敢和我單獨一鬥？」

西門熊嘿嘿笑道：「閣下已中了幽靈宮的毒煙，馬上就不行了。」

石砥中心頭一驚，想不到那屋裡燃燒的煙霧會暗藏毒氣，他默運真力繞行全身一周，只覺頭暈目眩，全身勁力竟無法聚起。

他神色大變，疾忖道：「怪不得會突然失火，原來西門熊早有安排故布疑陣，使我在不及防備之下吸進那些毒煙。目下強敵如此之多，我勢必無法安然脫出，趁我中毒未深，何不趕快先逃離此地，尋一處沒有人的地方療治毒傷，然後再找他們報仇。」

這個意念在他腦海中一閃而逝，他突然大喝一聲，身形驟地凌空躍起，對著那些正逼近他的各派高手劈出一掌。

氣勁旋激的掌勁如刀削出，各派高手神色俱變，紛紛躍起身子躲避這威金裂石的一擊，石砥中長嘯一聲，掠過這些人的頭頂上，恍如一道輕風直馳而去！

第十六章 四面楚歌

西門熊怒叱一聲：「這小子要逃！」他見石砥中身形快逾疾風，各派高手一時竟無法追上，不禁冷哼一聲，肩頭晃動，斜斜向前躍了過去。

「嘿！」在那翠綠的花樹中突然傳來一聲低喝，道：「西門熊，本皇可讓你整慘了！你這王八羔子！今天若不還我一個公道，我必不和你罷休。」

語音未落，段皇爺曳著袍角斜撲而落，他大喝一聲翻起左掌，對著幽靈大帝西門熊的身子推出一股掌勁。

西門熊擰身移步，冷冷地道：「姓段的，你還沒死！」

段皇爺這次進入「日月風雷洞」，連番受到幽靈大帝西門熊的愚弄，幾乎把命都送掉，積藏在心底那股怒氣，差點使他吐出血來。

他憤恨地大吼一聲，道：「西門熊，只要本皇爺能夠活著離開這裡，我定領著大理所有的英雄把幽靈宮踏為平地。」

說完，又是一掌劈出。

西門熊聽得心頭一震，目中凶光陡地一湧，忽然一個念頭躍進腦中，不由駭懼忖思道：「段皇爺以帝王世家之尊絕不會輕易說這種話，日後他若真的統領大理無數英雄向幽靈宮尋仇報復，幽靈宮豈不要遭到空前浩劫！我本來還有放他一命之心，為了幽靈宮，我也只有想辦法毀掉他了。」

這個意念在他腦海中一掠而過，他冷哼一聲，閃身避過襲來的掌勁，一股浩瀚的大力迸激湧出，只見他那兩隻寬大的衣袖上下飛舞，那股勁力愈來愈大。

段皇爺也是一代宗師，哪會看不出這種功夫的厲害，他深知幽靈大帝功力深厚，若非千招以上很難分出勝負。

他身形斜飄而退，大聲道：「喂，西門熊，你可敢接我一記『碎玉功』？」

說罷，他長吸一口氣，那頭上的髮絲根根豎起，他捲起雙袖，露出兩隻潔白修長的手臂，右掌緩緩抬起，掌心透出一股晶瑩奪目的流灩光華。

西門熊看得心頭微顫，深知大理段家傳男不傳女的霸道功夫的厲害，這種功夫發時無形，施功的人功力愈高，掌心流灩的光華愈盛，他沉重地退後一步，急忙將幽靈功布滿身上，專心注視著段皇爺的掌心。

他冷冷地道：「段老頭，我就以『碎玉功』和『幽靈功』接你一記試試。」

段皇爺頷首道：「『碎玉功』和『幽靈功』同為武林一絕，本皇爺要江湖上知道這兩家功夫中，到底是哪一個強。」

他朝前跨出一步，右掌流灩光華陡地噴湧，緩緩向幽靈大帝西門熊身上罩去。

「好！」西門熊大喝一聲，將垂落的雙掌如電推出，他臉上青筋根根暴

第十六章 四面楚歌

起,恍如非常費力的樣子,但是掌出無勁,好像沒有一絲力道。

兩人遙遙相對,掌上俱沒有風聲發出,可是兩人那種凝重緊張的樣子,卻比作殊死搏鬥還要顯得慎重,要知道這時兩人都是以本身修練的內功相抗,絲毫取巧不得,稍為不慎便會當場身死。

「呃!」

兩人同時發出一聲低呃之聲,各自晃了一下身子。

西門熊臉色一片蒼白,張口吐出一口鮮血,他連喘數聲,顫抖著身軀,道:「好厲害的『碎玉功』!」

他急忙盤膝坐在地上,默默運功療治身上的傷勢,在那頂門上立時冒出一股熱騰騰的白氣,繚繞在他的臉上。

「哇!」段皇爺非常痛苦地吐出一口鮮血,目中神光忽然淡去,他恍如非常傷心的樣子,嘴唇輕輕顫動,喘息道:「你的功夫竟也這樣的厲害,我的『碎玉功』居然破不了你的『幽靈功』……。這樣看來,幽靈大帝的名字果然並非虛傳。」

他身形歪歪斜斜晃了幾步,氣血突然往外一瀉,心裡一驚,急忙取出一顆九藥塞住口中,跌倒在地上暈了過去。

「嘿，那小子跑得好快！」

在石砥中背後傳來谷雲飛叫囂的聲音，他經過這陣狂亂的奔馳之後，那股無形的毒氣已在他體內發作，他痛苦地低哼一聲，急忙藏身在一塊大石頭的後面。

× × ×

各派的高手追蹤而至，竟沒有人發現他藏在這裡，距離他藏身巨石後不遠處，那茂密的花叢裡突然伸出一隻潔白如玉的手掌向石砥中招了招。

石砥中愣了愣，急忙閃身向花叢走去，他還未看清楚對方是誰，一隻柔軟的手掌已伸到他的面前搖了搖，示意他不要發出聲音來。

他目光驟地觸及對方的臉龐，心神突然一顫，想不到這個少女竟會是西門婕！他茫然望著她，連自己都不知道感覺是什麼滋味。

西門婕幽怨地望著他，在那深邃如夢的眸子裡閃過一絲淚光，她望著臉色隱隱透出一股青氣的石砥中，那股快要熄滅的愛情火花陡然又燃燒起來，一種女人的矜持使她儘量克制住自己的衝動。

她滿臉驚疑，輕聲道：「你中毒了！」

石砥中這時心裡有一種想要嘔吐的感覺，他驟覺全身的勁力消逝無存，在

那胸間隱隱有種麻痺的感覺，他苦澀地一笑，道：「這是你爹爹！」

西門婕想起爹爹的無情，頓時無限的悲傷湧上心頭，她淒涼地嘆了口氣，幾顆晶瑩的淚珠滾落下來，她急忙拿出一顆渾圓的大珠子塞進石砥中的嘴裡，輕聲道：「這是『辟毒珠』能解百毒。」

石砥中急忙含在嘴裡，只覺一股清涼的快感順喉而下，頓時一股怒火湧上心頭，他急忙吐出那顆辟毒珠，怒道：「你爹太可恨了，我永遠不能饒恕他。」

西門婕全身驚顫，這男子的聲調永遠都是這麼強而有力的震撼她的心神，她惶恐地顫聲道：「你要殺死我爹爹嗎？」

石砥中冷漠地道：「為了整個天下武林，我只有這麼做。」

她輕笑道：「砥中，你能原諒我的爹爹嗎？」

石砥中想到幽靈大帝的惡毒詭計，害得他幾乎不能在武林中立足，頓時一股怒火湧上心頭，他急忙吐出那顆辟毒珠，怒道：「你爹太可恨了，我永遠不能饒恕他。」

西門婕癡癡凝視著這個曾令她心碎的男子臉上，淒涼一笑，使正在療毒的石砥中都不覺黯然，急忙低下頭去，怕和她那薄霧似的眸子相接。

她輕拭臉上的淚痕，淒涼一笑，西門熊迴然不同，真難以令人相信，西門熊會有這樣一個好女兒！」

爹爹西門熊迴然不同，真難以令人相信，西門熊會有這樣一個好女兒！」

不由一清，不由疾忖道：「我認識的女子都是那麼多情，西門婕溫柔善良，和她爹爹西門熊迴然不同，真難以令人相信，西門熊會有這樣一個好女兒！」

「呃！」西門婕悲傷地呃了一聲，在她淚影迷濛的眼眸裡，恍如看見西門熊濺血在滾滾黃沙中。

她深愛她的父親，甚至比自己的生命都重要，她顫聲道：「我知道你不會放過我爹爹，砥中，你假如真要這樣做，我就幫你達成這個願望，但是你一定會後悔。」

石砥中一愣，想不到西門婕會大義凜然，幫助自己殺死她的爹爹，他有些不信地道：「你⋯⋯。」

西門婕堅定地道：「在明日拂曉之前，我和爹爹在大漠等你⋯⋯爹也許作孽太多了，連我也沒有辦法再幫助他。」

悲傷的語聲幽幽傳出，她忽然有一股衝動，撲進石砥中懷裡痛哭起來，愁眉輕顰，石砥中輕輕撫弄她的髮絲，輕嘆道：「你不要傷心，我不殺你爹。」

西門婕緩緩仰起臉來，顫聲道：「我不希望你是看在我的面子上而改變主意，砥中，明天我和爹爹必去和你解決所有的恩怨。」

石砥中輕嘆口氣，道：「好吧！我和你爹公平地解決就是。」

語音未落，他忽然瞥見幽靈大帝西門熊和西門錡雙雙向這裡走來，石砥中急忙躲在花叢中，連動都不敢動一下，而西門婕也緊緊抓住他的手臂。

西門錡跟隨在西門熊的身後，問道：「爹，羅戟和何小媛該如何處理？」

西門熊冷冷地道：「進入這情人谷的，一個也不能留下，我當初若不施展出大漠鵬城的誘惑力，這些心腹之患還真不容易除去。」

西門錡嗯了一聲，又道：「不知石砥中跑到哪裡去了？」

西門熊冷哼道：「他絕跑不了，今日我若不親手殺死他，實難洩心頭之恨。」

西門熊嘿嘿一陣冷笑，揚掌連擊三下，只見掌聲一落，自那前方花林中走出四個黑衣漢子，這四個漢子押著何小媛和羅戟向幽靈大帝這裡走來。

何小媛髮絲披散在肩後，她臉色紫青，一見到西門熊，就氣得破口大罵：「西門熊，你想對姑奶奶怎樣？」

西門熊冷冷地道：「你少吼幾聲留點體力，本大帝還有事要問你。」

羅戟性情剛烈，雖然身上穴道被制，他還是沒有絲毫懼色。只聽他鼻子裡透出一聲重重的冷哼，厲喝道：「西門熊，你有種把大爺放了，我們好好鬥上一鬥，我死在你手裡，只怨自己學藝不精。」

西門錡上前給了羅戟一巴掌，喝道：「你是什麼東西，也敢這樣無禮！」

羅戟怒視著西門錡，大吼道：「這一掌我記下了，只要我羅戟有一口氣在，誓報今日之恥……。」

何小媛見西門錡在羅戟臉上重重擊了一掌，臉色登時大變，她和羅戟同生

共死不知多少次，從未像今日這樣狼狽，她怒叱道：「西門熊，你兒子太欺負人了！」

西門熊嘿嘿笑道：「何姑娘，本大帝敬你是一方之主，希望你趕快下令將海神幫解散，免得本大帝再多費唇舌。」

「呸！」何小媛怒極揚聲大笑，道：「你放屁！西門熊，我老實告訴你，我未來這裡之前，已將海神幫高手調往幽靈宮去了，只要我遇有不測，我的手下便會將幽靈宮踏平。」

西門熊心中一震，問道：「真的？」

何小媛冷冷道：「當然，幽靈宮又不是銅牆鐵壁，我相信只要千毒郎君一個人，就足將幽靈宮鬧得天翻地覆，驟然聽到海神幫大犯幽靈宮的消息，心裡不由一急，臉上立時顯現出一片憂慮之色，他急得怒吼一聲，道：「爹！我們得趕快回幽靈宮！」

西門熊冷冷地道：「沒有什麼了不起的事情，錡兒，你快將他倆關進水牢，爹爹現在就去找石砥中，幽靈宮的事不用急，我自有安排。」

西門錡恭敬地答應一聲，和那四個漢子押著何小媛和羅戟離去。西門熊連笑數聲，曳著袍角飛躍而去。

西門熊繞過這一片花樹向正前面馳去,轉眼便失去了蹤影。

石砥中長吸一口氣,腦海中疾忖道:「想不到西門熊故布疑陣,騙了所有武林同道趕來這裡送死,哼!西門熊,明日我非殺了你不可!」

西門婕站起身來,沉痛地道:「我還要去把那些被困的人救出來,你快跟我走出這裡,否則你會落在我爹的手上,因為這裡機關密布,稍一不慎就會送命。」

石砥中感激地望了她一眼,尾隨著她離去。

第十七章　香消玉殞

在破曉之前，大地茫茫一片，深濃的白霧濛濛罩滿了漠野，使得覆滿黃沙的地面看似白霜如雪……

晨曦尚未來臨之前，靜謐的漠野突然蕩起一串清脆的銅鈴聲，有節奏地傳了過來，那響徹穹空的鈴聲繚繞在濃密的白霧裡，恍如一個仙子搖著銀鈴踏著白雲御行於空際。

白霧翻捲如浮雲般擴散著。

在淡逝的雲霧裡，石砥中輕跨汗血寶馬向前飛馳著，除了「叮鈴」的銅鈴聲附和著不規則的蹄聲外，其他什麼聲音都沒有。

一股寒風吹拂在他的臉頰上，有種冰涼刺心的感覺，他抖落滿身的露珠，悲涼地嘆了口氣。

第十七章 香消玉殞

天地間雖然是這樣的冷寒，可是他卻氣血沸騰，一股濃烈的煞氣浮現在他的臉上，雙目有如利刃似的凝視茫茫白霧，恍如在尋找什麼。

他冷冷地笑了笑，自言自語道：「一個人最難等待的事情莫過於和仇人訂下約會，我真希望時光飛逝，讓我立刻和幽靈大帝見面⋯⋯。」

此刻他只覺得時間甚為緩慢，像是經過一段漫長難耐的日子一樣，漠野裡沒有一絲人跡出現，他暗忖道：「我怎會如此癡傻，竟會相信一個女子的話，幽靈大帝就算敢來，他也不會單獨與我決鬥。」

這個意念尚未消逝，另一個意念閃電似地掠過他的腦海，使他駭懼的顫抖起來，疾快忖思道：「這個狠毒的女人，莫非是想幫他父親殺死我，而故意和我私訂後會之期，然後派出幽靈宮的高手，務必將我除去。」

忖念甫逝，在他腦海裡飛快地浮現出西門婕那雙幽怨的眼睛，在烏黑的眸中帶有淒涼的淚影，在那些過往的回憶裡，石砥中很快地又否定了先前的想法。

「不會的！她不是那種人！」他暗恨自己居然有這種念頭，不該懷疑一個深愛自己的女人會暗害自己走向死亡之路。

他喃喃道：「我不該懷疑一個純潔的女子，她是那麼善良，那麼溫柔，令人不敢相信西門熊會有這樣的女兒。」

回天劍客石砥中想到這裡，豪氣干雲地一聲大笑，響徹整個冷清的漠野。

他笑聲一歇，突然凝神聆聽了一會，只聽一串蹄聲遙遙傳來⋯⋯

「來了！西門熊終於來了！」

當他想到自己即將和這個陰險詭譎的老江湖單獨相會之時，他不禁緊張起來。

在這一刻，他不希望西門婕也跟來，他相信自己如果當著西門婕的面殺死幽靈大帝西門熊，非但西門婕會感到十分痛苦，連他也會對這女子永遠心懷歉疚，因為她總是西門熊的女兒。

石砥中深吸口氣，讓那些紛亂的思緒急快冷靜下來，他晃身輕輕飄落在地上，抖了抖身上的寒霜。

他高聲吼道：「西門熊，我在這裡！」

嘹亮的吼聲震得地上沙石飛濺起來，連十里外都能清晰聽見這金石般的大吼，但空曠的漠野如舊，沒有一絲回音。

石砥中沒有聽到幽靈大帝西門熊的回答，他恨得揮掌在地上擊出一個深深的大坑，怒笑道：「只要他來了，我就不怕他跑！」

他正想再怒吼一聲的時候，那濃密的白霧中，一個人影陡然躍進石砥中的眼前，果然正是西門熊！

第十七章 香消玉殞

幽靈大帝西門熊披著長斗篷，頭上圍著長巾，僅有兩隻眼睛和薄薄的嘴唇露在外面，他冷冷地望著回天劍客石砥中，高高舉起右掌，朝石砥中逼來。

石砥中目中幾乎要噴出火來，他怒吼一聲衝了上去，狂聲道：「這將是公平的決鬥！」

在白茫茫的雲霧裡，他無法看清楚西門熊到底穿的是什麼衣服，雙方在不及五尺的距離，西門熊撩掌擊了過來。

回天劍客石砥中陡然閃身，沉聲道：「西門熊，我們不死不休！」

西門熊始終是不發一語，見石砥中避過自己一掌，只是冷哼一聲，閃電般又劈出一掌，這一掌像是他畢聚全身勁力所發，一股狂飆挾著異嘯翻捲而來。

回天劍客石砥中怒吼一聲，迎向那股擊來的掌勁，陡地一掌揮出，兩股大力發雷似的撞在一起。

「砰！」的一聲大響傳了開來。

幽靈大帝西門熊全身劇顫，被震退了五、六步，方始穩住幾乎仆倒的身子，他驚悸地望著石砥中，嘴唇顫動，卻沒有發出一絲聲響。

石砥中冷漠地笑道：「你活的日子不長了！」

他幾乎不敢相信幽靈大帝的功力竟會驟然減退，回天劍客石砥中想起西門熊機詐百出，可能暗藏掌力隱而不發，欲使自己上當，那股濃烈的殺氣頓時又

瀰漫布起，充塞於心田之間。

他冷哼一聲，將全身勁道運集於右掌，一道流灩的光華自掌心吐出，在電光石火間斜劈而去。

澎湃的掌勁激蕩而來，西門熊目中閃過一絲恐怖之色，他雖然斜斜的舉起手掌，竟然沒有抵抗。

「呃！」

那流灩的白芒一斂，幽靈大帝西門熊發出一聲慘呃，身子顫抖搖晃了幾下，一縷血水自嘴角上流出，染在覆在臉上的長巾上殷紅的一片。

石砥中狠狠打了幽靈大帝一掌，只覺有一股從未有過的暢快湧上心頭，不禁仰望穹空哈哈大笑。

他雙目如炬，恨恨地道：「西門熊，你終於死在我的『斷銀手』下⋯⋯。」

幽靈大帝西門熊深深凝望了石砥中一眼，在那深遂的眸瞳有一行淚水漾出，痛苦地呃了一聲，身子砰地仆倒在地上，連一句話也沒說。

石砥中眼見這個雄霸一方的武林宗主死在自己掌下，心頭那股快意掩去他的理智，他根本沒有留意西門熊眼中那種奇異的神色。

他哈哈大笑道：「西門熊一死，江湖上再也沒有紛爭了。」

當他想到這個令人唾棄的老人將就此死去之時，心中那股怒火不禁又燃燒

第十七章 香消玉殞

起來，他將西門熊翻過身來，大喝道：「西門熊，你死得太便宜了！」語音甫逝，他的目光忽然凝結住了，只見覆在西門熊臉上的長巾一落，露出一束女人的長髮……。

石砥中惶悚地顫抖一下，大吼道：「你不是西門熊！」

陡然那個身負重傷的女子又發出一聲痛苦的呻吟，緩緩翻過身來，她淚珠自眸眶裡顆顆滾落，痛苦地道：「石砥中，你該滿足了。」

回天劍客石砥中作夢也沒有料到西門婕會冒充幽靈大帝西門熊，代替她父親和自己結一切恩怨，他痛苦地摟著即將死去的西門婕，狂吼道：「你為什麼要這樣？為什麼？」

「英雄有淚不輕彈，只是未到傷心處。」石砥中只覺心裡有一股說不出的難過，在那冷峻的目光裡，竟也閃現出濕濡的淚影，清瑩的淚珠自他的腮頰上滑過順著嘴角流下。

他後悔自己沒看清楚對方便下此狠手，他痛苦地望著自己那隻沾滿血腥的手掌，在那淚水朦朧的目光裡，恍如看見自己的雙手染滿鮮血，驟然變得通紅……。

西門婕身軀泛起陣陣顫抖，她強自忍著那錐心刺骨的痛苦，只覺自己在臨死前能倒在愛人的懷裡，縱然是頃刻間死去，對這塵世也再沒有任何遺憾

之事。

她臉色蒼白沒有一絲血色，急促地喘息使得她高聳的胸部起伏不定，她想拭去眼角的淚水，可是此刻她連抬手的力量都沒有。

她痛苦地嘆了口氣，嘴唇顫動，喘息道：「砥中，砥中，你不要難過，這不能怪你……。」

「不！」石砥中發出一聲狂吼，道：「是我害死你，是我害死你……。」

他痛苦地緊緊摟住西門婕的身軀，惟恐她那一縷芳魂驟然離去，一股悔恨在他心底激盪。

他悲傷地伸出左掌從地上抓起一把黃沙，顆顆沙礫從他的指縫間流出，曉得西門婕的生命將像那散沙一樣，再也留不住了。

西門婕又噴出三口鮮血，苦澀一笑，顫聲道：「砥中，你知道天地間什麼事最可怕？」

石砥中一怔，沒料到她在死亡前的這一刻會突然提出這個問題，他腦海中混亂異常，不覺衝口道：「死最可怕！」

果然，西門婕臉上立時掠過一層陰霾，她恐懼地抽搐著，一雙手緊緊抓住石砥中的手臂，顫聲道：「請你不要離開我，等我安靜地死去，你再……。」

一股氣血自胸間衝了上來，她的話聲一噎，雙目緩緩低垂下去，沿著嘴角

第十七章 香消玉殞

流下的鮮血越來越多，染遍胸前的衣衫，她恍如變成一個血人……。

石砥中搖晃她的身軀，大吼道：「你不能死，你不能死！」

沉痛的吼聲燼燼消逝在空曠的漠野。

淒涼的夜晚，淒涼的故事，天地間似乎只有這兩個人存在，而其中一個卻即將死去，連那無情荒地都為這對男女感到悲傷。

西門婕無力的又睜開淚眼，石砥中的臉龐在她眼裡僅是模糊一片，她淒涼地喘息道：「讓我看你一眼再死去……。」

石砥中無法聽清楚她的話語，他搖晃她的身子，大聲叫道：「婕妹妹，你說什麼？是我害了你……。」

他的心有如受到一柄無形的巨錘重重擊著，被擊成碎片……。他痛苦地吼了一聲，伏在西門婕身上哭了起來。

忽然在他的耳際恍如聽到西門婕在迢迢黃泉路上向他發出乞求的語聲，字字句句都鑽進他心裡。

「請你把我葬在這片黃沙之下吧！我唯一摯愛的石砥中，請你不要懷念我，盡可能忘記過去的一切。」

這話語彷彿來自遙遙雲霄，清晰的飄蕩在石砥中的耳際，他驚悸地凝視西門婕，只見她的頭緩緩垂落下去，如雲的髮絲仍在夜風中飄拂……。

「呃!」

他悲痛地低嘆一聲,恍如置身在冰天雪地之中,那如夢似幻的一剎那,一個女子在他手中失去了性命。

自覺罪過使石砥中幾乎沒臉活下去,他抱著西門婕,沙啞的大吼道:「西門婕,西門婕——」

他悲哀的吼聲雖然在漠野迴盪許久,可是再也喚不回她的靈魂,她已從這個世界走進另一個世界,很快就消逝了,惟有那茫茫雲霧永遠伴隨她那縷芳魂,虛無飄渺地在世間遊蕩⋯⋯。

石砥中望著即將破曉的穹空,發出一聲痛苦的嘆息,東方露出一道魚肚白的曙光。他輕拭臉上的淚痕,道:「我要找一個沒人知曉的地方埋葬她。」

他緊緊抱著西門婕向茫茫漠野走去,在繚繞的雲霧裡,他顯得那麼孤獨,那麼悲傷⋯⋯。

× × ×

石砥中正要離開,一個幽靈似的人影如電射來,他目光四掃,見地上那一灘血漬,這個人心神一顫,望著鮮紅的血水,顫道:「我來晚了,這是石砥中

第十七章　香消玉殞

「幽靈大帝西門熊一念及此，急出一身冷汗，他寒慄地打了個冷顫，向白茫茫的漠野一瞥，陡然被石砥中那逐漸消逝的身影震懾住了。

他一曳袍角斜躍而去，大喝道：「石砥中！」

石砥中的神智正陷於痛苦的深淵裡，這聲沉重的暴喝，依然向前走著⋯⋯。

西門熊怒吼一聲，追了上去，他揚掌喝道：「石砥中，我女兒在哪裡？」

石砥中茫然轉過身子，臉上冷漠得沒有一絲表情，僅是冷靜地望著西門熊，沉默了好一會，才緩緩地道：「你來得太晚了。」

幽靈大帝西門熊驟見西門婕靜靜躺在石砥中的懷裡，陡地發狂起來，他痛苦地大吼一聲，道：「婕兒，婕兒！」

他衝到回天劍客石砥中的身前，忙將西門婕搶了過來，只覺入手冰涼，他那心愛的女兒已氣絕多時，他淒然流下晶瑩的淚水，痛苦地把西門婕放在地上。

他自懷中拿出一條絲帕輕拭西門婕臉上的血漬，他像是一個慈愛的父親一樣，輕聲說道：「孩子，你睡吧！爹爹就在你身邊。」

他喃喃低語一會，忽然仰頭望著石砥中哈哈大笑起來，這陣笑聲來得太突

然，使石砥中不由一怔。

西門熊指著石砥中，大笑道：「我要把我的女兒許配給你，哈，哈！」

笑聲一斂，他忽又滿臉煞氣，大喝道：「還我女兒命來，是你殺了婕兒。」

他目眥欲裂，頭上髮絲根根倒豎，揚起巨掌在空中兜一大弧，斜斜劈了過來。

石砥中心神一顫，腦海中疾快忖思道：「看西門熊這種傷心的樣子，莫非已經瘋了！我雖有心想殺西門熊，可是看在西門婕的份上，只好再饒他一次……唉！一個多情的女子竟像一顆流曳於空際的殞星一樣，再也不會發出閃爍的光芒了。」

他痛苦地避開西門熊的一掌，沉聲道：「你害死了你的女兒，如果西門婕不是為了你，她也不會死在我的掌下。西門熊，你冷靜想一想……。」

幽靈大帝西門熊因為驟見自己鍾愛的女兒死去，心靈上所受的創傷使他完全失去理智，紛亂情緒刺激得他像發瘋一樣，石砥中的話聲沉重有力的敲進他心中，他痛苦地大吼一聲，伏在西門婕的身上哭了起來。

他高舉雙手，大吼道：「天哪，請你還我孩子！」

他說著，便抱起西門婕跟蹌向前走去，嘴裡不停大叫道：「婕兒，婕兒，我的孩子！」

石砥中直望著他的背影消逝於翻捲的白霧中，方自痛苦中清醒過來，他臉上掛滿悲傷的淚水，淒涼地望著西門婕留在地上的那灘血漬。

他半跪身子，抓起一把染紅的黃沙，痛苦地道：「婕妹，我不該奪去你寶貴的生命，你將永遠活在我的心裡。」

他神情恍惚，不知不覺在地上歪歪斜斜寫著西門婕的名字，彷彿只有這樣才能抒解他心靈上的痛苦。

「讓這件傷痛永遠存在我心底吧！在有限的生命裡，我要做些更有意義的事情，才能對得起死在我手裡的這個美麗的女子⋯⋯。」

在他心裡發出哀痛的吼聲，他獨自跪在這冷寒的晨霧裡，像是一個待罪者，懊悔自己的罪孽，又像是一個迷途的孩子，站在茫茫天地間，仰首望著穹空，看望得到神靈的指示。

時間也不知過了多久，石砥中在朦朧中被一陣悲慘的呼喚驚醒，他抹去臉上的淚痕，凝神聆聽。

「我的孩子，我的孩子⋯⋯。」

西門熊抱著西門婕又奔了回來，他像在躲避什麼人的追蹤似的，慌亂地朝向石砥中身前跑來。

他驚懼地望著石砥中，大吼道：「我的孩子，他們要搶我的孩子⋯⋯。」

說完便躲在石砥中的身後，好像怕被什麼人發現似的，石砥中愣了一愣，凝目四望，只見西門錡喘著氣，率領四個漢子如飛馳來。

西門錡急聲喚道：「爹！」

西門熊身形後退，怒喝道：「誰是你爹，我不認識你！」

西門錡全身陡然一顫，道：「爹，你真的瘋了！」

西門熊茫然望著西門錡，當真是連自己的兒子都不認得了，目中閃過一絲凶光，他這時神智已亂，根本不知自己的過去與現在，驟見西門錡向他走來，驚悸地又退後一步，那顫抖的身子搖搖晃晃，幾乎連身軀都站立不住。

石砥中深知一個年紀太大的人無法接受這殘酷的刺激，西門婕之死不但傷了自己的心，連西門熊那樣陰險，城府深沉的人都承受不了，可見這個打擊是如何沉重。

石砥中暗自嘆了口氣，道：「你父親受的刺激太深，不要再去煩他。」

西門錡目眶中含著滾動的淚水，他恨恨地斜睨了石砥中一眼，仇恨的烈火自心底焚起。

他寒著臉冷冷地道：「我妹妹是不是你殺的？」

石砥中臉上痛苦地抽搐著，顫聲道：「關於這件事，我不知該怎麼說才好。」

西門錡掣出懸掛於腰上的長劍，恨恨地道：「你殺死我妹妹，又逼瘋我爹

第十七章 香消玉殞

爹，石砥中，你和我們西門家的恩怨難解，我一輩子也不會原諒你……。」

石砥中這時心靈上的痛苦遠比遭受利刃剜割還勝百倍，他悲涼大笑，輕嘆一聲，如冰的臉上綻現出一種從未有過的痛苦之色。

他深深嘆了口氣，道：「西門錡，請你不要再說了，我心裡的自責已經夠受了，關於令妹之死，我十分遺憾！」

西門錡一顫長劍，道：「說得倒輕鬆，我不領這個情。」

陡然，他一挫身形，長劍如雨灑出，在空際顫起一道冷寒的光弧，耀眼的劍芒飛射而去！

石砥中此刻沒有心情和西門錡動手，他逼不得已擊了一股掌風，將那劈來的長劍震開，大喝道：「西門錡，你先住手！」

西門錡雙目赤紅，滿臉怒氣，他目光輕輕一瞥，只見石砥中臉上流露出凜然不可侵犯的神色，他冷哼一聲，身形倏地退後幾步，冷冷地道：「你還有何話好說？」

石砥中長嘆一聲，道：「令妹在死前要我把她埋葬在這片黃沙之下，我想先達成令妹的遺言，請你幫助我完成這件事後，再解決我們的事！」

西門錡怒叱一聲，道：「什麼？我妹妹豈能單獨葬在這種地方，石砥中，我看你太自私了！」

石砥中冷冷地道：「不管你怎麼說，我必須完成這件事，如果你想阻止的話，別說我回天劍客太過無情！」

他斜伸右掌，高高抬起，突然搖空一擊，轟然聲中，一道濛濛沙霧瀰空布起，流射的沙石緩緩落下，地上現出一個深深的大坑。

這聲大響震得西門錡和四個隨來的高手同時一駭，滿面驚詫望著石砥中，像是被這男子的功力震懾住。

石砥中冷冷地道：「我這樣做，完全是令妹的意思……。」

他昂然走到西門熊的身前，伸出手把西門婕接過來。西門熊似乎已經冷靜下來，他茫然望著石砥中，嘴唇輕輕顫動，竟一句話也說不出來。

突然，西門熊撩掌劈出，大吼道：「還我女兒！」

石砥中陡地一個大旋身，骈指如戟，疾快地點了西門熊三個六道。

西門熊雖然功力深厚，無奈神智喪失，手腳遲鈍，連閃避的念頭都沒有，頓時僵立在地上。

西門錡神色大變，怒吼道：「你對我爹也下如此毒手？」

石砥中冷漠地道：「我這樣做，對他只有好處沒有壞處。」

他根本不理會西門錡，非常肅穆地將西門婕放進那個大坑裡，兩行熱淚奪眶而出，他痛苦地抓住自己的頭髮，良久說不出一句話來。

一陣颶風呼嘯而來，挾著滾滾黃沙瀰空而起，顆顆沙礫掩在西門婕的身上，在這激旋的風沙裡，一個純情美麗的少女永遠埋進黃沙底下。

嗚咽的風沙無情地吹起，追悼這個美麗的少女……。

一代美人終於含笑九泉，在迢迢黃泉路上，她沒有一絲遺憾地走了。若天地有靈，但願她能聽到石砥中悲傷的語聲。

「請你安息在天國，我會天天祝福你！」

石砥中癡癡望著那堆隆起的黃沙，他腦海中這時仍盤旋著西門婕的倩影。

西門錡凝立在石砥中身後，望著他的背影，臉上忽然湧上一股殺氣，他冷哼一聲，叱道：「石砥中，我們拚了！」

在電光石火間，他驟地揮起手掌劈了過去！

「砰！」

石砥中在猝及不防下，那寬闊的背上結實地挨了一掌，他呻吟一聲，身子搖晃一下，張口吐出一口鮮血。

他疾快地一個大轉身，道：「這一掌我不和你計較……。」

西門錡一愣，沒有想到回天劍客石砥中會變得如此仁慈，他嘿嘿連聲大笑，上前連跨幾步，喝道：「好不要臉的東西，你以為這樣我就會放過你嗎？」

劍勢顫動，一劍破空撩出！

石砥中冷哼一聲，怒道：「你這是自己找死！」

他見西門錡如此不知進退，頓時一股怒火湧上心頭，在那彎彎菱形的嘴角弧線上顯現冷傲的笑意。

身形一弓，疾躍而起，穿過那疾射而來的劍光，石砥中以幻化無匹的身法，電快地抓住西門錡握劍的手腕。

「叮！」西門錡只覺手臂一麻，手上的長劍甩落數尺之外，他冷哼一聲，狠狠地道：「姓石的，算你狠！」

石砥中正要教訓一下這個凶惡之徒，驀見那四個始終未發一言的漢子向他撲來，他冷哼一聲，怒喝道：「誰敢過來，我就先殺死他！」

那四個大漢心中大駭，急忙停下身子，不敢再向前一步。

石砥中暗自嘆了口氣，疾快忖道：「我已殺死了西門婕，不能再殺死西門錡，幽靈大帝雖然罪有應得，我總不能斷其後⋯⋯」

他將抓西門錡的手一鬆，冷冷地道：「看在你妹妹的份上，我再饒你一次。」

說完身形如電，向汗血寶馬射去。

蹄聲又響，激蕩在靜謐的漠野。

一縷金色晨光穿過雲層射在地上，美好的一天又再開始了。

第十八章　雪嶺七雄

雁門關外野人家，朝穿皮襖午穿紗。

天蒼蒼，野茫茫，風吹草低見牛羊。

石砥中茫然望著眼前無際的大草原，落寞地嘆了口氣，那慘痛的回憶，有如毒蛇似的嚙噬他的心。

在這漫長的旅途上，西門婕之死無形中影響他的情緒，使他終日沉淪於痛苦的自責裡，憂憂寡歡。

他淒涼笑道：「我必須要躲得遠遠的，最好找一個沒有人曉得我的地方，去追悼西門婕的死，我願承受一切的寂寞與孤獨。」

在他的眼前如夢似幻映出自己掌劈西門婕的影像，像一柄利劍絞刺著他那顆凍結的心靈，片片碎裂開來⋯⋯。

蒼茫的大草原在陽光下呈現一片白色，那成群的綿羊在大草原上安靜地四處走動，幾個牧人輕吹笛子，哼著流傳於草原上的情歌，恬靜的享受屬於牧人的快樂。

石砥中斜睨牧人一眼，輕輕嘆了口氣，自語道：「我寧願做個無憂無慮的牧童，脫出江湖上的恩怨情仇，終日與大自然為伍，享受真正的人生。」

輕脆的蹄聲響著，石砥中只覺一縷惆悵泛上心頭，孤寂地望著出現在他眼前的一個蒙古包。

他暗暗嘆了口氣，忖道：「我經過三天的奔馳，連自己都不知要流落何處，想不到晃眼之間，我已到了雁門關外大草原上的牧場⋯⋯。」

他緩緩奔馳著，不知不覺到了那個蒙古包前面。

突然，在他耳際響起一陣犬吠聲，只見撲來三隻黑獒犬，正待喝叱，胯下坐騎已驚嘶一聲暴身退去。

那三隻黑獒犬似是經過嚴格訓練，這一撲擊沒有傷到汗血寶馬，立時分散開來，各踞一角露出閃閃凶光，不時發出令人心悸的犬吠，向石砥中咆哮著⋯⋯。

石砥中看得搖頭嘆息，自語道：「虎落平陽被犬欺，這句話真應驗在我身上了。」

第十八章 雪嶺七雄

他正要將這三隻黑獒犬趕走的時候，那拱形的蒙古包裡突然響起一聲清叱，低垂的簾幕掀起，一個身著蒙古裝束的少女緩緩走了出來，石砥中看得一愣，沒有料到在邊陲塞外之地會有如此美麗俏豔的少女。

那少女一雙烏溜溜的大眼睛配上挺直的鼻樑，彎彎的嘴角，紅紅的香唇，尚未說話已先透出笑意。

她手執長鞭，腳履薄靴，那三隻威猛的黑獒犬驟見她走了出來，輕吠一聲，搖頭擺尾轉頭走開，偶而仍含有敵意的回頭望著石砥中。

這少女輕叱一聲，道：「畜生，當真要挨打了！」

細長的鞭子在空中一揚，黑獒犬嚇得奔逃而去。

她輕輕一笑，斜睨石砥中道：「對不起，你受驚了！」

石砥中沒有料到一個蒙古少女會說得如此流利的漢語，他愣了愣，才自沉思中清醒過來，忙道：「哪裡！哪裡！」

那少女眼睛在石砥中身上一溜，道：「你大概才來這兒，走！我領你去見我爹！」

她也不管石砥中同意不同意，輕嘯一聲，一隻全身漆黑沒有轡頭的駿馬如飛而至，她身手矯健，晃身而起，長鞭揚顫，黑馬疾射而去，石砥中茫然跟在這個陌生少女的身後，連自己都不知道她要領他到哪裡去。

一路上真是天蒼蒼、野茫茫,風吹草低見牛羊,有牛羊的地方就有蒙古包,遠看像座墳墓,加之草原枯黃,特別予人一種悲涼的感覺。

白綿羊群集在一塊吃草,像一團團白雲飛雪,沒有絡頭的馬不時引頸長嘶,或是一窩蜂地揚起尾巴奔馳起來,個個驃壯肉肥。

煙塵滾滾,風沙在石砥中耳邊呼嘯而過,黑馬是一匹快馬,又高又大,汗血寶馬自亦不弱,牠緊追不捨,鼻子裡噴出兩道白氣,頃刻便到了一堆蒙古包前。

那少女晃身飄落地上,回頭向石砥中嫣然一笑,走向一座大而漂亮的蒙古包。

石砥中朝這座特別龐大的蒙古包一望,只見兩條鞭子迎向少女的跟前,他倆俱長得古銅色臉,寬闊的肩,皮靴在黃沙路上一步一腳印,那少女向兩個粗獷雄健的鞭子低低說了幾句蒙古話,他們便又回到蒙古包兩旁。

石砥中身子自汗血寶馬背上輕靈飄落,那兩個粗獷的鞭子滿臉異色,少女回身一招,石砥中急忙走上前去。

簾幕輕掀,石砥中只覺眼前一亮,只見這蒙古包裡非常寬敞,上方擺設一尊瓷觀音,一對瓷花瓶,地上鋪著厚厚的羊毛毯,壁上還掛了不少上好的羊皮。

「啊！」一個粗獷的聲音道：「扎爾烏蘭，這位是——」

那少女躬身道：「一個過路人⋯⋯。」

石砥中目光才瞥及盤坐在蒙古包裡的三個人，心神陡地一顫，腦海在電光石火間忖思道：「真是冤家路窄，想不到在這裡遇到東方剛和趙韶琴，不知又有何事發生⋯⋯。」

天龍大帝東方剛和趙韶琴皆低垂雙目，盤膝坐在紅毛毯上，在他倆面前放了一個光溜溜的黃楊木盆。

兩人似是不知回天劍客石砥中進來，連眼皮都沒抬。只有一個留著山羊鬍鬚的老蒙古人獨自飲著烈酒，他手裡拿著一柄解手刀，正割下烤熟的羊肉吃。

扎爾烏蘭明媚的向石砥中一笑，道：「這是爹爹，扎爾烏達王爺⋯⋯。」

石砥中報了姓名，扎爾烏達王爺呵呵一笑，道：「石蠻子，你儘管在這裡吃喝，但別的事可不要管。」

石砥中正要說話，扎爾烏蘭向他施個臉色，如飛地走出蒙古包外，這蒙古包裡此時雖有四個人，卻沒有一個人說話，好像沒有人一樣。

忽然，從篷幕外傳來「叮噹！叮噹」的銅鈴聲，扎爾烏達王爺神情肅默聆聽一會，緊張地望向篷幕之外，但這陣銅鈴聲之後，便再也沒有其他聲音了。

過了一會，篷幕外響起一陣皮靴的沙沙聲響，只聽一陣陰冷的笑聲過後，

空中響起霹靂般的大吼道：「扎爾烏達，你還不快給我滾出來！」

扎爾烏達王爺像是非常懼怕篷幕外的人，他全身一陣顫抖，正準備要走出去，東方剛霍地睜開雙目，將他肩頭一按，輕聲道：「你不要出去，等他們進來──」

他突然瞥見回天劍客石砥中也坐在裡面，似乎先是一怔，僅僅望了他一眼，便沒有再說話，雙眉不由緊皺。

扎爾烏達王爺心神稍定，大聲道：「庫軍，你進來吧！」

幕外響起一串嘿嘿冷笑之聲，藏土第一高手庫軍大師領著三個面帶病容的老者走了進來，他面泛驚異地望了石砥中一眼，如冰的臉上忽然顯現出詭異的笑容。

這三個滿臉病容的老人驟然出現，東方剛和趙韶琴的臉色同時大變，他倆神色凝重地瞪視這三個老人，竟然什麼話都沒有說。

庫軍大師冷漠地掃視篷幕裡的四人一眼，道：「今天來的高手好像還不少？」

東方剛目光如刃，冷叱道：「庫軍，這是什麼地方，還有你說話的餘地嗎？」

庫軍被那如刃的眼光所逼，來時的凶焰不禁微斂，他深知這篷幕裡的人沒

第十八章 雪嶺七雄

有一個弱者，憤怒地冷哼一聲，默然退後幾步。

那三個瘦削的老者同時冷笑連聲，向趙韶琴的身前走去，同時三個人全身骨骼一陣密響，通體的衣袍隆隆鼓起，滿臉煞氣地瞪著趙韶琴。

趙韶琴冷叱一聲，怒道：「洪大哥，你和朱二哥、尹三哥想要幹什麼？」

這三個老人驟聞這些話語，全都泛起一陣顫抖，不自覺地一閃身形。

那當中的洪大哥冷冷道：「趙韶琴，你還記得我們這些死裡逃生的兄弟嗎？我們雪嶺七雄如今只剩下這幾個人，那筆血仇我們時刻未忘。若你還念兄弟之情，就把白龍湖主藏匿的地方說出來，否則……。」

趙韶琴搖頭道：「這些往事都已煙消雲散，白龍湖主一代仙人早已登道西去，如今三位哥哥還要報仇，恐怕沒有這個機會了！」

這三個僅餘的雪嶺七雄洪大哥、朱二哥及尹三哥齊變臉色，在那枯黃的臉色泛起一層令人心悸的恐怖神色，恍如非常失望似的。

尹三哥在雪嶺七雄中脾氣最烈，怒喝道：「白龍湖主雖然死了，但是你姓趙的還沒死，我們兄弟隱藏岡底斯山二十多年，所等的就是這一天，等我們殺掉你之後，再殺死所有和白龍湖有關係的人。」

他說完陡然一揚掌，一股無形的氣勁瀰漫布起，澎湃地向趙韶琴當頭罩下，威猛勢厲，輕嘯而至。

趙韶琴疾抬右掌，輕輕一揮，道：「尹冷雪，當年若不是你慫恿我們雪嶺七雄謀奪白龍湖主的七顆神珠，也不會弄得今天這種淒慘的局面……。」

「砰！」一聲大響，兩人各是一晃，強勁的兩股氣勁向外迴盪，激得篷幕一陣搖晃幾乎要坍塌下來。

尹冷雪嘿嘿一陣陣獰笑，道：「你這賤婦還有臉提那件醜事，如果不是你出賣我們，也不會有今天這種場面。賤婦，你認為這樣便能得到白龍湖主的歡心，而傳你天下第一的武功嗎？」

趙韶琴冷笑一聲，道：「白龍湖主是何等高人，豈是你能忖度！」

尹冷雪大吼一聲，撩起乾枯的手掌連拍三掌，這個一臉病容的老人功力似是極高，這三掌連環劈出，竟打得趙韶琴身形一閃，自篷幕裡平空倒飛出去。

那個非常講究的蒙古包驟受威金裂石的掌風所逼，突然裂開來，只聽一聲大響，蒙古包立時塌落而倒。

洪大哥一聲暴喝：「不准讓那賤人跑了！」

他們身形如風，電快地追了出去。

天龍大帝東方剛雙袖一拂，陡然發出一股大力，沉聲喝道：「洪三益，你不要逼人太甚！」

那洪三益身為雪嶺老大，他冷哼一聲，反手拍出一掌，回頭怒氣衝衝瞪了

第十八章 雪嶺七雄

東方剛一眼，道：「東方剛，我們之間的事你最好少管！」

東方剛冷冷地道：「我女兒是當今白龍湖主，這件事我怎能不管！」

洪三益嘿嘿一陣冷笑，怒道：「好，我們這個仇算結上了！」

他輕嘯一聲，身形憑空拔起，在空中兜一個大弧，快捷地向趙韶琴落身之處撲去。

趙韶琴這時身形甫落，便見洪三益像大鳥一樣撲來，她深知大哥的功力比自己高明多了，不禁嚇得閃身退出五、六步，凝神注視這三位空前大敵。

東方剛追蹤而至，道：「三位真不給老夫一點面子嗎？」

朱二哥冷冷地道：「你天龍大帝雖是一方霸主，但在我雪嶺七雄眼裡還算不了什麼，如果你要插手這事，我朱白水先鬥鬥你看……。」

天龍大帝東方剛氣得全身一顫，道：「朱白水，你太狂了！」

他曉得這三個空前大敵功力不在自己之下，雖然憤怒已到極點，仍在努力地壓制自己。哪知朱白水輕笑一聲，陡然欺身過來，遙空點出一指。

東方剛閃身一移，雙掌揚起，便和朱白水動起手來。兩人都是當今武林一代宗師，這一動上手當真是鬼哭神號，那招式變化之多使人目不轉睛。

正在這時，紅影疾閃，輕叱一聲，石砥中定睛細瞧，只見扎爾烏蘭已換了一身紅衫，大半截白羊皮襖，上了紅緞面，長褲腳塞進半截軟皮靴裡，兩隻大

而黑的眼睛在石砥中臉上一掃，轉頭向朱白水撲去。

她輕輕道：「東方伯伯，這姓朱的交給我啦！」

趙韶琴臉色大變，身形電快一旋，道：「扎爾烏蘭，你差得太遠，快回你爹爹那裡去！」

這焦急的呼喚，使正待撲去的扎爾烏蘭一愣，急忙煞住身形，不信他們會有這樣高的功力，還未會過意來，那凝立於一旁的庫軍大師已向她走來。

庫軍大師陰冷一笑，道：「你這女娃兒，敢情不要命了！」

石砥中見庫軍大師滿臉殺氣，立時曉得這個藏土第一高手想要向扎爾烏蘭下毒手，冷漠地笑道：「庫軍，你給我滾出去！」

庫軍大師在藏土受萬人敬仰，達賴喇嘛都對他客氣十分，這時驟見石砥中這樣輕蔑地對待自己，頓時一股怒火湧上心頭。

他對石砥中嘿嘿笑道：「石砥中，你掌劈白塔大師之事還沒交帳，現在又管起雪嶺七雄之事，看來真不要命了！」

石砥中只覺熱血沸騰，腦海中立時浮現上官婉兒慘死在藏土的往事，他目中寒光如電，凝望正在冷笑的庫軍大師，大喝道：「庫軍，今天要你死在我的掌下！」

第十八章 雪嶺七雄

他一聲大喝，右掌斜舉，一股渾厚無比的掌風自掌心透出，狂捲襲向庫軍大師。

庫軍大師沒有想到回天劍客如今功力比昔日入藏土時還要高強十分，他揚掌一接之下，臉上立時泛現出恐懼之色，顏上汗珠簌簌滾落。

「呃！」

庫軍大師奮起全力硬接一掌，身形跟蹌，發出一聲痛苦的低吟，歪歪斜斜退後幾步，一步一個深陷的足印。

他駭然顫道：「你好厲害的手段——」

語音甫逝，胸前起了一陣劇烈的震動，哇的一聲，張口噴出一道血箭，鮮紅的血雨灑了滿地斑斑點點。

尹冷雪身形如電飄來，沉聲喝道：「庫軍，那小子是誰？」

庫軍痛苦地一陣抽搐，顫聲道：「回天劍客石砥——」

× × ×

這個響亮的名字一出，頓時使場中之人驚異萬分，扎爾烏蘭投過深情的一瞥，急忙跑到她父親扎爾烏達的身旁，用蒙古語向她爹爹低聲說了幾句。

尹冷雪冷冷望著石砥中，嘿嘿冷笑道：「你打傷庫軍便是我們雪嶺七雄的仇人，在當今武林之中，還沒有人敢和雪嶺七雄作對。」

石砥中不屑地道：「閣下不要吹牛了，如果你們雪嶺七雄真是英雄人物，也不會被白龍湖主逼得無立錐之地，而非得亡命岡底斯山了。」

尹冷雪聽得心裡一陣難過，那亡命天涯的往事有如真實影像似的一幕幕閃現出來，他最怕人家揭露他們雪嶺七雄的隱私，石砥中的嘲諷，氣得尹冷雪全身顫抖。

他滿頭髮絲根根豎起，一股濃重的煞氣陡然布滿臉上，他冷哼一聲，向前連跨數步，沉聲喝道：「好狂妄的小子，你真不要命了！」

他自認功力蓋世，石砥中萬非自己敵手，斜斜舒伸一指，那枯黃的指尖條地有一道黑氣泛出，流灟的指勁如一蓬黑霧，電快地向石砥中身上彈來。

石砥中臉色大變，不禁驚聲道：「你竟會『黑罡奪命指』！」

由於這種威烈霸道的指勁出現，使石砥中腦海中立時想起自己進入大漠鵬城時所看到的一段文字，他疾快忖思道：「這種指力惡毒霸道，點中身上，全身經脈收縮而死，傳言這種指功練忖不易，若非天性凶殘暴戾之徒，皆不屑於練此功夫，我既然遇上這種功夫，只好施出『斷銀手』來，將其指頭劈下，免得遺害人間。」

第十八章 雪嶺七雄

他曉得這種厲害的指功，練時要用活人做靶，若要將這功力練成，非得害死百人以上方才會有所成就，尹冷雪指上黑氣繚繞，已不知殘害過多少生命了。

石砥中目注那疾彈而來的強勁指風，冷哼一聲，陡然將全身勁力凝聚於右掌之上，疾快撩掌劈出。他沉聲喝道：「這個指頭我要了！」

尹冷雪沒有料到自己彈出一指，甫射出一股勁風，便有一道掌影挾著耀眼光華，自側旁斜削而來，他自信「黑罡奪命指」天下無雙，迎向疾來的掌影運勁點去。

「呃！」他只覺一股炙熱的氣流一閃而過，那伸出的指頭發出一股燒焦的惡臭，只有半個指頭還留在手上。

他痛苦地哼了一聲，身形疾退，駭然道：「『斷銀手』，『斷銀手』……。」

石砥中望著被自己掌刃削落的那截斷指，長嘆了口氣，他神色凝重，冷道：「我斷你一指還算客氣，如不是看你年紀太大，我今天非扭斷你整個的手臂不可，你還不快給我滾！」

尹冷雪驟然斷去一指，無形中破了他苦練不易的「黑罡奪命指」，他目皆欲裂，全身衣袍隆隆鼓起，殺氣騰騰地向石砥中撲去。

他猙獰笑道：「姓石的，我們拚了！」

他正待要施出殺手，洪三益已高聲喝道：「二弟，三弟快來！」

洪三益雖為雪嶺七雄之首，無奈趙韶琴追隨白龍湖主多年，功力無形中增長不少，洪三益和她連過數招，竟無法將這個背叛雪嶺七雄的七妹擊斃。

原來趙韶琴在未追隨白龍湖主之前，是雪嶺七雄中的七妹。雪嶺七雄在關西一帶頗有名頭，有一年，雪嶺七雄因感功力太淺，竟忘想奪取白龍湖主身邊的七顆增元保命神珠。

白龍湖主功力蓋世，連敗雪嶺七雄，並曉以大義，趙韶琴深受感動而欲追隨白龍湖主左右，雪嶺七雄誤會趙韶琴與白龍湖主勾結，堅持要殺死趙韶琴，白龍湖主憤彼等行為，連續擊斃雪嶺七雄中的老四、老五及老六，並打傷洪三益、尹冷雪和朱白水，逼得這三個高手亡命岡底斯山。

尹冷雪憤怒地大吼一聲，捨了石砥中，躍向洪三益身旁，他身形甫落，朱白水和天龍大帝東方剛也身形倏分，退了下來。

洪三益狠地望了趙韶琴一眼，大聲道：「二弟，三弟，準備吧！為了這個賤人，我們只有施出最後的殺手，反正今日不死不休。」

說完，就自背上解下一張無弦的古琴，輕輕橫放在雙手上。

朱白水緩緩拿出一個黑皮銅鼓，神色凝重地把那面小鼓托在左手上。

而尹冷雪手上也多了一本黑皮書，上寫「天書」二字。

第十八章 雪嶺七雄

趙韶琴神色慘變，顫聲道：「你們果然找到這三件武器⋯⋯。」

洪三益獰笑道：「你以為我們會放過你！趙韶琴，我告訴你，自從我們慘敗在白龍湖那老鬼手上後，我們無時無刻都想報仇，想不到我們在岡底斯山找著這天書、神鼓和無弦琴後，他竟死了！嘿！老天可憐我們，還有你這賤人沒死。」

東方剛冷冷地道：「你們認為找到這三件兵器便可目空四海嗎？」

朱白水冷笑道：「你不服氣，盡可上來。」

東方剛想不到多變的江湖，接連出現這麼多高手，以他一代宗師的身分，和朱白水竟然無法分出強弱，他傲然向前一躍，準備和趙韶琴聯手鬥鬥這三個老人。

石砥中反手揮出金鵬墨劍，一道耀眼的光華如水灑出，他只覺胸中有一股豪情澎湃激蕩，上前大笑道：「武林三寶，『天書』、『神鼓』、『無弦琴』，我回天劍客有機會見識見識這三宗流傳千古的寶物，死亦無憾⋯⋯。」

尹冷雪目中凶光一閃，嘿嘿笑道：「小子，你也算上一份吧！」

石砥中傲然一笑，揚劍斜指穹空沒有說話。

這三個武林頂尖高手驟然連成一線，無形中聲勢壯大無比，洪三益心中大驚，向兩位義弟一施眼色，道：「發動吧，這是最後的考驗機會！」

「咚！咚！咚！」一連三響，朱白水神色肅然撩起銅錘在那小鼓上敲了三下，那響徹穹空的聲響，有如天雷迸發，震得沙石飛揚，一道灰濛濛的沙霧瀰空而起。

石砥中只覺心神劇顫，一道無形的壓力緊緊扣在他的心弦。

他神色一凜，腦海中疾快忖思道：「好厲害的神鼓，連我都差點把持不住……」

鼓聲甫逝，洪三益的無弦琴突然無弦自顫，自那琴上傳出一連串聲響，這琴音一響，洪三益揚琴一甩，硬有一股強烈的力量爆出來，直往趙韶琴身上擊去。

東方剛疾快劈出一掌，替趙韶琴擋了一下，饒是如此，趙韶琴也不由自主身形連晃，臉色立時變得蒼白。

尹冷雪陡地一聲大喝：「你們看我的天書──」

他突然把那本黑皮書在空中一揚，一道強光自書中射出。強光照在東方剛和趙韶琴兩人的身上，兩人只覺全身功力狂泄，全身力量都消失無形。

東方剛神色驟色，喘息道：「石砥中，快發劍罷──」

回天劍客石砥中沒有料到這本天書會有這麼大的神奇魔力，竟連東方剛那樣功力深厚的人都無法抗拒這突然射出的強光。他大吼一聲，劍光顫動，在空

第十八章 雪嶺七雄

中幻出無數劍芒對著那本天書射去。

「嗤！」

白濛濛的劍芒破空射出，尹冷雪只覺心頭劇震，那本黑色天書在劍刃搖顫下，化成片片碎屑飛散於空中。

「咚！」

石砥中運起神劍劈碎天書，尚未收回劍勢，一聲沉重的鼓聲自耳際傳來，他真氣一洩，自空中墜落下來，急促喘了口氣，脫手將手中神劍擲出。

「呃！」朱白水沒有料到石砥中有此一著，只見寒光一閃，那柄無敵神劍穿過神鼓射入他的胸膛，一股血水自他身上灑出，倒地死去。

尹冷雪大吼一聲，奔至朱白水身邊，拔出金鵬墨劍，惡毒地瞪視石砥中，大聲道：「你毀我天書，斃我三哥，我也不活了！」

這人性子當真暴烈異常，一揚手中長劍就向自己頸上抹去，只見血雨濺射，一顆頭顱滾至地上。

洪三益驟見這幕淒慘的場面，目眥欲裂，悲痛地大叫一聲，擲出手中無弦琴撲在兩個死去的義弟身上，放聲痛泣。

趙韶琴和東方剛俱身負重傷，低垂雙目坐在地上運功療傷，根本不知這幕慘劇。

石砥中愕了一愕，茫然收回神劍，長嘆了口氣！

洪三益抱著兩個義弟的屍體，恨恨道：「姓石的，我非要向你索還這筆血債！」

石砥中黯然搖頭，孤獨地走了！

× × ×

時光流逝，彈指之間，已是隆冬時分。

在這冷寒的天地間，一連幾天大雪，使得雁門關外覆上一層白色的雪衣，白皚皚的一片⋯⋯。

在這滿地冰雪的隆冬裡，幾枝禿落的枯樹在風雪裡搖曳，那白絮樣的雪花輕輕飄墜在枝椏上，又飄落下來。

隆冬的嚴寒使這覆蓋白雪的大路上沒有一絲人跡，忽有一陣銅鈴聲傳來。

細碎的鈴聲漸漸近了，只見風雪漫天之中，一個頭戴大風帽，身披長斗篷的騎士在這白皚皚的雪地裡孤獨地馳行著⋯⋯。

「我要報仇，我要替死去的西門婕報仇！石砥中啊石砥中，我縱是走遍天下，也要把你找出來⋯⋯。」

第十八章 雪嶺七雄

東方玉的臉上現出倦容，痛苦地在風雪中輕馳，嘴裡不停地自語著，在那雙浮動的淚影之中，隱隱有一片凶光射出，茫然望向遠方。

他深深嘆了口氣，喃喃道：「雪越來越大了，我必須先找一個地方避避……。」

他舉目遠眺，只見在那遠方雪地之中，有一道淡淡的輕煙熄熄升入空中，他搖頭道：「真不容易，走了這麼久才遇到一戶人家。」

他雙腿一挾馬腹，那匹白馬長嘶一聲，灑開四蹄，如風掣電閃一樣疾馳而去，轉瞬之間便馳到那間茅舍前。

請續看《大漠鵬城》7 幻影神劍

風雲武俠經典
大漠鵬城【六】冷月孤星

作者：蕭瑟
發行人：陳曉林
出版社：風雲時代出版股份有限公司
地址：10576台北市民生東路五段178號7樓之3
電話：(02) 2756-0949
傳真：(02) 2765-3799
執行主編：朱墨菲
美術設計：許惠芳
業務總監：張瑋鳳

出版日期：2025年9月
版權授權：蕭瑟
ISBN：978-626-7695-07-4
風雲書網：http://www.eastbooks.com.tw
官方部落格：http://eastbooks.pixnet.net/blog
Facebook：http://www.facebook.com/h7560949
E-mail：h7560949@ms15.hinet.net
劃撥帳號：12043291
戶名：風雲時代出版股份有限公司

風雲發行所：33373桃園市龜山區公西村2鄰復興街304巷96號
電話：(03) 318-1378
傳真：(03) 318-1378
法律顧問：永然法律事務所 李永然律師
　　　　　北辰著作權事務所 蕭雄淋律師

行政院新聞局版台業字第3595號 營利事業統一編號22759935
ⓒ 2025 by Storm & Stress Publishing Co.Printed in Taiwan
◎如有缺頁或裝訂錯誤，請退回本社更換

定價：340元　　版權所有　翻印必究

國家圖書館出版品預行編目資料

大漠鵬城／蕭瑟 著. -- 初版. -- 臺北市：風雲時代出版股份有限公司, 2025.08
　冊 ； 公分
　ISBN 978-626-7695-07-4 (第6冊：平裝). --

863.57　　　　　　　　　　　　　114003702